戰爭已然開始。可憐的小嗝嗝·何倫德斯·黑線鱈三世，他不過是想拯救龍族，卻成了孤單害怕的流放者。

小嗝嗝現在是（臭呼呼的）西荒野王國全民公敵，肆虐蠻荒群島的**龍王狂怒**「真的」很想殺死他。小嗝嗝想拯救被抓走的父親——偉大的史圖依克——尋回失蹤的好朋友魚腳司，並找到**下落不明**、超級珍貴的龍族寶石。

流放者小嗝嗝究竟能不能完成大冒險，再次成為「大英雄小嗝嗝」呢？

和小嗝嗝一起展開冒險吧

（雖然他還沒發現自己已經開始冒險了……）

失落的王之寶物預言

「龍族時日即將到來，

只有王能拯救你們。

偉大的王將是英雄中的英雄。

集齊失落的王之寶物者，將成為君王。

無牙的龍、我第二好的劍、

我的羅馬盾牌、

來自不存在之境的箭矢、

心之石、萬能鑰匙、

滴答物、王座、王冠。

最珍貴的第十樣，

是能拯救人類的龍族寶石。」

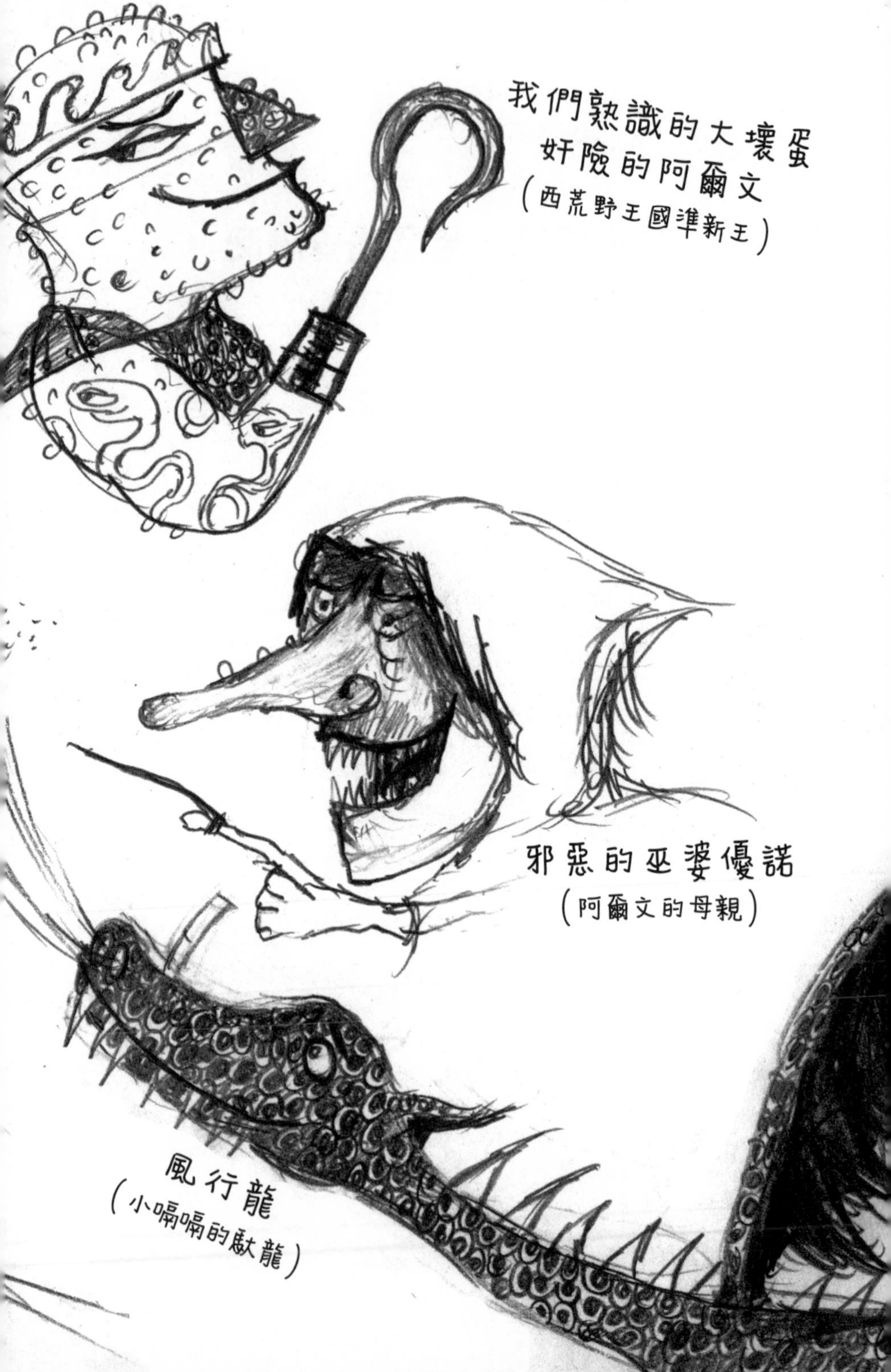
我們熟識的大壞蛋
奸險的阿爾文
(西荒野王國準新王)
邪惡的巫婆優諾
(阿爾文的母親)
風行龍
(小嗝嗝的馱龍)

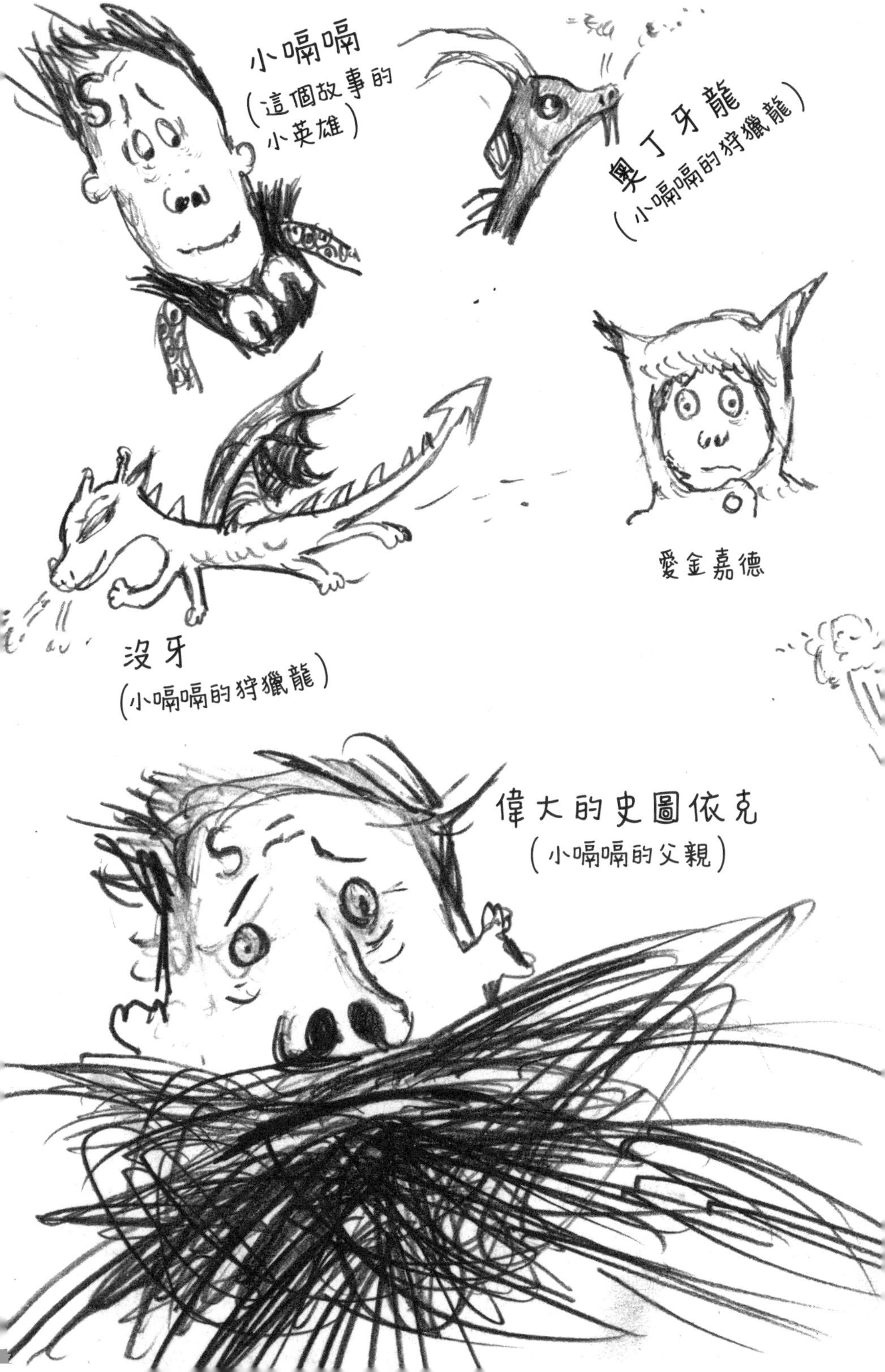
小嗝嗝
（這個故事的小英雄）
奧丁牙龍
（小嗝嗝的狩獵龍）
愛金嘉德
沒牙
（小嗝嗝的狩獵龍）
偉大的史圖依克
（小嗝嗝的父親）

本書獻給札尼・科威爾

「夢幻島是男孩的心之地圖……」
——JM・巴里《彼得潘》

謝謝安娜・麥尼爾、奈歐蜜・波特曼、珍妮芙・史蒂文森、茱蒂特・寇瑪，並特別感謝賽門・科威爾。

HOW TO TRAIN YOUR DRAGON

馴龍高手 X

龍族寶石爭奪戰

How To Seize a Dragon's Jewel

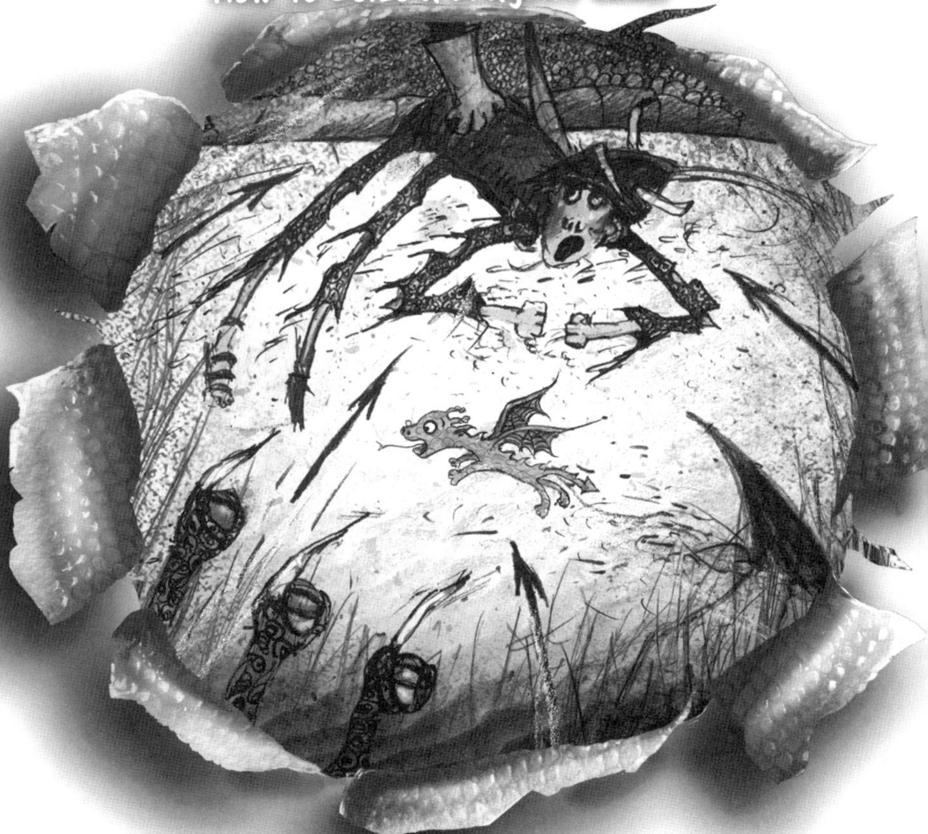

克瑞希達・科威爾

Cressida Cowell

小嗝嗝‧何倫德斯‧
黑線鱈三世

目錄

小嗝嗝・何倫德斯・黑線鱈三世的前言

親愛的讀者，你必須有勇氣，才能讀下去。

這並不是我的最後一本回憶錄，不過故事已經變得太黑暗了，我也得鼓起所有的勇氣才能寫下去。

勇氣。

這是我十四歲的故事，當時我是流放者。

世界各地的龍族都受赤怒控制，龍族叛亂開始了。人類與龍族之間的戰爭，也開始了。

維京人首領是大壞蛋——奸險的阿爾文——還有他更恐怖的母親，巫婆優

諾。

龍族首領則是龍王狂怒，他的目標是消滅所有維京人。

這場戰爭中，龍王狂怒占了上風。

維京人唯一的希望，就是西荒野新王。古老的預言告訴我們，新王將擁有十樣失落的王之寶物。

十件寶物中有九件已被尋獲，只剩最重要的龍族寶石，至今仍不知所蹤。

龍族寶石能永遠消滅龍族……它是龍王狂怒唯一懼怕的東西。

已尋獲的九樣寶物之中，有八件在奸險的阿爾文手中。

我——流放者小嗝嗝——只有一件，那就是我的小狩獵龍，沒牙。但是，我還有恐怖陰森鬍留下的地圖，它將指引我找到龍族寶石。

因此，身為全蠻荒群島「頭號公敵與大叛徒」，我不僅被人類追捕，還被龍族追殺。數百棵焦黑的樹幹上，掛著我的追殺令。

當時才十四歲的我，身邊除了三隻龍之外沒有任何同伴。

龍族叛軍入侵了博克島，我的部族就此流離失所。

我父親史圖依克和我朋友魚腳司都成了奴隸，被送去琥珀奴隸國了（他們本來被送到醜暴徒奴隸國，但後來壞巫婆得知了寶石的所在，所有奴隸都被遷移到新的住所）。

這就是我人生中最黑暗的一段時期，你說是不是很黑暗？

我必須保留一線希望，祈禱最後事情能順利落幕，祈禱和平時光與幸福生活再臨。

我必須在尖牙、利爪與惡火當中，謹記這一絲希望。

我必須保留**勇氣**。

通緝

流放者

小嗝嗝・何倫德斯・黑線鱈三世

立斬勿論。

（活捉他的狩獵龍，
讓牠為王國效力。）

奸險的阿爾文
巫婆優諾

第一章　戰士

一個月光照耀的寒冷冬夜，忘卻森林裡，一名虎背熊腰的戰士高坐在樹梢，全身動也不動，宛如死亡天使。

戰士正在狩獵，這個人已經跟蹤流放者好幾天了。流放者是西荒野王國的全民公敵，戰士打算殺了他。

戰士的金屬面甲遮住了臉，長劍握在手裡，隨時準備殺人。戰士靜止得如同雕像，只有明亮的藍眼睛微微移動，注視著樹下那條蜿蜒穿越森林的小徑。

那段時期人類與龍族已經全面開戰，維京律法嚴格禁止人類騎龍。

儘管如此，這位戰士還是坐在龍背上。馱龍慵懶卻又警戒地趴在樹枝上，

牠是隻通體銀色的穹龍，這種龍非常、非常稀有，也非常、非常危險。

　　穹龍也靜靜俯視鋪了一層白雪的林中小徑，末端有尖角的尾巴有規律地緩慢擺盪，像隻貓咪。

森林裡萬籟俱寂，但是過了一小段時間，某種聲音傳了過來。剛才閉著眼睛的戰士，猛然睜開黑色面甲下的藍眼睛。

遠方，一個人正走在樹林小徑中。

那個人就是「流放者」、也是全民公敵，他正是戰士等著獵殺的人。

戰士滿意地低哼一聲，稍微直起腰背。

近距離看這名流放者的話（可惜戰士離他太遠了，沒辦法看清楚），你會發現，他和我們平常想像的流放者不太一樣。兩個小時前，他大刺刺地溜到維西暴徒部族的地盤，放了維西暴徒的龍，當時這名流放者似乎機智神勇、胸有

成竹……但現在，他感覺和之前很不一樣。

他是個大約十四歲的男孩，名叫小嗝嗝・何倫德斯・黑線鱈三世。小嗝嗝個子瘦小、長相平凡，額頭一側印著紫黑色的「奴隸印記」，也就是形狀像龍的紋身。

過去一年來，小嗝嗝只能餐風露宿，不是睡在樹上，就是在山洞裡過夜，還只能吃野莓、堅果，以及趁夜從維京人村落偷來的一點食物。

他天天冒生命危險解除維京人設下的捕龍陷阱，不僅得躲避人類的追捕，還必須躲避龍族叛軍那些可怕的狩獵龍，這一年過得真的很辛苦。

月光下，小嗝嗝外表與內心一致。

孤苦伶仃、無依無靠。

他從頭到腳穿著龍皮防火衣，衣服被荊棘與樹枝刮得破破爛爛的，還沾滿了塵土。長期被人類與龍族追殺的他，全身上下都十分僵硬，眼皮肌肉也不時會緊張地抽動。

小嗝嗝一邊眼眶瘀青，走路一拐一拐的，快步走在他身邊的馱龍也跛著腳。風行龍累壞了，口鼻不停呼出大朵大朵的煙雲，所以小嗝嗝沒有騎牠。

兩隻體型嬌小的狩獵龍飛在小嗝嗝周圍，一隻是很老很老、翅膀破破爛爛的奧丁牙龍，一隻是年紀很小的草綠色小龍——沒牙——牠是全蠻荒群島最好動、最調皮的龍。

牠們正小聲用龍語交談。

「小嗝嗝，我告訴你，」奧丁牙龍用微微顫抖的氣音說。「你的任務很簡單。

「你必須找到龍族寶石，去明日島登基成為西荒野新王，屆時明日族會將龍族寶石的祕密告訴

你，你就能終止這場愚昧的戰爭，拯救即將滅絕的龍族與人類。」

「你有沒有看、看、看到我剛剛超帥的樣子？」沒牙尖聲說。「你有沒有看到我飛撲那個維西暴徒？我是不是很聰明？我是不是很棒？我是不是很厲、厲害？」

「對啊，沒牙，你好厲害。」小嗝嗝對牠說。「但拜託你小聲一點，樹龍現在都在冬眠，要是把他們吵醒就不好了。」

他揉了揉後頸，難過地嘆一口氣。流放者的生活太孤單了，小嗝嗝好想念大家。

「奧丁牙龍，問題是，事情沒有這麼簡單。我現在是奴隸、是流放者，還得先說服別人接受我，才有辦法當國王。就算你們三個支持我，我也當不成國王，我還是需要人類支持者。而且集齊失落的王之寶物的人才能當國王，其中八件已經在奸險的阿爾文手裡了。」

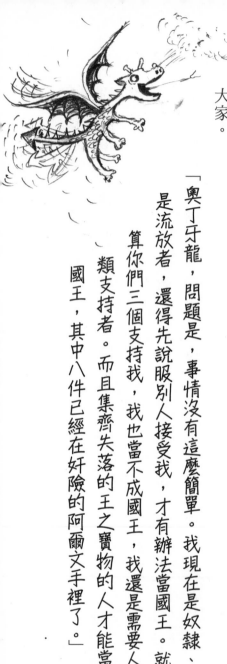

「你有我、我、我啊！」沒牙吱聲叫著，降落在小嗝嗝手臂上。「『我』也是王之寶物之一，還是最厲害的一個！」

「注意禮貌，」奧丁牙龍溫和地提醒牠。「沒牙你別忘了，我們不可以驕矜自滿。」

「好吧。」沒牙皺著眉頭說。「沒牙是最厲害的寶物……請、請、請，謝謝？」

「根據陰森鬍的地圖，寶石位在琥珀奴隸國。」老奧丁牙龍說道。「我們為什麼不去那裡找找？」

「因為我的直覺告訴我，寶石不在那裡。」小嗝嗝回答。

「那是因為你沒有用心執行任務。」奧丁牙龍嚴肅地說。「你現在是在執行不同的任務，你想尋找你朋友魚腳司和你父親，對不對？你是為了找他們，才來到這裡的吧。」

老龍說得沒錯，那正是小嗝嗝來到這裡的理由。博克島被龍王狂怒燒毀之後，小嗝嗝聽說毛流氓部族都逃到這個區域避難了。

「好吧，」小嗝嗝承認。「我的確有點擔心魚腳司，他從以前就很依賴我。」

魚腳司是十四年前被海浪沖到博克島海灘上的「弱崽」，他無父無母，所以每次其他毛流氓霸凌他，都是小嗝嗝幫他說話，也是小嗝嗝照顧他。

「他們阻礙你完成真正重要的任務了。」奧丁牙龍打斷他。「你應該尋找龍族寶石才對。」

「不完全是這樣。」小嗝嗝說。「說到底，不管那張地圖怎麼寫，我還是不覺得龍族寶石藏在琥珀奴隸國。」

他們邊說邊走，前進了好一段路，在戰士所在的樹下停下腳步。小嗝嗝拿出地圖。

地圖畫得很複雜，上頭清楚畫了琥珀奴隸國、鏡之迷宮與烏心監獄，而迷宮中心就是龍族寶石。恐怖陰森鬍甚至畫了個大箭頭，用大字標出龍族寶石所在處。

三隻龍從小嗝嗝肩後探頭望著地圖，躲在樹上伺機而動的戰士與馱龍也跟著望過去。

「你們看，」小嗝嗝指著畫在地圖上的一條大魚說。那條魚畫得很長，占據了地圖最上面一大片空間。「這是什麼？」

龍族和維京人常年生活在海上與海邊，他們認識的魚類可多了。

「這是一種鯡魚。」老奧丁牙龍回答。

「那你們再看，牠是什麼顏色？」

「紅、紅、紅色！」沒牙得意地說。「再來考我！世界上有沒有牙不知道的顏色。」牠悄悄告訴風行龍。

水之鄉
歇斯底里島
沼澤盜賊群島
龍族寶石藏於
琥珀奴隸國的鏡之迷宮中
香沒島
傷心監獄
龍族墳場灣

恐怖陰森鬍失落的
寶石尋寶圖

龍族時日即將到來，
只有王能拯救你們。
偉大的王將是英雄中的英雄。
集齊失落的王之寶物者，
將成為君王。
無牙的龍、我第二好的
劍、我的羅馬盾牌、
來自不存在之境的箭矢、
心之石、萬能鑰匙、
滴答物、王座、王冠。
最珍貴的第十樣，
是能拯救人類的
龍族寶石。

「我告訴你們，」小嗝嗝說。「在人類世界，『紅鯡魚』有掩人耳目、聲東擊西的意思。就我對恐怖陰森翡的認識，他這麼狡猾的人在地圖上畫紅鯡魚，意思應該是說寶石並沒有藏在琥珀奴隸國。奧丁牙龍，你怎麼看？」

三龍一人當中，只有奧丁牙龍年紀大到曾在一百多年

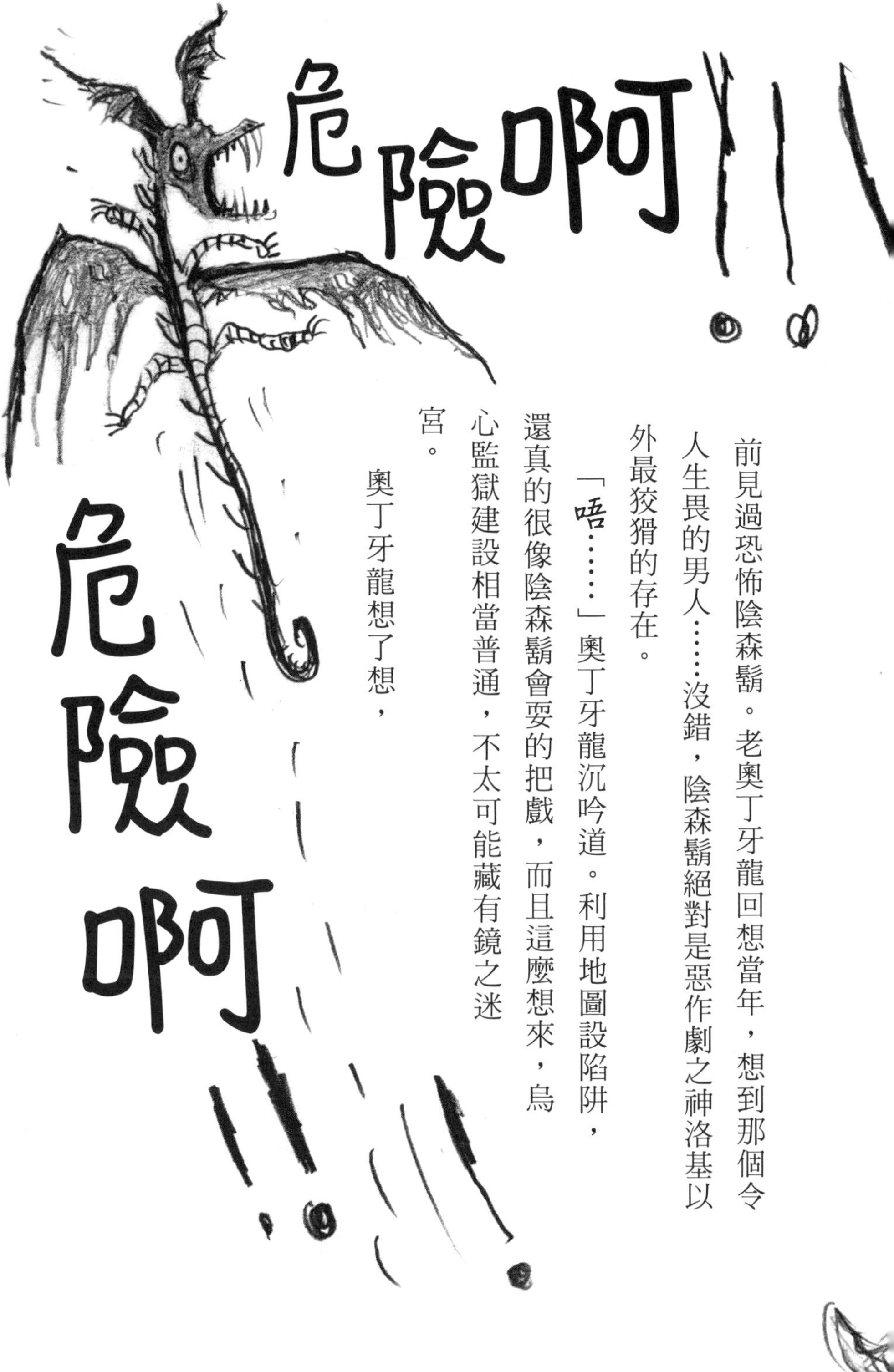

前見過恐怖陰森鬍。老奧丁牙龍回想當年，想到那個令人生畏的男人……沒錯，陰森鬍絕對是惡作劇之神洛基以外最狡猾的存在。

「唔……」奧丁牙龍沉吟道。利用地圖設陷阱，還真的很像陰森鬍會耍的把戲，而且這麼想來，烏心監獄建設相當普通，不太可能藏有鏡之迷宮。

奧丁牙龍想了想，

狡猾地揚起眉毛。「不過，這也可能是他的雙重詭計……」

「那，」風行龍輕柔的聲音響起。「如果龍族寶石不是藏在琥珀奴隸國，會是藏在哪裡？」

「所以說，我們的任務一點也不簡單。」小嗝嗝張開雙手。「它可能藏在任何地方啊！」

就在這時，上方傳來窸窣聲——躲在樹上的戰士與穹龍伸長了脖子，試圖看清地圖上的圖案。

樹下的三龍一人立刻有了反應。

奧丁牙龍往上飛了一英尺，破破爛爛的耳朵豎了起來，變成鮮明的紫紅色，先是轉向西方，接著又轉向南方、東方與北方。

「危險啊！」老奧丁牙龍以最大音量的氣聲說。「危險！小嗝嗝，快戴上頭盔！」

「不要啦，它太大了……戴著頭盔打架不方便……」

但三隻龍毫不退讓，堅持要他戴頭盔。

「你需要它！」奧丁牙龍低聲說。「還記得危險凶漢島發生的事嗎？你的耳朵差點沒了！還有，你之前在解除維西暴徒部族的捕龍陷阱時，不是差點被毒箭射中嗎？」

「還有，之前在無名島遇到那些砍頭人，你的頭差點被砍了！」風行龍焦慮地來回踱步。

「就算戴了頭盔，我還是有可能被砍頭啊。」小嗝嗝辯解。

「奧丁牙龍說得對、對、對！」沒牙同意道。最近沒牙越來越常同意奧丁牙龍的看法了。奧丁牙龍與沒牙尖喊著

從小嗝嗝背包拿出頭盔，在風行龍的幫助下，牠們溫柔地把頭盔按在小嗝嗝頭上。

這是他們幾個禮拜前從維西暴徒部族那邊偷來的舊頭盔，它和小嗝嗝的頭一點也不合。

「這個真的很不舒服，」小嗝嗝抱怨道。「而且裝飾用的大羽毛太搶眼了。我不是應該盡量不引人注目嗎？流放者應該融入背景才對啊……」

「噓……」老奧丁牙龍用翅膀摀住嘴巴。

「我之前就說了，」牠接著說。「我有種糟糕的預感，總覺得龍王狂怒派了新

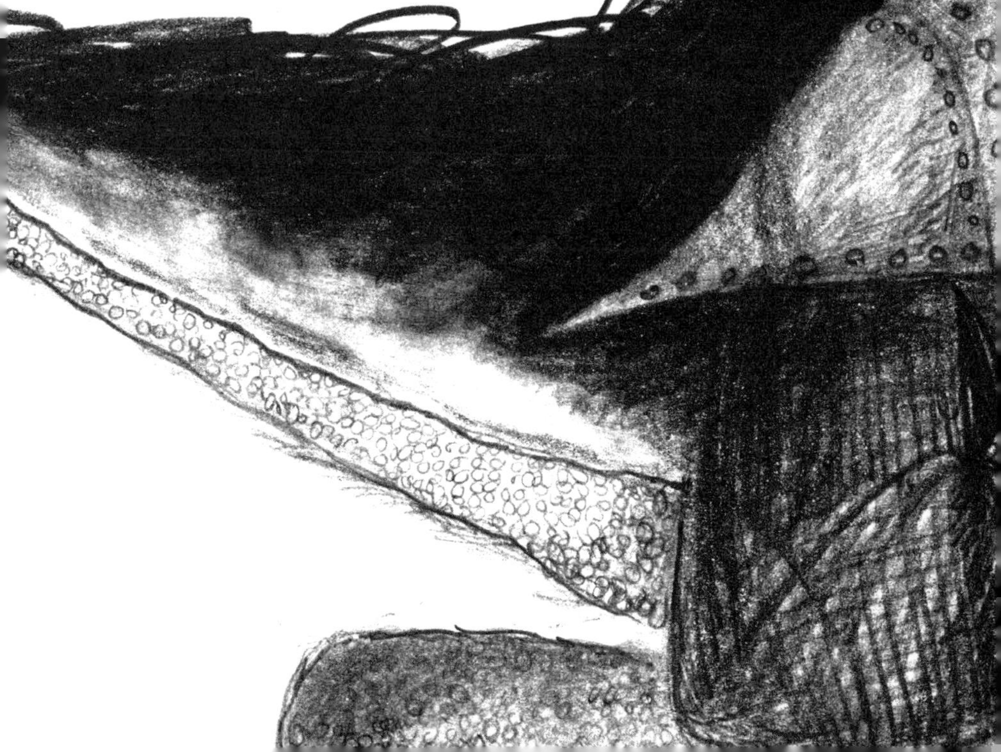

的龍來暗殺你……那一定是非常可怕的龍……」

「是啊，奧丁牙龍，」小嗝嗝說。「你每次都有這種預感，可是你靜下來聽聽，附近都沒聲音了。」

「這就是那隻新龍的特色，」老奧丁牙龍悄聲說。「他應該是一種追蹤龍，你幾乎感應不到他的存在。」

冰雪與樹木交織而成的世界中，四個夥伴側耳傾聽。

沒聲音。

「會不會是我們自己嚇自己？」沒牙小聲說。

樹上，戰士與穹龍如石像般靜止不動，森林裡沒有任何一片葉子飄動，整片樹林似乎都屏著一口氣……

然後……

哇啊啊啊啊啊啊！

躲在樹梢的戰士像準備進攻的狒狒般呼嘯一聲，快速展開行動，隨著斷掉的枝葉從樹上飛躍下來，像極了噩夢中的復仇魔神。

砰砰砰砰砰！咻咻咻咻咻！

若不是小嗝嗝和風行龍過去一年活得緊張兮兮的，他們也許不會閃得這麼快，小嗝嗝此時應該跟渡渡鳥一樣死翹翹了。

剛剛掠過小嗝嗝鼻子的那聲「**咻咻咻咻咻！**」是箭矢破空聲，箭矢只差幾英寸就要射中小嗝嗝，幸好小嗝嗝及時閃躲，它插入後方的樹幹。

哐啷！閃躲的同時，小嗝嗝的面甲重重下滑，緊緊卡死。

慘了，聰明機智的小嗝嗝心想。**這個人想殺我**。

砰！砰！砰！又有三枝箭射來，每一枝都撞在討厭的頭盔上，沒造成任何傷害。

謝謝你們，戴頭盔果然是正確的選擇。小嗝嗝暗想。他跳上風行龍的背，風行龍迅速起飛，在樹林中橫衝直撞。

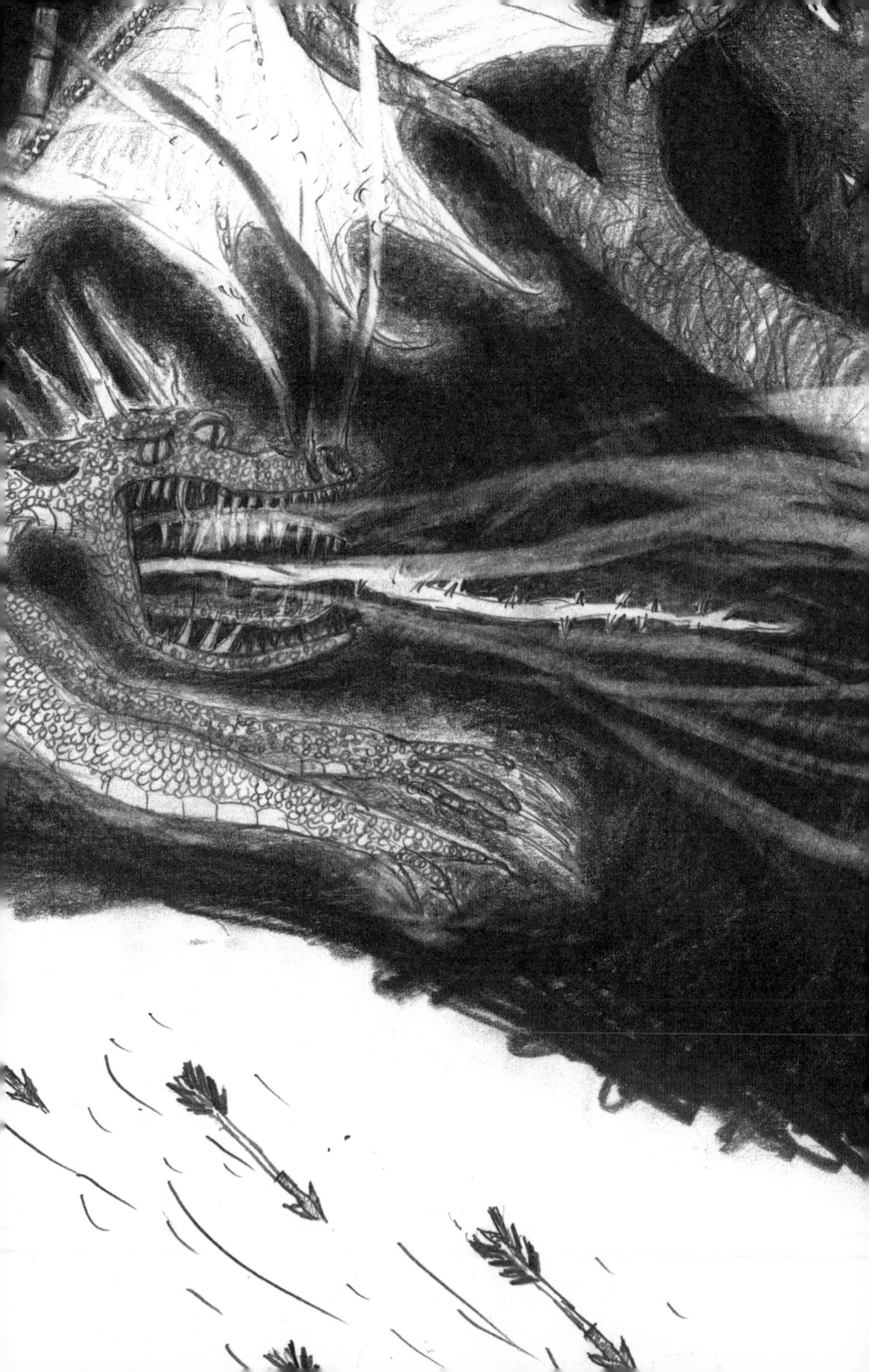

小嗝嗝回眸望去，看見追趕他們的龍，一時間不敢相信自己的眼睛。

我的雷神索爾啊。

他不可能認錯。

那是隻銀幽靈。

即使在深夜，牠每一片銀色鱗片仍閃閃發亮，亮得不可思議。銀幽靈宛如皓月，身體似乎能散發光輝。牠放聲尖叫，高亢的叫聲十分響亮，小嗝嗝感覺耳朵都要著火了。

尖叫的同時，牠噴出一股明亮的藍色火焰，燒毀前方的樹木。樹葉如熊熊燃燒的綠色星宿，最後化為黑灰，落到雪地上。

小嗝嗝絕對不可能認錯，那一定是銀幽靈。是超級特別、超級稀有的龍。

牠還是小嗝嗝母親的馱龍。

這就表示，此時正舉著北方弓、小心瞄準小嗝嗝，同時用膝蓋控制大聲尖吼的銀幽靈的戰士……**這位**戰士，正是……

……小嗝嗝的母親，瓦爾哈拉瑪。

慘了……

銀幽靈

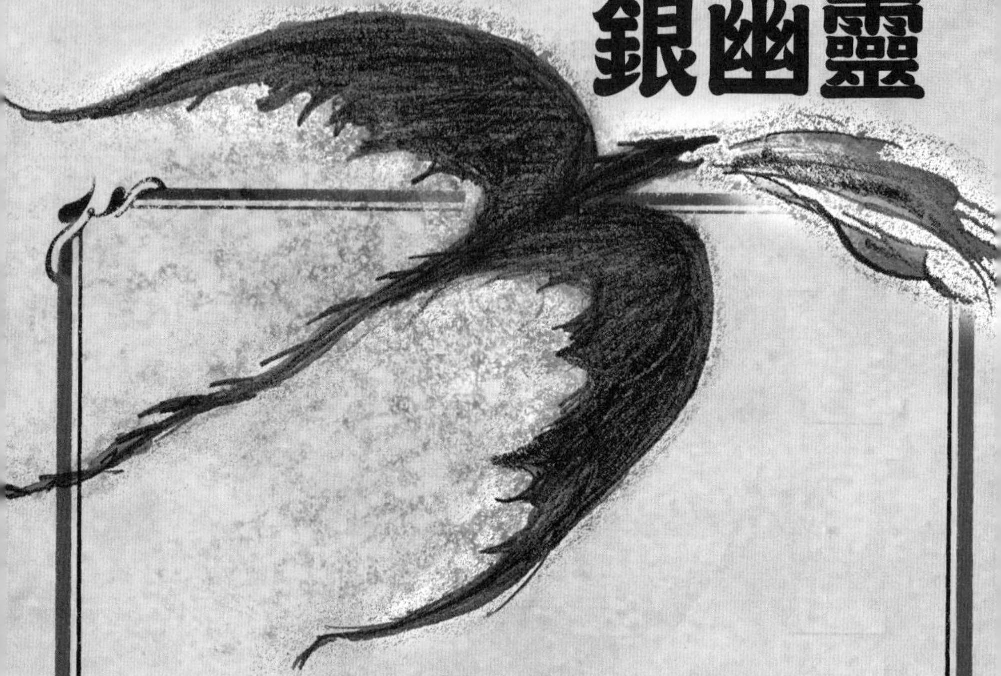

統計資料

恐怖：……………………10
攻擊：……………………10
速度：……………………10
體型：……………………10
叛逆：……………………10

有些穹龍常年飛行在高空，人類從未見過牠們的蹤影，銀幽靈就是這類穹龍。很少有人看過牠們，就算有，牠們也是飛在不可思議的高處，因此人們有時稱牠們為「幽魂」，甚至認為牠們根本就不存在。

第二章　一些小小的溝通問題

「**母親！住手啊！是我！是小嗝嗝啊！**」小嗝嗝高喊。

可是他被可惡的面甲罩住了，聲音聽起來就像：「唔！唔！唔！」

小嗝嗝抓住面甲，試著把它扳開，但它卡得太緊了，怎麼拉也拉不開。

唉，我的雷神索爾啊。

情況非常不妙。瓦爾哈拉瑪是十分神勇的英雄，是當代最傑出的英豪之一，如果小嗝嗝無法和她溝通，他們就完蛋了。

其實，瓦爾哈拉瑪經常外出冒險。

小嗝嗝從來不曉得她在執行什麼任務，但他父親——偉大的史圖依克——

唔……
唔……
唔……

總是告訴他，那是非常重要的任務。

　因此，小嗝嗝很久沒看到自己母親，母子倆應該兩年沒見面了。瓦爾哈拉瑪可能不知道自己唯一的兒子成了流放者，還是西荒野王國的頭號公敵，她更不可能知道史圖依克成了奴隸、小嗝嗝頭上有奴隸印記，還有其他種種事情。唉，小嗝嗝本想找機會和母親坐下來，安安靜靜地談談這些事的。

　小嗝嗝原本想說，自己要是有機會對母親說明來龍去脈，並將自己拯救龍族的任務告訴她，她應該會是少數站在他這一邊的人類（小嗝嗝這個人就是樂觀）。

　因為瓦爾哈拉瑪深愛龍族。

　小嗝嗝知道她深愛龍族。

　至少，他「認為」母親深愛龍族。

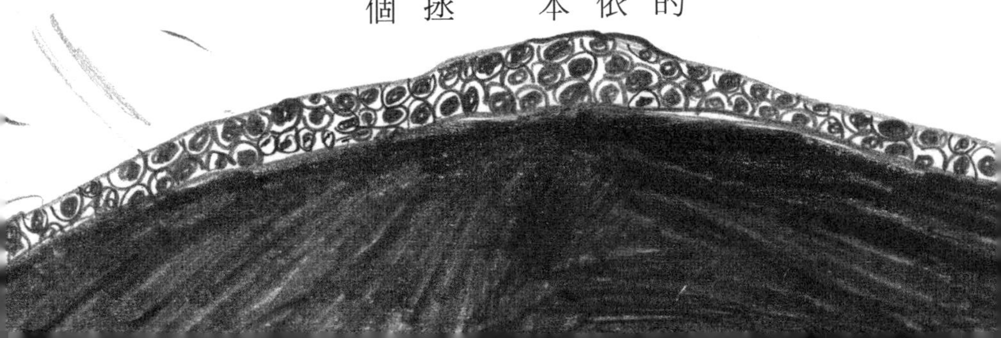

在這天深夜，人與龍在樹林中尖叫著全速追逐，母親的箭矢連珠炮射來之時，小嗝嗝忽然想到，自己並不是很瞭解母親。

她太常外出冒險了。

奧丁牙龍和沒牙都飛得很快，因此沒有全速飛行，而是飛在小嗝嗝的兩側，像兩隻小小的守護龍。

「我不得不說，那個男人真是了不起的戰士。」老奧丁牙龍讚賞地顫聲說。

「那個男人好高大啊，你覺得他身高有六呎三吋嗎？還是六呎四吋？我上次遇到如此厲害的戰士，已經是六百年前的事了……那個年代

有些久遠，不知道你有沒有聽過『嚇人烏賊腿』這號人物？」

「她不是男人，是女人！」小嗝嗝大聲回答。

可是隔著頭盔，聽

起來就是「唔！唔！唔！」。

我們應該都有這種經歷——好吧，你們的經歷也許和小嗝嗝不太一樣，但你應該能體會他有話要對親人說，卻無法將話語傳達到對方耳中的痛苦。

你可能會發現，對父母解釋事情通常都很困難。當母親深信你是西荒野全民公敵，騎龍在黑暗的樹林裡高速追殺你時，要解釋事情就更不容易了。

這些年來，風行龍的飛行速度變得越來越快，而且牠體型比銀幽靈小，比較能靈活地閃避障礙物，在迷宮般的森林裡勉強飛在銀幽靈前方。

儘管如此，銀幽靈還是快追上來了。

「我們要是繼續飛在森林裡，就會被他追上，」沒牙說。「為什麼不、不、不往上飛？」

過去一年來，他們每次被龍族追擊就往高空飛，飛到其他龍族追不上的高度。大部分龍族習慣在接近地面的低空飛行，很少有龍能在較高的深空活動。

然而，銀幽靈是例外。

小嗝嗝想告訴牠們，飛上天沒有用，銀幽靈是穹龍，是龍族的飛行高手，能飛得最快、最高。

瓦爾哈拉瑪曾訓練自己在高空飛行，即使飛到深空也不會昏厥……問題是，小嗝嗝的頭盔卡住了，他就算說明這件事，三隻龍同伴也聽不清楚。

風行龍閃躲障礙物的時機沒抓好，在空中狂亂搖擺，緊追在後的銀幽靈趁機抓住牠的腿。銀幽靈沒抓穩，風行龍奮力掙脫牠的爪子，慌亂地往上直衝。

「糟了……」小嗝嗝小聲說。他想盡辦法讓風行龍飛回森林裡，但是風行龍怕到無法正常思考，一直全速往上飛、飛、飛。

小嗝嗝低頭一看，森林已經變成下方一抹陰影。

陰影中，銀幽靈猛然飛衝而出，在空中劃過優雅的銀弧。

強而有力的銀翅膀拍了兩下，帶著牠飛上天，速度遠超過可憐的風行龍。

銀幽靈矯健地飛躍過小嗝嗝頭頂，牠跳躍的同時，瓦爾哈拉瑪彎下腰，用左手把小嗝嗝從風行龍背上抓過去。

銀幽靈向下俯衝，小嗝嗝掛在母親臂彎，穿過樹冠層，降落在森林地上。

瓦爾哈拉瑪緊抓著小嗝嗝背心後領不放，跳下銀幽靈的背，把他壓倒在地面的樹幹上。她從小嗝嗝背心口袋掏出地圖，拋給銀幽靈。

真是的，我的雷神索爾啊，小嗝嗝心想。**我之前到底在想什麼？早知道就把地圖藏好了。我這個流放者真的完全不合格……**

銀幽靈以流銀般漂亮的動作在空中接住地圖，帶著它穿過樹冠層飛向天空。

小嗝嗝趁瓦爾哈拉瑪分心的空檔扭著身體脫掉背心，逃到她搆不到的地方。瓦爾哈拉瑪華麗而自信地抽出巨大的「不敗劍」。

小嗝嗝也拔出自己的劍。

母親到現在還沒認出他，他覺得有點受傷。小嗝嗝可是她的「兒子」耶，母親不是該憑直覺認出自己的小孩嗎？

可是瓦爾哈拉瑪平常都不在家，不認得我也很正常吧。小嗝嗝哀怨地想。

他記得自己小時候寫過無數封信給母親，找各種理由請她回家，母親每次都回信告訴小嗝嗝，她的冒險真的很重要。

比我還重要。小嗝嗝心想。**我們兩年沒見面了，難怪她不認得我**。

瓦爾哈拉瑪撲上前。

小嗝嗝正面迎擊，用比較禮貌、比較不致命，卻同樣精湛的劍招刺回去。

他抬頭瞥見瓦爾哈拉瑪明亮藍眼中的驚愕，儘管情勢艱困，小嗝嗝還是有點開心。

連母親都把他當成可敬的對手，感覺真的很棒。

劍鬥術是小嗝嗝少數的專長之一，這一年來，他幾乎每天和人類與龍族對打兩次，而且對手不是和他練習，而是真的恨他入骨、巴不得他早點死掉。

所以，他現在的戰鬥技巧宛如戰神的戰歌，看他打鬥，就像聽天使唱歌。

此外，小嗝嗝是左撇子，劍技高超的左撇子，總是略勝劍術高超的右撇子一籌。

但小嗝嗝再怎麼強，忠心耿耿的龍夥伴也不肯把未來託付給運氣。

三隻龍趕到打鬥現場，年邁的奧丁牙龍看到小嗝嗝和瓦爾哈拉瑪的戰鬥，興奮得眼睛一亮，叫道：「準備『四號陣』！四號陣！」

小嗝嗝和三隻龍夥伴經常在森林等地方和人類與龍族打鬥，這一年來研究出一些不同的戰鬥陣型，「四號陣」是成功率比較高的一種。

「唔唔唔，唔唔唔唔嗯，唔唔，唔唔，唔唔唔唔唔唔唔嗯嗯嗯！」小嗝嗝焦急地呼喊（意思是：「等一下！等一下，不可以！不可以殺她！這是場誤會！她是我母親啊！」）。

可是三條龍完全聽不懂小嗝嗝說的話，展開四號陣攻勢。

風行龍在兩名劍鬥士周圍跳上跳下、興奮地吠叫，使人分心。

沒牙從天而降，重重撞上瓦爾哈拉瑪的頭，一口咬住她的金屬臂甲（結果牙齦發疼）。奧丁牙龍朝她身後一棵樹的根部噴火。

即使是劍術高強的小嗝嗝，遇到這種情況還是很頭痛，因為他得擋開瓦爾哈拉瑪的攻擊，邊設法讓她離開原處，免得樹木倒下時壓到她。

噢，雷神索爾啊，他怎麼可能做得到！那座六呎三吋高的女性鐵山，就是不肯移動腳步。

小嗝嗝用「陰森翳扭打技」、「閃燒華麗刺」與兩下「秩序刺擊」接下她的劍招，漸漸發現自己永遠不可能撼動她。老奧丁牙龍體型雖小，燒樹幹的效率卻高得出奇，只見樹幹搖晃起來，附近的草已經燃起了肉眼可見的火舌。

小嗝嗝用左手拚命擋下不敗劍精妙的招式，同時用右手拚命拉扯緊緊卡在頭上的頭盔。

「樹——倒——了！」奧丁牙龍與沒牙愉快地異口同聲高唱。底部被燒穿的樹木瘋狂搖晃。

小嗝嗝絕望地扯了最後一下，頭盔終於飛了出去，力道大得他耳朵發麻。他高聲喊道：「母親！不要攻擊我！我是妳兒子，是小嗝嗝啊！還有快閃開，那棵樹快倒在妳頭上了！」

可是小嗝嗝已經一年沒和人類交談了（他沒有人類同伴），這一年他天天說龍語，結果現在不經大腦就脫口而出的不是諾斯語，而是龍語：「窩馬嘛！不咬！是獨窩，逆失望小嗝嗝！加閃開葉掛它吠低下逆腦盒！」

小嗝嗝還是別想和母親坐下來，安安靜靜地談談這些事了。

有時候，人生就是這麼混亂、這麼麻煩。

瓦爾哈拉瑪猛然瞪大藍色雙眼，眼睛彷彿要從面甲後面掉出來了。她驚訝得全身僵硬，用到一半的「中旋轉搶泡泡招」緊急煞車，看起來有點好笑。「中旋轉搶泡泡招」是閃燒發明的華麗招式，瓦爾哈拉瑪雖然是劍術高強的女戰士，仍不適合使用這一招，她至少得年輕十歲，腰圍縮減到現在的一半，看起來才不會很蠢。

她嚇到也是理所當然。

在那令人瞠目結舌、使劍的手停下動作的瞬間，她發現以下幾件事：

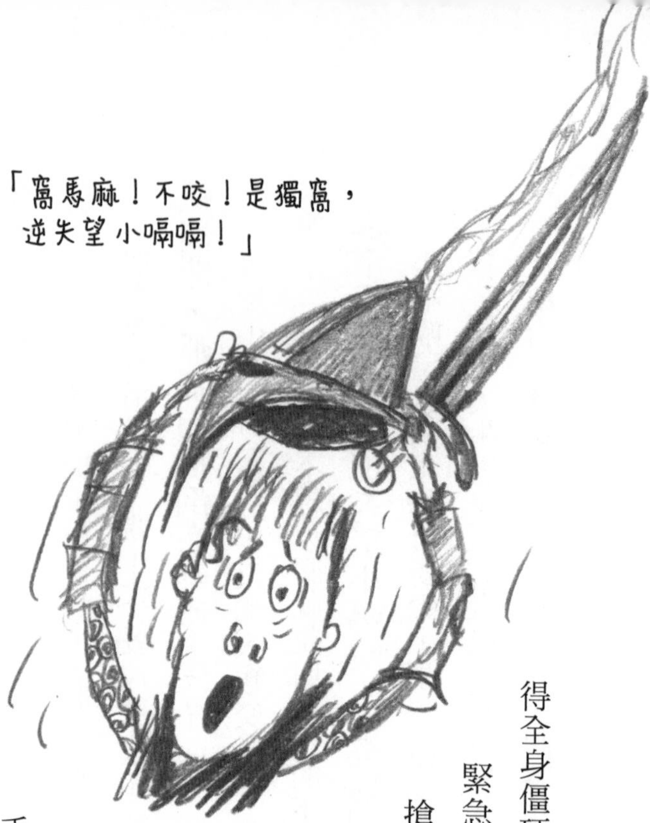

一、她剛才竟然沒注意到她要殺的人，是自己的獨子。

二、她兒子竟然是流放者，是西荒野全民公敵，所有人（不只是巫婆）都

說是他放了龍王狂怒，害龍族和人類開戰。

三、她兒子額頭上竟然有奴隸印記。

四、她兒子似乎精通維京人禁止使用的龍語——其實維京人之中應該也只有小嗝嗝會說龍語。

她在那月光照耀的一瞬間意識到這些事，一時沒辦法消化事實。

可惜她聽不懂龍語，沒聽到關鍵訊息——當下對她最有用的訊息。

樹即將倒在她頭上。

砰隆隆隆隆隆！

樹幹斷成兩半，然後……

哐啷啷啷啷！

……它直接敲在瓦爾哈拉瑪的金屬頭盔上。

樹幹被頭盔彈掉，落在地上。

那一秒，瓦爾哈拉瑪動也不動地站在原地。

她調整成略顯威嚴的站姿。

她在原地微微搖晃……

然後……

砰隆隆隆隆隆隆——！

她和剛才的樹幹一樣，重重摔在地上。

「**不——！**」

天啊，天啊，天啊！

小嗝嗝焦慮地跳來跳去。

「中、中、中了！」沒牙高喊。「奧丁牙龍，你瞄得好準、準、準！」

牠飛了下去，對著瓦爾哈拉瑪的面甲大聲辱罵。

「可、可、可惡的人類惡霸！」

小嗝嗝揮手想趕走牠，沒牙還以為這是要牠注意禮貌的意思。

「『對不起』啊，金屬軟、軟、軟體動物！『不好意思』啊，大肥、肥、肥屁股鉛肚肚！『抱歉』啊，可怕的睪、睪、睪固酮罐罐！」

「我很有禮貌。」沒牙得意洋

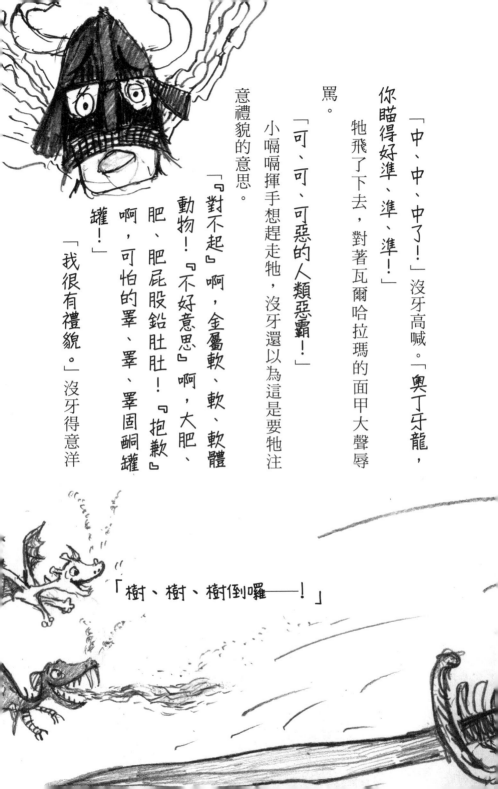

洋地對奧丁牙龍說。

「嗯，沒牙，你做得很好。」老奧丁牙龍開心地誇道。「道歉說得『非常』好。」

小嗝嗝推開沒牙，打開母親的面甲。

她還有呼吸，感謝雷神索爾……

她的確還有呼吸，但此時不省人事，額頭腫了個大包。風行龍還因為剛才的打鬥而驚魂未定，看到恐怖的戰士還活著，焦急地試著叫小嗝嗝騎著牠逃離危險。

可是小嗝嗝偏偏不聽，風行龍見狀完全失控了，直接用爪子拎起奮力掙扎的小嗝嗝。小嗝嗝邊掙扎邊大喊：「不

可以！那是我母親！是我母親啊！」

奧丁牙龍和沒牙飛在小嗝嗝頭部兩側，發出輕柔的聲音安慰他。牠們以為小嗝嗝剛才打得太激烈，現在腦袋不正常了。

即使少了頭盔的阻隔，小嗝嗝還是花了十分鐘才把想說的話傳達給三隻龍。

喘過一口氣後，小嗝嗝堅持要回到剛才和瓦爾哈拉瑪戰鬥的地方，卻沒看到昏迷不醒的母親，只在冒煙的樹幹旁，看到雪地裡一個深深的凹痕。

她怎麼不見了？會不會是被刃翅龍抓走了？還是銀幽靈飛回來，帶她到安全的地方了？

那天晚上，小嗝嗝和三隻龍在森林裡找了很

久、很久，一直沒找到她。

最後，到了第二天清晨，小嗝嗝推開一些荊棘叢，爬進最近藏身的山洞裡補眠。風行龍溫暖、潮溼又長滿毛髮的身軀靠在身旁（風行龍長大了，身上的毛比較少，也比較沒那麼亂了），沒牙和奧丁牙龍兩個朋友窩在他胸前，帶給他溫暖與慰藉。

小嗝嗝雖然是流放者，但至少他還有三個龍夥伴，不像魚腳司孤身一人。

就在他要睡著時，小嗝嗝想起一件事。

他的地圖被搶走了。

第三章　小嗝嗝非死不可

老奧丁牙龍說得對，龍王狂怒確實派了隻龍去暗殺小嗝嗝。

幾個星期前，某個無比漫長的冬季夜裡，小小的博克島上的空氣冷到吹在皮膚像蜜蜂螫你。龍王狂怒趴在曾經是毛流氓村的位置，身下是還在冒煙的一片灰燼。

龍王狂怒是巨無霸海龍，也是龍族叛軍的統帥。牠的目標，就是消滅全人類。

上回，在龍族軍隊聲勢浩大的攻擊下，毛流氓紛紛逃離博克島，乘船到南方那些勉強能抵禦龍族攻勢的島嶼。博克島成了龍王狂怒的戰利品。

對狂怒來說，博克島是相當重要的新領地，然而……

然而，這天逃離博克島的毛流氓之中，少了「某一個」毛流氓。那是龍王狂怒與全體龍族叛軍天天追殺，卻一直沒成功捕殺的毛流氓。牠們在海上、森林裡、山中、冰穴與火山，怎麼也抓不到他……

那個人，就是小嗝嗝．何倫德斯．黑線鱈三世。

那個小毛流氓每次都在最後一刻溜出狂怒的手掌心，有時會偷偷掉頭往回走，有時默默溜走，有時騎著風行龍「咻——」一聲飛遠，像隻逃離狩獵隊的狡猾狐狸，龍族軍隊只能號叫著苦苦追趕。

此時此刻，一隻稀有的三頭死影龍跪在龍王狂怒面前。就算牠在你眼前，你也看不到牠，因為死影龍是能變色的龍，皮膚可以變成背景或周遭物品的顏色，達到隱形的效果。

「小嗝嗝非死不可。」龍王狂怒對三頭死影說。「要是不抓到他，我們就輸定了。『你』辦得到嗎？之前派去殺他的龍都失敗了，你能成功找到小嗝嗝並殺死他嗎？」

三頭死影的皮膚漸漸變回原本的顏色，這頭恐怖的龍似乎突然憑空冒了出來。現在，我們終於能清楚看到牠壯觀的身體：牠擁有黑豹般強而有力的肌肉，皮膚閃閃發亮，爪子一看就鋒利無比，還有能吐出火焰與閃電的血盆大口。

死影的三顆頭露出微笑，六邊臉頰的毒腺一瞬間閃過黃色，明亮尖銳的爪子亮了出來，又悄悄收回去。

「狂怒陛下，」三頭死影中間的頭說。「我和我兄弟曾經愛過一個人類，後來她的人類家族做了某件事，害她傷心致死，現在我們對人類的恨意比強酸還強。您要我們殺那個人類男孩，他就必死無疑。」

「嗯，」龍王狂怒滿意地說。「我就知道選你是正確的選擇，你跟我很像，我就是需要你這種和我一樣痛恨人類的龍。我知道你意志堅定，不會被小嗝嗝那小子蠱惑；他最近常解除捕龍陷阱，就連叛軍之中意志力較薄弱的龍也開始支持他了，這可不行。我要你跟蹤他，殺了他。小嗝嗝非死不可！」

「小嗝嗝必死無疑！」死影的三顆頭嘶聲回答。

牠像蝙蝠般將翅膀往後摺，往上一跳，飛到天上的瞬間身體立刻變得白如雪花。龍王狂怒在靜靜飄落的雪中，目送牠離去。

巨無霸海龍

統計資料

恐怖：……………………10
攻擊：……………………10
速度：……………………10
體型：……………………10
叛逆：……………………10

巨無霸海龍是體型最大的龍，多住在開放海域。

沒牙做逆窩最、最、最特別哀點。沒牙跑物啵裡嗯嗯血腥龍，加窩按它多寬在地片。

我打從心底對你道歉，我好像踩到血腥龍便便，把你的地毯弄髒了。

沒、沒、沒牙眼眼逆掙扎啃啃鹽東東獨自。讓窩加加。

我看你自己沒辦法吃那麼多牡蠣，讓我來幫忙吧。

不不，沒牙不展生暖，逆做窩成小妹妹嘌，加窩喜窩火噴冷全和窩啪答啪搭成叉冰冰。謝你為逆暖願。

不要，我「不要」穿那件毛毛外套，我穿了會像娘娘腔，我寧可讓火孔結冰、翅膀變成冰棒。謝謝你的好意。

大家說龍語

沒牙的禮、禮貌指南……

哰女，逆泥泥吸鼻是特巨加特疣，加什眼喜、毛生抱垂！

女士，妳的鼻子好大而且長滿了疣，手臂也毛茸茸的好漂亮！

沒牙是哀點窩失機閃、閃、閃閃火逆口生。是大時打嗝。

對不起，我不小心把你的鬍子點燃了，我錯了。

唉呀！
沒、沒、沒牙不是故意踩到血腥龍便便，把地板弄髒的……

第四章　小嗝嗝不太機智的計畫

失去地圖的幾個星期過後，小嗝嗝·何倫德斯·黑線鱈三世趴在蘆葦叢中，這裡是海灣裡一座很小很小的島嶼外圍，前方就是烏心監獄，而這個海灣名叫「龍族墳場灣」。

風行龍、奧丁牙龍與沒牙都在小嗝嗝身邊。

牠們蹲伏在小嗝嗝身旁，翅膀微微顫抖，三雙貓眼害怕地探出蕨叢，環顧可怕的環境。

「你不、不、不可以進去……」沒牙驚恐地用翅

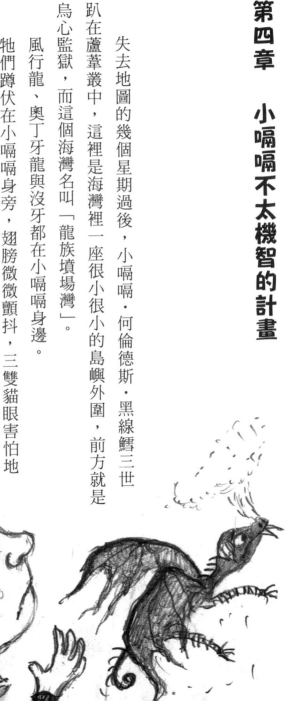

膀指著烏心監獄，尖聲說。「拜、拜、拜託跟沒牙說你不會進去……」

「既然我母親背叛了我們，我們沒有別的選擇。」小嗝嗝痛苦地說。「我必須說，她是常常出門冒險，很少在家陪我們，可是我從未想過她會和我『作對』。」

小嗝嗝吞了口口水。真是的，全世界都要燒成灰燼了，他卻因為母親和他背道而馳而難過想哭。

事情會變成這樣，難道不是因為她背叛了小嗝嗝嗎？瓦爾哈拉瑪一定

是吩咐銀幽靈把恐怖陰森鬍的地圖交給巫婆，否則巫婆現在也不會在烏心監獄找龍族寶石，而且殘酷傻瓜部族、凶殘部族、

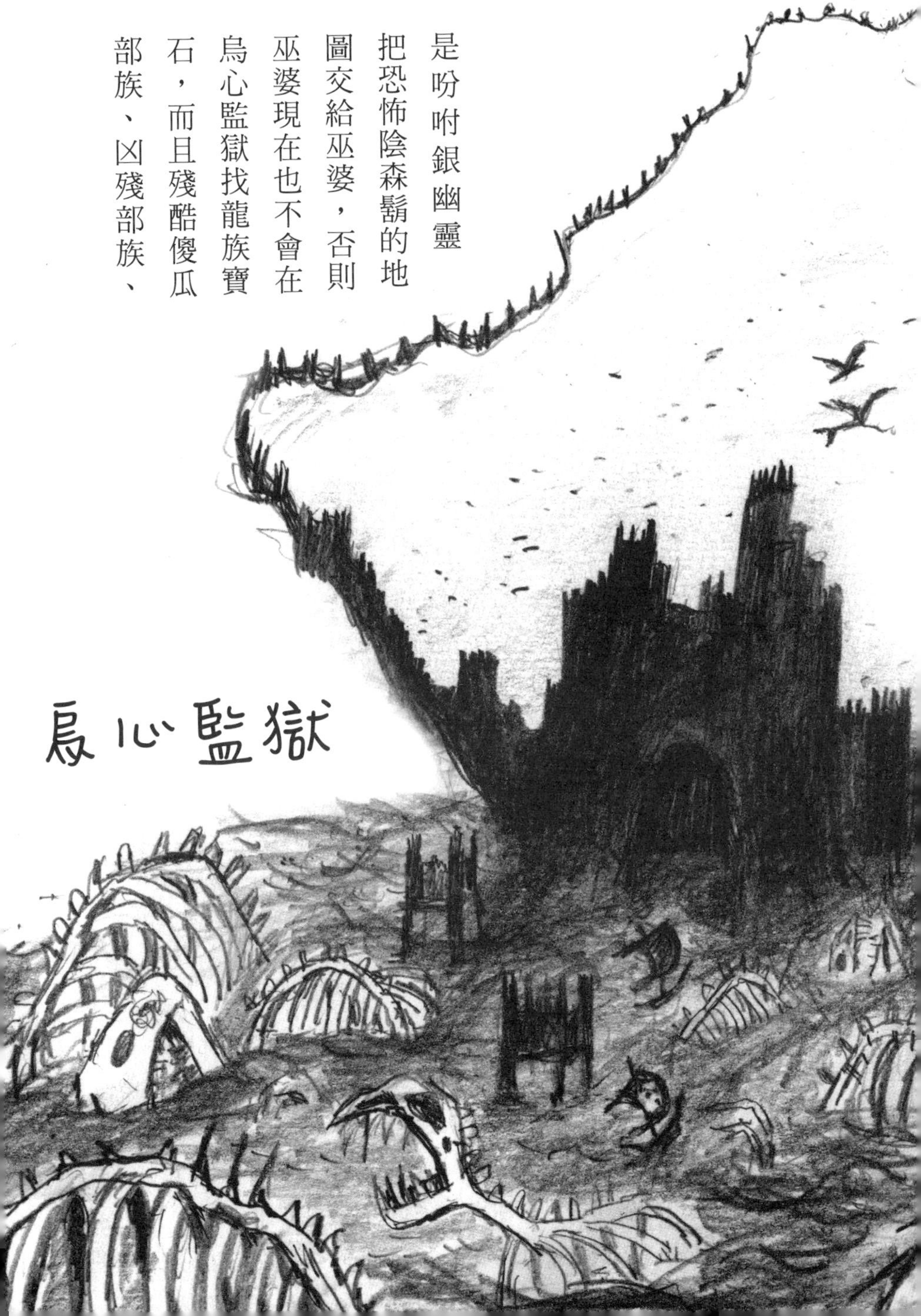

維西暴徒部族和毛流氓部族也來了，大家都在找寶石。

過去兩週，小嗝嗝偷偷觀察航行過來的每一艘船。

這表示小嗝嗝父親——偉大的史圖依克——和好朋友魚腳司也在這裡。他們都來了，小嗝嗝就非把他們救出來不可。

他們會進鳥心監獄都是我的錯，所以我要把他們救出來……

「唉我的抖抖爪、爪、爪子啊！」可憐的沒牙害怕得哭了起來，還從小嗝嗝肩膀摔到海水裡。「你看！」牠用翅膀指著海裡所有的龍屍，對蹲在水裡的小嗝嗝說。「龍王狂、狂、狂怒每天晚上派龍攻打監獄，可是都失敗了！如果連『他』都做不到，你怎麼可能溜得進去！」

海灣一角是座巨大的監獄，也是通往琥珀奴隸國圍獵場的唯一入口。琥珀奴隸國周圍的高牆也許沒有萬里長城那麼長，但高度絕對更高，在古代，它同樣是奇蹟般不可思議的建築物。

監獄前門口的海水正在緩緩退潮，漸漸露出數千隻龍噁心又可悲的屍體，數百年前的龍骨突出海灣的水面，宛如高聳、哀戚的大教堂，海鷗穿梭在早已化為白骨的巨大肋骨之間，尖聲鳴叫。

此外，海灣還有新鮮的龍屍體，它們散發難聞的氣味，綠血溢散在海水中。龍族叛軍每晚派精兵攻打烏心監獄，這些就是陣亡的龍。

「你的計畫超級爛！你會被巫婆跟阿爾文抓走！」沒牙驚恐地尖叫。

「不會有人抓到我們的，」小嗝嗝安慰牠。「我們就偷偷溜進去，看能不能找到我父親、魚腳司跟寶石，再偷偷溜出來就好了。我們流放者都擅長偷偷摸摸辦事，沒問題的。而且我頭上有奴隸印記，就算被別人看到，也會以為我是普通奴隸。」

「還有，」他揚起一邊眉毛。「我會穿這套超棒的偽裝。」

小嗝嗝當了一年流放者，身材變了不少：他比以前瘦、比以前高，聲音也變低了，還會不時從低沉粗啞變得尖銳高亢，這本身就是一種偽裝。

他拿下頭盔，從背包取出一塊破布，當作眼罩綁在一隻眼睛上。他把一塊粉紅色的蠟黏在鼻尖，看起來還真的有點像疣。最後，他在身上塗了一些臭龍臭膏，這是他幾天前從火焰林裡一隻冬眠中的臭龍身上小心翼翼採來的，他一直裝在小容器裡。

塗了這種臭味之後，別人就不會想靠近他了。

「我看起來怎麼樣？」

沒牙擺了個「好噁喔」的表情。「沒、沒、沒牙不要靠近你，你好好好噁心。」

「沒牙，你不想來也沒關係，老實說你不來反而更好，那裡面的人對龍族非常不友善。」小嗝嗝說。「我希望

小嗝嗝超棒的偽裝
氣味濃到幾乎能用
肉眼看見

你平平安安的。你跟風行龍待在外面等我也可以喔。」

風行龍抗議道：「待在外面是什麼意思？我也要去。」

小嗝嗝搖頭說：「風行龍，你恐怕不能來。奧丁牙龍跟沒牙可以躲在我的背心裡，可是你太大了，躲不起來，要是被看到就會被殺掉。」

風行龍閉緊眼睛，尾巴藏到後腿之間，背上的龍角全都垂了下來。

小嗝嗝給了牠一個親暱的擁抱，摟住牠毛茸茸又溫暖的脖子，吸入牠好聞的氣味，彷彿和牠最後一次告別。

風行龍聞起來像熱巧克力。

「風行龍，你待在這裡守護我的頭盔和忘卻森林裡的祕密基地，別讓任何人或龍找到它。我們很快就會回來。」

小嗝嗝一直不想面對這一刻，因為他可能很快就要和父親重逢了。小嗝嗝無意中害了史圖依克被部族流放，從人人景仰、生活優渥、天天大吃大喝和使喚別人的族長，變成琥珀奴隸國一介沒沒無聞的奴隸。

小嗝嗝很愛父親、也很尊敬他，他無法接受偉大的史圖依克淪為奴隸的事實，一想到這是他害的，他就更難過了。

風行龍，
我跟你保證，
我們很快就會回來。
成為奴隸的史圖依克，是否變了？現在的他會怎麼看待小嗝嗝呢？魚腳司呢？他還好嗎？

對小嗝嗝來說，這些念頭簡直是酷刑。

有時候，英雄的英勇不是展現在和怪獸搏鬥、和巫婆鬥智或逃避死亡這些地方，而是在面對自己行為的後果之時。

拯救父親和魚腳司，是小嗝嗝「非做不可」的任務。

「沒牙，你要留在外面，還是跟我進去？」

「沒牙要去，」沒牙的表情寫著「我真大方」，用翅膀指向小嗝嗝。「因為你需要我幫、幫忙，而且少了我，你什麼都做不到。沒牙可、可、可以跟你一樣戴眼罩嗎？」

「沒牙，你不用戴眼罩啊，反正不會有人看到你。」

「可是很酷、酷、酷耶……」

「沒牙！」

沒牙尖叫一聲，鑽進小嗝嗝的背心。

一艘奴隸船載著新鮮奴隸，穿過蘆葦叢進入奴隸國飢餓的血盆大口。船航行得很快，因為海潮退得很快，到時龍族叛軍會再次進攻，船上的人不趕快躲進監獄就會被殺光。

小嗝嗝深呼吸，潛到了水裡，跟著奴隸船游去。船繞過水裡的龍屍，迂迴前進。

小嗝嗝游在後頭，奧丁牙龍每隔一段時間對著他嘴巴呼氣，給小嗝嗝新鮮氧氣。游到船尾時，小嗝嗝浮出水面，將兩把匕首插在木造船身兩側，握著匕首搭便車。

他聽見馴奴人鞭打奴隸的劈啪聲，聽見那些可憐的奴隸疲累的呻吟，還有划槳的水聲。

奴隸船停了下來，有人對高聳城牆上小得像螞蟻的人呼喊。

吱吱吱吱吱呀呀呀呀呀呀！

在滑輪刺耳的抱怨聲中，「叛徒之門」緩緩開了。

大門上方的岩石，刻了和成年人一樣高的可怕大字：

忘卻所有來者吧。

馴奴人的鞭子又「劈啪」一響，他尖聲命令奴隸划船。

疲憊不堪的奴隸們把船划進門，划向他們黑暗的未來。

鐵門彷彿在宣告終結，慢慢、慢慢地……

……關上了。

蹲伏在蘆葦叢中的風行龍焦慮地嗚咽一聲，牠獨自顫抖著窩在藏身處，可是烏心監獄的守衛好像看到牠了，城牆上突然閃起大火，有什麼又大又重的東西從可憐的風行龍頭邊飛過去，炸毀旁邊的蘆葦叢。

那是什麼？人類用來對付龍族的恐怖新武器，究竟是什麼？

風行龍沒有留下來一探究竟，而是驚恐地尖叫一聲飛出蘆葦叢，用破破爛爛的翅膀拚命飛往北方的忘卻森林。飛行時，牠哀傷地回頭望向可怕的烏心監獄。

結果，在那驚恐的瞬間，牠把插著羽毛的可笑頭盔忘在蘆葦叢中了。數小時後，有「什麼東西」繞過哀戚的巨大龍骨，降落在頭盔旁，將它的氣味吸到肺裡。

和背景一樣顏色的三顆龍頭露出笑容，尖爪像彈簧刀般彈出來。

「小嗝嗝……」中間的龍頭滿意地嘶聲說。「小嗝嗝，小嗝嗝，『小嗝嗝』。他一定在那裡面。」

三顆頭一起轉向烏心監獄。「那麼，現在，」第三顆頭嘶聲說。「現在，他無路可逃了。」

「他似乎，」第三顆頭邊說邊嗅了嗅頭盔，嫌惡地皺起鼻子。「之前碰過臭龍，追蹤他一定簡單得要命。」

龍緩緩拍翅飛往監獄，像貪婪的禿鷹一樣繞著它飛行。

你應該知道這隻龍是誰吧？能變色隱身、長了三顆頭的龍，在蠻荒群島可不常見。

牠，就是三頭死影。

第五章　錯誤的那一側

打從一開始，小嗝嗝超爛的計畫就錯了。

他搭便車進了大門，船上的奴隸紛紛下船，穿過船的跳板下方。小嗝嗝本想融入陰影，自己探索監獄，畢竟他現在是擅長偷雞摸狗的流放者了。

但就在他躡手躡腳遠離奴隸船時，背心裡的奧丁牙龍打了個噴嚏。這聲噴嚏其實很小聲，可是沒牙說了龍語的「保佑你」：「保優逆！」重點是，牠說得非常、非常大聲。

接著又「保優逆！保優逆！保、保、保優逆！」奧丁牙龍連打了三個噴嚏。

跳板上的守衛聽到聲音，望向跳板下方。

「**你想逃去哪裡？**」守衛大叫。他以為小嗝嗝是企圖逃跑的奴隸，拿鞭子朝小嗝嗝「劈啪」一聲甩過來，被鞭子打到比被松鼠蛇龍咬到還痛。守衛「邀請」小嗝嗝加入魚貫下船的奴隸，在沙地上排隊，那群奴隸每個人的腳都往沙地裡陷，只有腳踝以上的部位露在外頭。

「沒牙，」小嗝嗝摀住刺痛的肩膀，拖著腳步沿著迷宮般的走廊，來到監獄中心的中庭，邊走邊氣呼呼地小聲說。「拜託你安靜點。別忘了，我們是流放者……我們是間諜……」

「沒、沒、沒牙只是禮貌而已嘛！」沒牙抗議道。

「嗯，我知道，你很禮貌，你很乖，我超級佩服你，可是麻煩你現在用安靜的方式禮貌，謝謝……」

監獄中庭一片混亂。

小嗝嗝瞠目結舌地環顧四周，彷彿穿過一道門，來到了可怕的異世界。

這地方擺了好幾張長桌，很多人坐在桌前吃東西，看來這裡是露天食堂之類的地方。那些人有老有少，年紀最小的大概六、七歲，每個人額頭都印了「S」形奴隸印記。

但這些吃飯的人周遭，是戰爭狂亂的吵雜，種種瘋狂的噪音實在震耳欲聾，彷彿英靈神殿有人把樂團的音量調到最大。

戰士們尖叫著東奔西跑，用末端燒紅的金屬打造長劍與矛頭。上方持續發生爆炸，冒出一朵朵黃色煙雲，黃煙害小嗝嗝眼皮刺痛，像硫磺做的蛞蝓似地鑽進他鼻腔，臭雞蛋的味道卡在他喉嚨裡。

一看就很恐怖的大型捕龍陷阱一個個躺在地上，還有一些超奇怪、超神奇的發明，像是能一次發射三十五枝長矛的投石機，還有能一次發射三十五枝箭的北方弓。庭院裡吵得要命，小嗝嗝連自己腦子裡的想法都聽不到。

守衛把新奴隸都推進去後匆匆離去，邊走邊回頭大吼：「尋寶任務很快就要開始了，多吃點！」這又是什麼意思？小嗝嗝驚恐地發現，中庭滿是蠻荒群島各部族的人，有一大半都認識他。他現在可是西荒野王國的頭號通緝犯，還是偷偷溜走，躲在小走廊裡比較好。

可惜今早，小嗝嗝無論做什麼都事與願違。

「**喂！那邊的臭男孩！來我們這桌一起吃飯吧！**」附近一張餐桌，一個高大的胖男人對他喊道。

小嗝嗝嚇了一大跳。

然後，他震驚地發現，那個對他大喊的胖男人正是他親生父親——偉大的史圖依克。

這是小嗝嗝不想面對的一刻。

假疣、眼罩和臭味似乎效果很好，史圖依克顯然完全沒猜到他的身分。

「**喂！臭男孩！**」史圖依克又大叫。「**快過來吃啊，不然食物就要被吃光光了！**」

小嗝嗝慢慢走到史圖依克所在的餐桌前。

他一坐下，其他人都皺起鼻頭，悄悄把位子挪得遠一些，像是海水被一分為二。

罹患嚴重的傳染病，應該就是這種感覺。小嗝嗝心想。

史圖依克低哼一聲，把一大塊麵包和一大堆貽貝推到小嗝嗝面前，過程中一直努力憋氣，不要吸入小嗝嗝特別濃郁、特別厚重的臭味。「男孩，快趁我改變心意之前把這些吃掉。」

至少父親看起來還很健朗。他眼神似乎有點哀傷，壯觀的八字鬍多了幾根灰毛，體重好像也減輕了些，但他還能稱作「鬍子和森林大火一樣赤紅、一樣失控的大胖子」。

小嗝嗝放心地發現，史圖

偉大的史圖依克（前毛流氓部族崇高的族長，現在卻是一介奴隸）

依克在奴隸當中算是有頭有臉的人物，至少和他坐同一桌吃飯的人都十分敬重他。

只要當過族長，就永遠會有族長風範。

「你是新來的吧？」小嗝嗝吃飯時，史圖依克說。「小子，你叫什麼名字？」

小嗝嗝強迫自己對上父親的視線。

太糟糕了。

他其實很糾結，畢竟他在執行機密任務，被別人認出來非常危險，可是史圖依克應該——**應該**——認得出小嗝嗝是他兒子吧？

瓦爾哈拉瑪經常外出冒險，至少有「很久沒看到兒子所以不認得」這個藉口，可是史圖依克和小嗝嗝天天一起吃早餐，吃了整整十三年，怎麼會不認得他！

小嗝嗝真的長得那麼像路人嗎？雷神索爾啊，他的確有稍微長大，但他又沒在臉上黏捲捲假鬍子，真的有那麼難認嗎？

但史圖依克顯然沒發現小嗝嗝的真實身分，完全不曉得這個和他共餐的男孩就是自己唯一的兒子。

「我的名字是……小疣・麥臭。」小嗝嗝說。

「好名字。」史圖依克讚許地說。「成為奴隸之前，你是哪個部族的人？」

「迷失部族。」小嗝嗝信口胡謅。

「小疣・麥嗅，歡迎加入琥珀獵人團。」史圖依克大吼著用力拍他的背。

「是『麥臭』。」小嗝嗝糾正道。他吃貽貝吃得差點噎到。

「麥抽，你來這裡就要加入團體。」

「是『麥臭』……」雷神索爾啊，父親怎麼連他的假名字都記不得！再這樣下去，連小嗝嗝自己都要忘記他的假名了。

「不然你在沙灘上活不過一天。」史圖依克一本正經地說。「我們是琥珀獵人。琥珀獵人，聽好了！我們有新夥伴了！這位是以前在迷失部族的『小油・

麥醜』。」

小嗝嗝看了看琥珀獵人團，又環視中庭，一顆心直直墜向腳下的涼鞋。

一切的前後左右上下都顛倒過來了，不該掌權的人掌握了權力：西荒野戰士坐在主桌前，配戴紫色與黃色飾帶的他們大搖大擺地走來走去，其中包括毛流氓部族一些討人厭的傢伙，像是新族長鼻涕臉鼻涕粗，還有他的小嘍囉——無腦狗臭與阿呆。

奴隸區則有非常非常多受人敬重的男人女人，一年前這些人還是各部族鼎鼎有名的戰士，現在他們都被印上了奴隸印記。

有很多是和平部族、無情部族、平靜度日部族的人，不過史圖依克的琥珀獵人團除了寂靜族人與痛揍蠢貨之外，還有幾個小嗝嗝熟識的毛流氓——凶惡雙胞胎、瘋癲亂糟糟。

還有小嗝嗝的老師，打嗝戈伯。

打嗝戈伯是備受尊敬的戰士，曾多次為部族英勇奮戰，在遙遠的過去，他還是博克島海盜訓練課程的導師。

戈伯抬頭，友善地對他打招呼，小嗝嗝看見老師額頭上可怕的「S」形印記。

是誰對他做了這種事？是誰這麼大膽！

更慘的是，就連戈伯也沒認出他，難道他真的變了這麼多？

小嗝嗝覺得好孤單，比過去一年當流放者還要孤獨。他看著長桌旁的人，環顧整個中庭。

他在找魚腳司，可是魚腳司好像不在這裡。

「呃……偉大的史圖依克先生，」小嗝嗝禮貌地說。「琥珀獵人團有沒有一個叫『魚腳司』的男孩？」

史圖依克一臉哀傷與不自在。

「魚腳司？」他說。「我沒聽過魚腳司這個名字。戈伯，你認識這個人嗎？」

打嗝戈伯搖了搖頭。「我也沒聽過這個名字。」

沒聽過魚腳司的名字？

他們到底在說什麼啊？

魚腳司參加戈伯的海盜訓練課程那五年，無論是亂撞球、「血錯自」或其他課程都倒數第一名，戈伯怎麼會對他沒印象？

戈伯以前常說，他就算拚了命也要讓魚腳司成為戰士，小嗝嗝父親也總是因為小嗝嗝和小怪胎當朋友而不高興……他們怎麼可能從來沒聽過魚腳司這個人？

一定是發生了什麼怪事。

小嗝嗝正要問問題，毛流氓部族的新族長——鼻涕臉鼻涕粗——悠哉地走了過來。

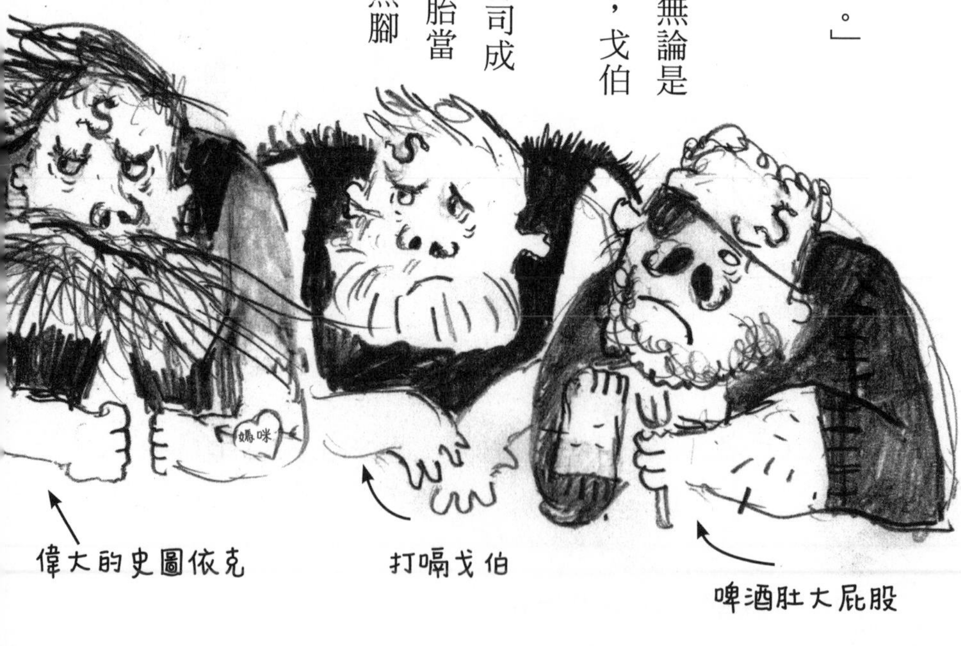

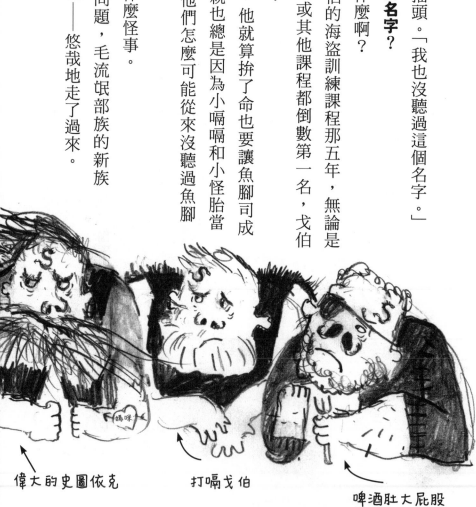

鼻涕粗

從鼻涕粗的樣子看來，他身心狀況都非常好。

要不是他這麼討人厭，看到他實現多年的願望，我們應該要為他感到開心才對。

鼻涕粗從以前就想當族長，現在命運終於成全了他，他開心得不得了。

在眾人的仰慕下，他似乎長高了一英尺。他大搖大擺地和朋友走在一起，大聲笑鬧，全身散發自信的光芒。

「鼻涕哥，你昨天跟龍族戰鬥表現真好！」他的好朋友——維西暴徒「汪蠻」大聲說。「你殺了幾隻啊？是不是九隻？」

「應該是十一隻吧。」鼻涕粗露出悠哉的燦笑。「不過大家都做得很好。」

走向琥珀獵人團的餐桌時，他一開始並沒有要羞辱別人的意思，畢竟他心情很好。

然而鼻涕粗腦子裡只有鼻涕臉鼻涕粗，他根本不會考慮別人的感受。

「大家盡量吃。」鼻涕粗漫不經心地笑著說。就這樣而已。

可是史圖依克、戈伯和大屁股**覺得自己被羞辱了**。這個年輕人是大屁股的兒子、史圖依克的姪子和戈伯的學生，對長輩應該更恭敬禮貌才對——特別是雙方命運發生了劇變後——但鼻涕粗沒有對他們畢恭畢敬，反而若無其事地對他們下令，他們當然不滿。

小嗝嗝不忍看見長輩臉上的傷痛，還有他們難過得垂下的肩膀。世界還真的上下顛倒了。

「鼻涕粗，」小嗝嗝連忙改變話題。「你有沒有看到一個叫魚腳司的男孩？」

「奴隸，你要叫我鼻涕粗『族長』。」鼻涕粗立刻糾正小嗝嗝，守護自己好不容易贏來的尊榮。他也沒認出小嗝嗝，雙眼毫不在乎地掃過小嗝嗝，巨大的鼻子被臭氣熏得皺了起來。「魚腳司是『陷落者』，他前幾個星期去尋寶就失蹤了。他那麼瘦弱，就算消失了也不奇怪，沒什麼好在意的。他跟你一樣瘦巴巴的，只是沒你這麼臭。」

沒什麼好在意的……

啤酒肚大屁股小心放下手裡的湯匙，看著兒子小聲說出一句話，這是小嗝嗝生怕父親會對他說的一句話。

「鼻涕粗，」啤酒肚大屁股說。「我身為你父親，實在是太丟臉了。」

鼻涕粗驚愕得臉色發白，在那一瞬間，他在眾人面前縮水成過去那個小男孩，默默站在父親、伯父與老師——他最希望能認可他的三個人——面前。

然後鼻涕粗恢復鎮定，再次擺出自大的模樣，瞇起眼睛準備掀起一場脣槍舌戰。

「你沒理由這樣說。是我逼魚腳司那個弱崽當奴隸沒錯，可是我沒逼『你們』當奴隸，那是你們不尊敬阿爾文國王惹的禍。」

「那是因為我們效忠史圖依克。鼻涕粗，你雖然沒逼我們當奴隸，你所謂的『阿爾文國王』給我們蓋上奴隸印記的時候，你不是也沒插手嗎？」戈伯若有所思地說。

「是你們像傻瓜一樣頂撞國王，我幹麼幫你們說話？」鼻涕粗嗤之以鼻。

「你們覺得我丟臉？是我該覺得你們丟臉吧。而且我現在是族長了，你們應該感到驕傲才對。大屁股，你沒當過族長吧？」鼻涕粗冷笑著說。「你不是當族長的料。」

他拍拍父親的肩膀，趾高氣昂地走開。

好吧，情況不太妙。非常不妙。

小嗝嗝顫抖著手抓起貽貝，繼續吃。

「尋寶」的「陷落者」？那是什麼意思？

魚腳司到底在哪裡？

一個小女孩坐在小嗝嗝身旁，她睜著

悲觀的兩顆大眼睛，穿著釦子都扣錯位置的熊裝，頭上是到處亂翹的蓬亂黑髮。她似乎知道小嗝嗝在想什麼。

「噓。」小女孩年紀雖小，說起話來卻異常嚴肅。她缺了很多顆牙齒。「我們不准討論『陷落』，不然會傷到士氣。」

「陷落」？妳說的「陷落」到底是什麼意思？

但小女孩只是興味盎然地說：「小疣．麥臭，你的背心著火了。」

啊啊啊！

小嗝嗝低頭一看，發現背心的確冒出了灰煙。沒牙已經抓小嗝嗝肚子抓了五分鐘，表示「我要吃東西」，牠不想再等下去了，情急之下乾脆用煙表示自己餓了。

小嗝嗝把背心按在胸前，阻止灰煙飄出來。他該用什麼藉口，解釋自己背心著火這件事？

最後，他結結巴巴地說：「應該是院子裡有東西爆炸，火星飛到我身上了……別擔心！我把火撲熄了！」

小嗝嗝焦急地抓起剩下的麵包、起司與貽貝，有點太戲劇化地故意讓貽貝掉到地上（「唉呀！我真是太不小心了！」），整個人鑽到桌子下……

……他把沒牙和奧丁牙龍從背心裡捧出來，咬牙切齒小聲罵沒牙：「沒牙，你不可以燒我的背心！要是別人發現我身上有龍，你就『死定了』。」

「那是意外，」沒牙撒謊。「沒牙太餓，火孔都漏火了……」

「沒牙，你聽我說，」小嗝嗝輕聲細語，邊將緊握著的手舉到牠面前，讓牠看到手裡的貽貝和麵包。「食物不多，所以你要記得『禮貌』……記得

『分享』……留一些給奧丁牙龍吃。」

在黑暗的烏心監獄，他們更應該維持高標準。

沒牙連連點頭，重複說：「喔喔是，是，窩小知，沒牙會分享……沒牙很有禮、禮、禮貌……」

小嗝嗝攤開手掌。

沒牙把嘴巴張得很大、很大，動作快得沒抓準力道，結果小牙齦不只咬住貽貝、起司與麵包，還咬住了「小嗝嗝整隻手」。

小嗝嗝的手對牠來說太大了，牠當然不可能吞下去。小嗝嗝震驚地看著牠。

老天爺啊，這麼小的龍，嘴巴居然能張得這麼大，真是不可思議。

沒牙把尾巴藏到後腿之間，大眼睛好像很抱歉，牠慢慢退開，沒有動小嗝嗝手上的食物。

「奧、奧、奧丁牙龍先。」牠乖乖地說，彷彿剛才的事情根本沒發生。牠讓老奧丁牙龍輕巧地吃了幾口後，才衝過去把剩下的食物吃光光。

「貽貝，對、對、對不起，」沒牙滿嘴食物地說。「麵包，對、對、對不起……起司對不起……」

「沒牙，你道歉得很好。」小嗝嗝低聲說。「可是你其實不用對食物道歉……不過沒牙你別誤會，你真的做得很好喔。」

忽然間，中庭變得鴉雀無聲。

交談聲瞬間消失得無影無蹤，像是狼群走進森林時，美味的小動物全靜止不動的樣子。

然後，就在小嗝嗝蹲在桌子下方看著奧丁牙龍和沒牙在地上吃貽貝時，一陣聲響傳來。小嗝嗝後頸汗毛直豎，彷彿有甲蟲爬進他的衣領，頭上每一根頭髮都豎了起來，宛如豪豬的硬刺……

啪**咚**，啪**咚**，啪**咚**，啪**咚**……

……踩在寂靜無聲的中庭地上。

躲在桌子下的小嗝嗝心裡一涼，看著男人的腿走過來，在他面前停下，近得小嗝嗝伸手就能碰到那雙腿。

更準確地說，是一條真腿。和一條象牙假腿。

可惜小嗝嗝看不到他身體其他的部分，因為奸險的阿爾文——西荒野準新王——的模樣十分壯觀，他是壞得令人驚豔的壞蛋，長滿了疣的皮膚像布滿果實的樹，巨大肌肉刺上骷髏頭與蛇，仍是血肉的部位都刺了青。

他身上的部位沒有我們普通人多，目前為止阿爾文遺失了一隻手、一條腿、一個鼻子和一顆眼睛，這些全都被象牙、黃金與鐵做的華美義肢取代了。即使正值戰時，準新王還是盡量找了最高級的材料做義肢。

除了阿爾文啪咚、啪咚穿行中庭的聲音，還有老鼠亂竄般噁心的窸窣聲，有什麼像骨瘦如柴的白色大狗，用四肢在地上爬行。

那不是狗。

而是皮膚白得像骨頭的巫婆。

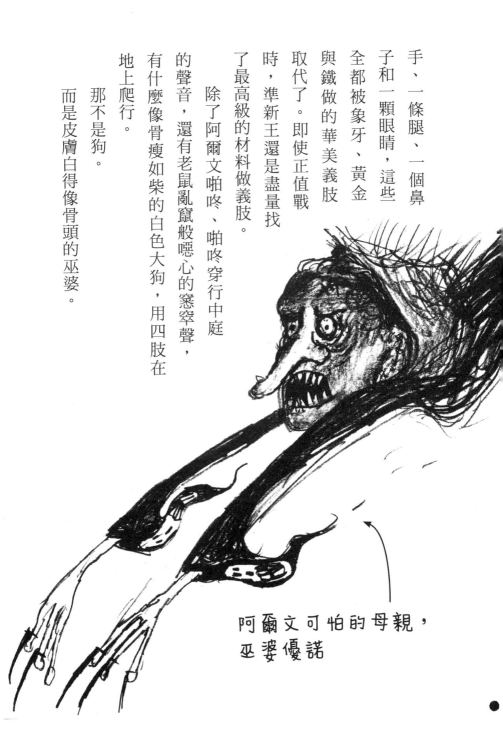

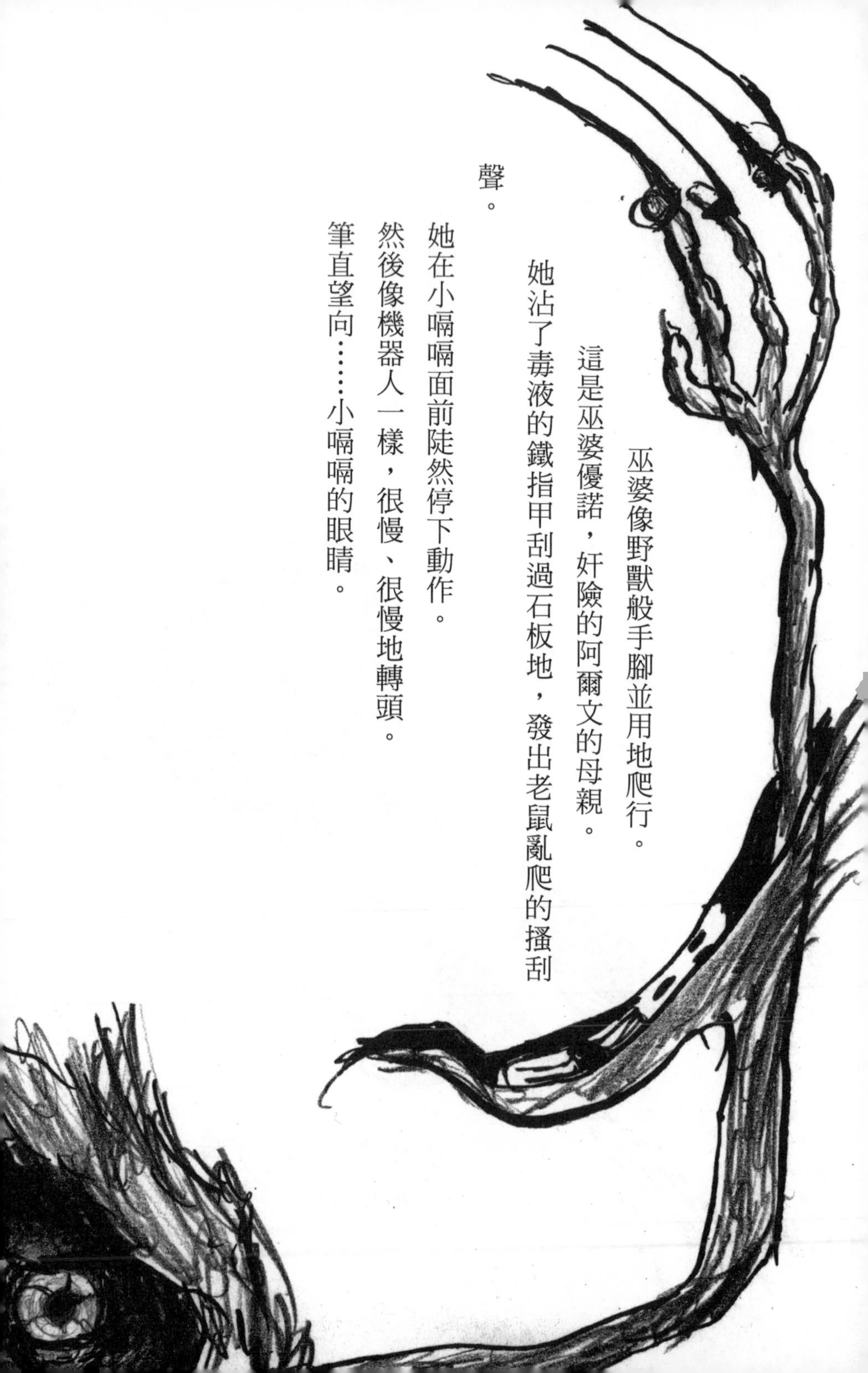

巫婆像野獸般手腳並用地爬行。

這是巫婆優諾，奸險的阿爾文的母親。

她沾了毒液的鐵指甲刮過石板地，發出老鼠亂爬的搔刮聲。

她在小嗝嗝面前陡然停下動作。

然後像機器人一樣，很慢、很慢地轉頭。

筆直望向……小嗝嗝的眼睛。

第六章　巫婆優諾有點不高興

我的雷神索爾啊。

對上巫婆空洞的雙眼時，小嗝嗝的心臟在胸腔溶解了。她像具活生生的骷髏，白色長髮在後方的地上拖行，心中沒有任何一絲人類的溫暖。她曾被關在漆黑的樹牢裡二十年，失去了所有的光明，現在她的皮膚比蛞蝓還白，脾氣比毒蛇還壞，個性還被那二十年黑暗嚴重扭

曲了。

小嗝嗝被逮到了。

一年來，巫婆為了找這個男孩，幾乎把西荒野王國翻了個遍。結果小嗝嗝就近在眼前，就在這張桌子下，就距離她微微抽動的白鼻子不到兩英尺。他正在餵食兩隻嚴禁進入監獄的龍，做到一半的動作停住了，兩隻小龍也害怕地停在空中。

巫婆嗅了嗅，一次、兩次。

「龍族……」她驚恐地嘶聲說。「龍族……」

她直直盯著小嗝嗝，像狗一樣吠叫。

可是巫婆視力很差，就連眼前一英尺的東西也看不清楚。

她沒有看見小嗝嗝和兩隻龍。

距離超過一英尺，她就只看得出有東西在動。

沒牙，不要動。小嗝嗝嚇得咬緊牙關，暗暗祈禱。**拜託不要動……**

巫婆繼續盯著他們，像看了一輩子。

然後，她刀刃般又長又尖的鼻子嫌惡地嗅了嗅。

「怪了，」巫婆輕蔑地說。「我還以為有龍的氣味，結果只是奴隸而已。好噁心的臭味啊。」

她又窸窸窣窣地爬走，緊接著是阿爾文的啪**咚**、啪**咚**。

感謝雷神索爾與臭龍。

小嗝嗝鬆了一大口氣，顫抖著把奧丁牙龍塞回背心。

鼻尖的假疣掉了，他勉強在沒牙吃了它之前把它撿起來，心神不寧地將假疣黏回鼻尖、把沒牙也放進背心，從桌子下探出了頭。

黑髮大眼的小女孩坐在他原本的位子上。

天啊，那雙悲觀的大眼睛有點可怕，嚇了小嗝嗝一跳。

「你在下面待了很久。」女孩嚴肅地說。

「嗯，呃，我剛剛在休息。」小嗝嗝豁出去了，隨便扯了個謊。

「我的名字是愛金嘉德。」小女孩說。
「愛金嘉德，幸會。」小嗝嗝有點無奈地和她握手。
「愛金嘉德我問妳，『尋寶』是什麼？『陷落』又是什麼？」
「我們琥珀奴隸國的奴隸天天都得去尋寶。」愛金嘉德說。她年紀很小，說話卻像大人。「退潮的時候，有人會吹響號角，我們就要到紅色沙灘上找巫婆和她兒子阿爾文要的琥珀寶石，可是寶石不在那裡。我從很久以前就天天在沙灘上尋寶了，我可以告訴你，寶石絕對不在那裡。」
好棒喔。
「然後，第二聲號角響起時，」愛金嘉德害怕地低聲說。「我們就回來烏心監獄。除非……」
「除非？」
「除非我們被海水捲走，或是……」愛金嘉德頓了頓，眼睛睜得更大。
「……被『別的東西』抓走。」

愛金嘉德悲觀的大眼睛讓小嗝嗝想到他認識的某個人，可是他一時想不起來那個人是誰。

「愛金嘉德，」小嗝嗝又問。「妳在監獄待多久了？」

「從我有記憶到現在，我一直都住在這間監獄裡。」她回答。

可憐的愛金嘉德。

從她有記憶到現在。

好長、好長的一段時間。

「沒關係的，」她又說。「我不怕，因為我是流浪者。流浪者都很**狂野**。」

愛金嘉德戴上熊裝的兜帽，舉起爪子般的十根手指，發出嘶嘶聲。

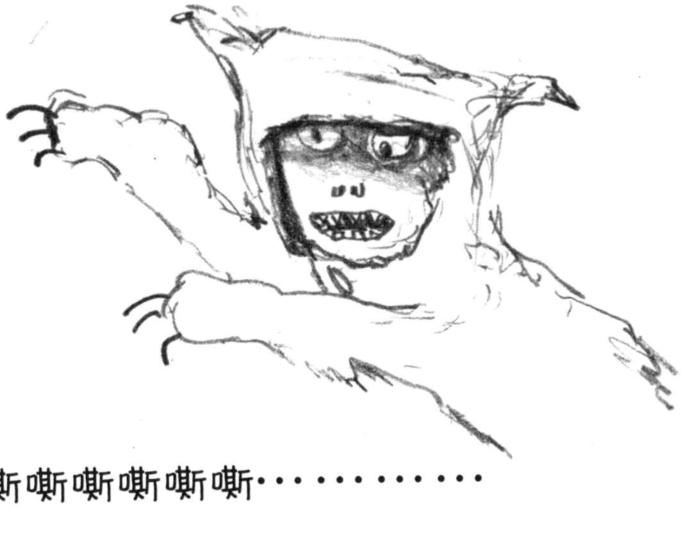

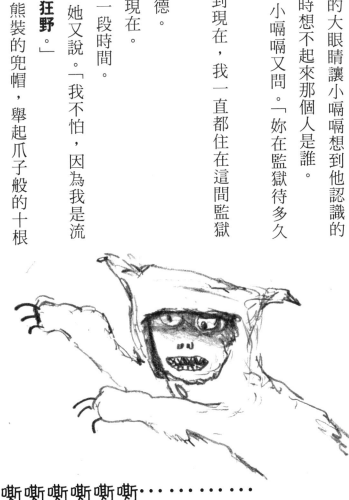

小嗝嗝裝作很害怕，愛金嘉德看了很滿意。

她小心翼翼地拉下兜帽，小聲告訴小嗝嗝：「我有時候還會嚇到『自己』……」

「妳好厲害。」小嗝嗝欽佩地說。「妳該不會有個很可怕的阿嬤吧？」

「流浪者部族的阿嬤都很可怕。」愛金嘉德回答。

這時候，巫婆跳上了主桌，站起來準備說話。那真是驚人的畫面，彷彿一條狗突然用後腿站立，學人類講話。

「**笨蛋們！**」巫婆尖聲說。「**無知的人們！懦夫們！懶鬼們！你們這群白痴，我的寶石在哪裡？**」

「如各位所見，」阿爾文擦亮鉤爪，柔聲地說。「我母親有點不高興。」

「琥珀奴隸國的奴隸們。」巫婆又迅速鎮靜下來，錯愕的觀眾鬆了口氣。現在，她用最甜蜜、最理性的聲音說：「我把陰森森的地圖帶來給各位了。」她指向一張地圖，小嗝嗝這才發現它被人非常小心地掛在中庭中央。「地圖畫得多清楚，大家都看到了吧？龍族寶石就藏在鏡之迷宮和烏心監獄之間某個地方，我唯一的請求是，為了西荒野王國的未來，請你們把寶石找來給我。

「可是看樣子，你們的動力還不夠。奴隸們，給我聽好了！」巫婆大喊。「找到龍族寶石，或是找到那個小流放者的人……」小嗝嗝聽巫婆提到他，害怕地微微一顫，幸好大家都太專心聽巫婆演講，沒人注意到異樣。「將得到最

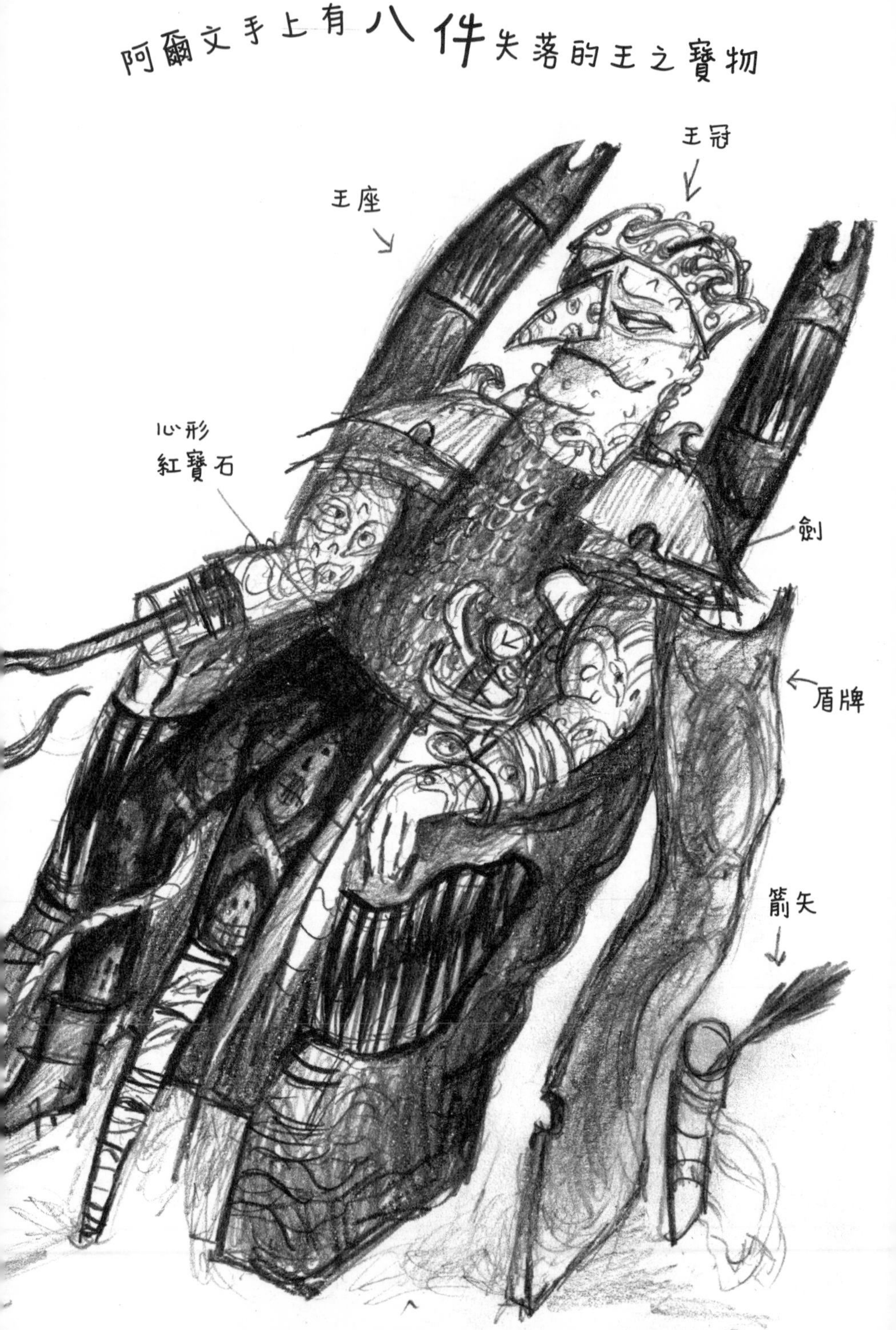
阿爾文手上有八件失落的王之寶物
王冠
王座
心形
紅寶石
劍
盾牌
箭矢

珍貴的獎賞……

「獎品，」巫婆柔聲說。「就是**自由**。」

觀眾興奮地往前靠，彷彿她說的話是水，可以全部喝下肚。「自由……」大家渴望地重複道。「自由……」

「你們閉上眼睛，」殘忍的巫婆露出微笑。「想像自由的意義……」

閉上眼睛，想像自由的意義。

真是簡單的一句話。

稻草人般破破爛爛的奴隸們閉上眼睛，對他們每個人來說，自由的意義都不太一樣，卻又大同小異。清澈的藍天，在龍背上飛行的快樂，乘船航行在洶湧的海上，小島上一座安靜的村莊與溫馨小屋，以及裊裊飄出煙囪的柴煙。是他們的家。

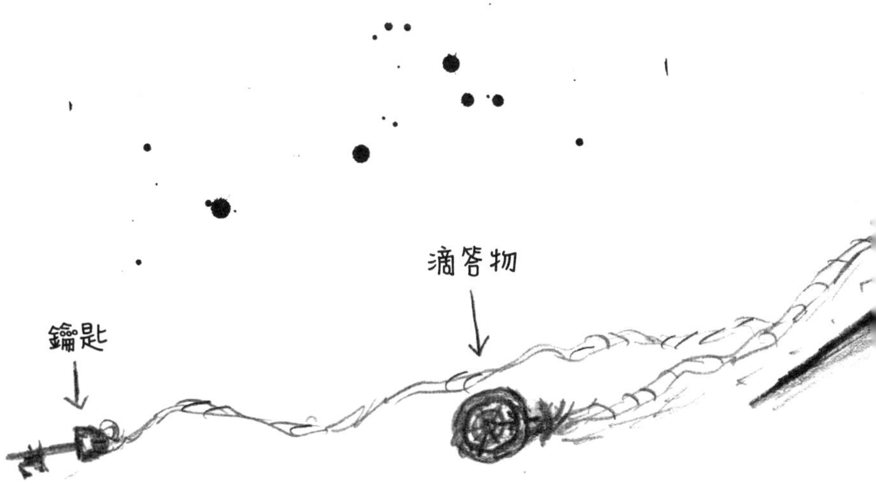

得到了自由，他們就能去到離這裡很遠、很遠的地方，再也不用看到鎖鏈、險惡的沙灘與黑暗的監獄高牆。

「那奴隸印記怎麼辦？」其中一名奴隸忘了自己的身分，提高音量發問。

「我們可以把它燙壞。」巫婆狡猾地說。「手術過程有點痛，但為了『自由』，付出這一點代價也不算什麼。」

「母親，妳在說謊吧？」奸險的阿爾文悄聲問。

「我當然是在說謊。」巫婆甜膩膩地小聲回答。「奴隸印記怎麼可能移除？一旦成為奴隸，就終生是奴隸。」

她又轉身面對全體奴隸。

「明天去尋寶時，你們將把寶石帶來給我，我相信你們做得到！」

說完，她跳下主桌，爬出中庭。

唉，那個巫婆啊。她和她兒子真的不是好人。

真的真的不是好人。

第七章

超可怕的睡前故事
——如果你準備睡了，
就「不要」讀下去

名叫愛金嘉德的黑髮小女孩帶小嗝嗝去睡覺的地方，它位在烏心監獄一間地牢的一角，算是很簡陋的奴隸宿舍。

「這裡看起來像是別人的位子耶。」小嗝嗝猶豫地說。

「不是。」小女孩堅定又哀傷地搖了搖頭。「這以前是廢物男孩的床，可是他現在不睡這裡了。」

小嗝嗝從背包拿出一條破爛的毛毯，把奧丁牙龍和沒牙放進

衣服，對、對、對不起……

去，接著在毯子下和沒牙小聲吵架。「沒牙，我不是跟你說過，不能吃的東西就不要亂吃嗎？你看，我的衣服都被你咬破一個大洞了……」

沒牙睜大青梅色眼睛，無辜地眨了眨長得誇張的睫毛。

「不是沒、沒、沒牙……」牠嚼著一大口布料，口齒不清，還邊用翅膀指向奧丁牙龍。「應該是奧、奧、奧丁牙龍吃的……」

「你現在就在吃，別以為我沒看到！」小嗝嗝無奈地用氣聲說。「還不快認罪！」

沒牙繼續抗議：「不是，不、不、不是，不是沒牙……」但牠說話時……

……不小心把一顆釦子吐了出來。

小嗝嗝和沒牙都盯著那顆釦子看。

就算是沒牙，也不得不擺出羞愧的模樣。

「衣服，對、對、對不起。」沒牙說。「你看，沒、沒、沒牙認罪了！」

沒牙吞下嘴裡剩下的布料。「腰帶，對、對、對不起。褲腰，對不起。背、背、背心口袋，對不起……喔喔，沒牙好像是認罪小天、天、天才耶……」

小嗝嗝嘆了口氣。

再這樣下去，他就沒有完好的衣服了。

小嗝嗝從毯子底下探出頭，問愛金嘉德一個問題。

「那廢物男孩現在睡哪裡？」他問道。

愛金嘉德皺起眉頭。

她沒有回答問題，而是用手指清點從前睡過這個位子的人。

「廢物男孩之前是凸眼哲提，那之前是耳朵很大的奇怪男孩，更之前是跳跳手……你手上那根蠟燭就是他的。」

小嗝嗝立刻鬆手，彷彿蠟燭塗了毒藥。

「還有勇敢小手臂，還有——」
「這些人都怎麼了？」小嗝嗝害怕地問她。
愛金嘉德沒有回答。
「妳確定妳不認識一個名叫魚腳司的男孩嗎？他從來沒睡過這張床？」小嗝嗝又問。
愛金嘉德一臉驚訝。
「魚腳司是不是高高瘦瘦的，頭髮捲捲的，眼鏡破掉了，臉像黑線鱈，還跟我一樣想當吟遊詩人？」
「對，」小嗝嗝興奮地說。「那就是魚腳司！」
「不，」愛金嘉德說。「我從來沒看過那樣的人，但如果有，」她哀愁地補充道：「我應該會很喜歡他。」
「愛金嘉德，妳剛剛說的人跟魚腳司一模一樣啊！」小嗝嗝不耐煩地說。
「妳一定見過他！拜託妳告訴我，他是我的好朋友——他怎麼了？他去哪裡了？」

愛金嘉德焦躁地搖頭說：「噓，我不能告訴你。我不准對你說『陷落』的事，這會傷到我們的士氣。」

她回頭望向地牢裡其他人，隨著奴隸們準備入睡，細語聲也漸漸消失。

愛金嘉德戴上熊裝的兜帽，大眼睛從帽簷下方看向小嗝嗝。

「不過，我可以說故事給你聽。」愛金嘉德堅定地說。她的粗黑眉毛形成一條直線，她從牙縫深深吸了一口氣。「這是很可怕的故事。」

「這個故事跟你朋友魚腳司沒有關係。」愛金嘉德用力搖頭。「對，對，對，對，對，跟他沒有關係，這是……別人的故事。這個故事叫『奴隸男孩、奴隸女孩與琥珀奴隸國的怪獸』。」

呼！有人吹熄了地牢裡最後一根蠟燭，小女孩用悲觀、害怕又嚇人的聲音堅定地說起故事。

請想像充滿回音的巨大地牢，以及幽靈絮語般的輕聲細語。請想像愛金嘉德穿著熊裝躺在地上，瘋狂揮手召喚故事的每一個角色與情節，月光將她手臂的影子映在地牢牆壁。請想像愛金嘉德在這樣的地牢裡，述說一則恐怖的故事。

奴隸男孩、奴隸女孩
與琥珀奴隸國的怪獸

「從前從前，可憐的奴隸男孩和奴隸女孩划著沙艇，航行在琥珀奴隸國深處最凶險的凶險境地。」愛金嘉德開始說故事。

「不、不、不要讓她說故事……」躲在毯子下的沒牙哀求。「這間地牢已經夠可怕了，沒牙不想聽恐怖故事啦……」

可是沒有人能阻止愛金嘉德，她似乎無法阻止自己說故事，彷彿那是不得不說出口的祕密。

而且小嗝嗝很想聽故事，因為他怕愛金嘉德說謊，他怕這真的是魚腳司的故事。

愛金嘉德年紀雖然小，說故事的技巧倒是一流，簡直像擅長說故事的大人。這也許是因為她平常都和大人一起工作，也可能是因為流浪者部族都很擅長說故事。

「當時水位很低，」愛金嘉德悄聲說。「可怕的紅沙灘往東、南、西、北無盡延伸，到處都是沙子。

「除了沙子之外什麼都沒有。

「除了沙子……還有不祥的死寂。

「陰森的紅沙地上，沒有鳥類的叫聲，沒有海鷗的鳴聲，因為沙子裡躲著很恐怖的東西，那個東西真的、真的太可怕了，鳥類都不敢靠近。

「奴隸男孩和奴隸女孩划著沙艇到東方沙灘，睜著慌張的眼睛東張西望，划槳的動作快得好像有巫婆在追殺他們……不過四周一個人影也沒有。他們不停往左看、往右看，偶爾還停下來，用奇怪的長網子往下探，彎腰撿起沙地上的琥珀。

「那些是海水退潮才看得到的琥珀寶石，它們種類繁多、非常美麗，有些是和空氣一樣剔透的蜂蜜色寶石，有些是混濁的黃綠色，有些和珊瑚一樣鮮紅，摸起來很溫暖，裡頭還有昆蟲的翅膀。

「琥珀奴隸國是維京世界最好的琥珀產地，很多奴隸都為了尋找適合維京公主戰士配戴的琥珀，或適合鑲在國王的寶劍劍柄的寶石，而死在這裡。海水退潮時最適合找琥珀，最低潮更棒……可是，這也是最危險的時刻。

「奴隸男孩和奴隸女孩繼續狂亂地划船，一直划、一直划，划得越來越遠，兩個人背上的柳條籃子都快滿了。沙艇邊緣滑過紅沙地，發出溼溼的嘩啦聲，繼續划、繼續划，因為他們不能回頭——這時候，他們像是被箭射中了一樣，突然同時停下來。

「前面溼溼軟軟的紅色沙地上，猛然出現了深紅色凹痕，凹痕延伸到好幾英里外。海水匯聚在凹陷的地方，在夕陽下看起來就像是血。

「腳印大到奴隸女孩的沙艇卡在其中一個凹陷處，那個腳印和小艇一樣大。

「這些是**巨大**的……

「……龍族的……

「……腳印。」

沒牙不高興地哀鳴一聲。

「奴隸男孩和奴隸女孩的心臟都快停了。

「他們的運氣用完了。

「他們都知道，他們完蛋了。

「兩個人互看了一眼，抱住頭蜷縮在沙艇上。奴隸男孩假裝自己在家鄉的村莊，奴隸女孩要是知道『家鄉』在哪裡，也會假

裝自己回到了家。

「這時，奴隸男孩想到自己成為奴隸前，曾是實習維京人，奴隸女孩也想到自己其實很勇敢。

「奴隸女孩和奴隸男孩握緊拳頭，在空中揮拳頭，表示自己不怕沙地上的腳印。」

愛金嘉德也握起了拳頭，憤怒地在空中揮拳頭，手臂的大影子也跟著在地牢牆上晃動。

「沒牙不喜歡這個故事。」沒牙小聲說。

「對啊，我也不太喜歡這個故事。」小嗝嗝忘了要隱藏沒牙的存在，直接出聲回應。

「不想聽的話，我還是不要把故事說完好了。」愛金嘉德垂下手臂。

天啊，小嗝嗝雖然不太想聽下去，還是非要聽到故事結局不可。「不，不，妳繼續說。」他說。

「奴隸女孩和奴隸男孩跪下來觀察地上的腳印，」愛金嘉德說。「他們跪下的同時，後面的沙地裡，有『什麼東西』很安靜、很安靜地，動了。

「它沒有發出聲音，只有一點點沙子像倒流的小瀑布一樣往上噴。它又往上浮了一點點。它好奇怪，這到底是什麼東西？

「那是一顆躺在沙地上的『眼睛』，它安靜地在那裡眨眼，彷彿被巨人遺棄的東西。然後它慢慢往上浮，又有四顆眼睛像潛望鏡一樣探出沙地，奇怪的是，它們都長在長長的龍手指末端，五顆眼睛加起來就是一隻巨大的龍爪。

「龍爪沒有移動，爪尖可怕的眼睛全都盯著奴隸男孩，眨也不眨。

「跪在沙地上的奴隸男孩和奴隸女孩感覺到後面有東西，驚恐得汗毛直豎，兩個人很慢、很慢地轉頭去看——」

「愛金嘉德，妳快把我嚇死了。」小嗝嗝說。

「我也快被她嚇死了。」老奧丁牙龍從被子下探出頭說。

「沒、沒、沒牙也是。」沒牙還用翅膀摀住耳朵。「不能叫她不要再說下去了嗎？我可不可以咬、咬、咬她？」

「要『禮貌』。」奧丁牙龍說。

「咬一小、小、小口就好了？」沒牙央求道。「很小很小一口？讓她不要再說就好了！」

但現在，誰都阻止不了愛金嘉德了。

「『啊啊啊啊啊啊！』他們大聲尖叫。」愛金嘉德接著說。她坐起來，自己也大聲尖叫：「啊啊啊啊啊啊！」其他奴隸居然都沒驚醒，應該是這天在沙地上尋寶找得太累了，每個人都繼續打呼。

「奴隸女孩和奴隸男孩跳上沙艇，全速划槳逃走。

「他們瘋狂划槳前進，在嘩啦嘩啦的紅

色沙灘上哭著划槳。他們無法停下來吹哨子，連一秒都不能停，因為那隻龍在追趕他們，就算停下來吹哨子，別人也來不及趕來救他們。

「龍爪眼睛潛望鏡消失了，但兩個小奴隸害怕地回頭看，還是能看到沙子裡有五個小突起物和他們同速前進，似乎完全不趕時間。」

愛金嘉德說著噩夢般的故事，雙手越揮越起勁，彷彿在指揮一首特別狂野的曲子，揮得越來越快。

「奴隸男孩和奴隸女孩繼續划槳，沙子裡的五個突起物繼續追逐他們。那五個東西一直保持和他們一樣的速度，耐心地等他們耗盡氣力。

「奴隸男孩和奴隸女孩划了很久、很久，感覺過了好幾個小時。他們無處可去，附近沒有可以爬的樹，沒人能聽到他們的求救聲，紅色沙地就這樣無限

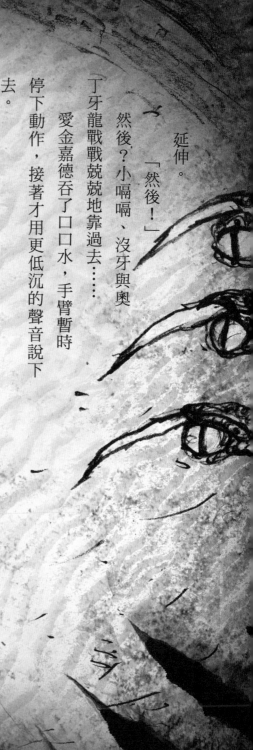

延伸。

「然後！」

然後？小嗝嗝、沒牙與奧丁牙龍戰戰兢兢地靠過去……

愛金嘉德吞了口口水，手臂暫時停下動作，接著才用更低沉的聲音說下去。

「凶險境地一直往東走，有一塊長得像巫婆手指指向天空的岩石。划到那裡的時候，男孩的沙艇卡住了，半埋在沙子裡，等著捕捉龍族的金屬捕龍陷阱。

「捕龍陷阱突然夾了起來，沙艇邊緣就這麼被金屬緊緊夾住。

「男孩的沙艇翻倒過去，撞在沙地上。

「男孩放棄了，他直接在沙地上躺下，全身縮成一小團。

「他周遭的沙子非常安靜。

「長了噁心眼睛的龍爪小心地慢慢冒出來，出現在男孩腳邊的沙子裡。

「男孩沒有動。

「爪子抓住他的腳踝，把他輕輕拉到沙子裡。

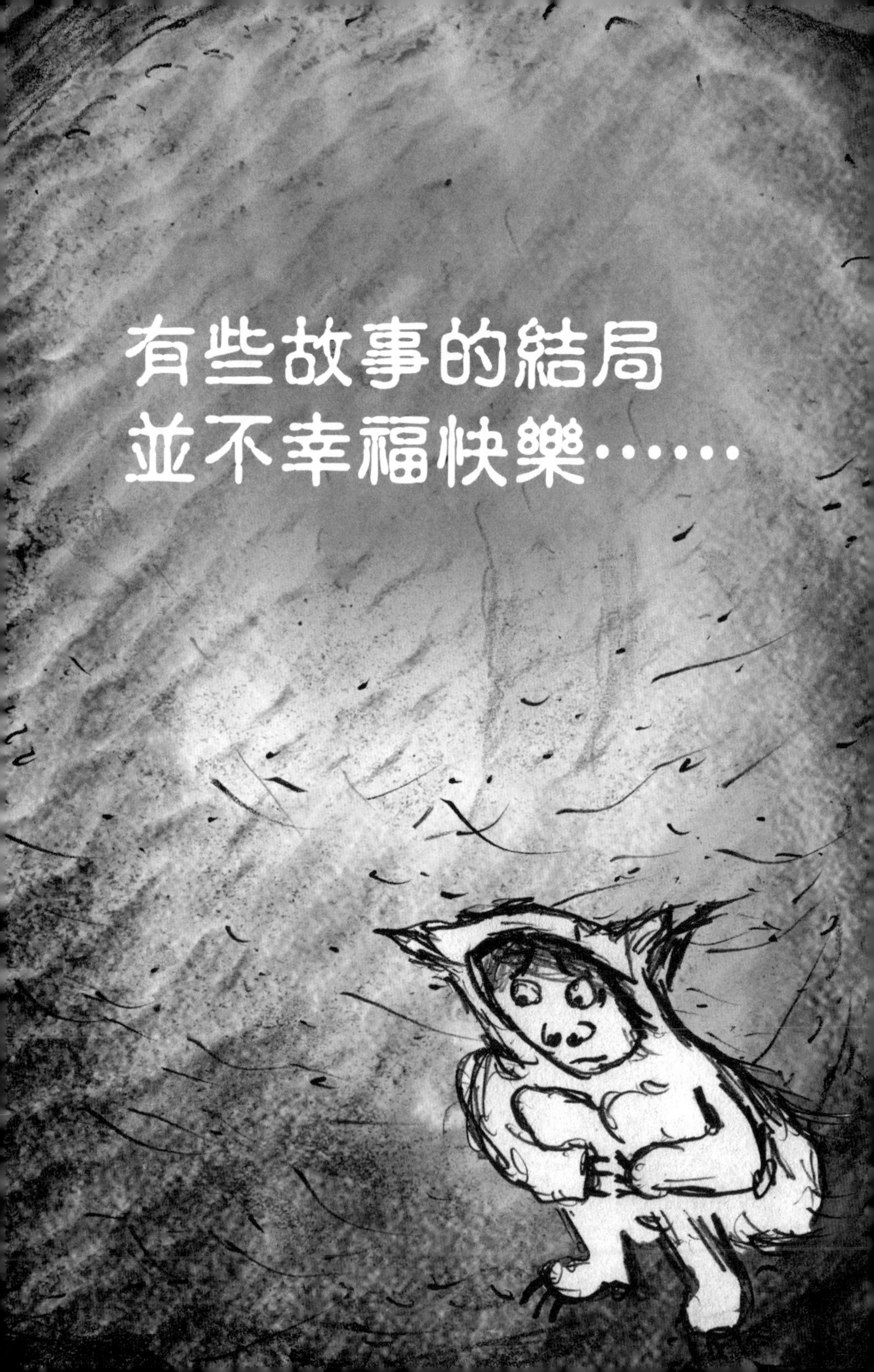
有些故事的結局
並不幸福快樂……

愛金嘉德的手臂緩緩垂到身體兩側，大家沉默了很久、很久。

「奴隸女孩後來怎麼了？」小嗝嗝驚駭地問。

「她繼續划沙艇回監獄了。」愛金嘉德嘆息著說。

她拉下熊裝的兜帽。

毛毯下，沒牙與奧丁牙龍不悅地輕聲嗚咽，顯然一點也不喜歡這個故事。

「這個故事真的非常非常悲哀。」小嗝嗝說。「男孩沒有成功逃走嗎？妳就不能讓故事裡的男孩逃離怪獸，最後給大家一個快樂大結局嗎？」

「假如我住在快樂的地方，」愛金嘉德說。「我的故事結局應該也會快樂一些吧。」

小嗝嗝聽完這則故事，有種非常、非常不好的預感。

「愛金嘉德，這不是真實故事吧？」小嗝嗝問她。

拜託別說這是真實故事……

愛金嘉德沒有說話。

「這不會是魚腳司的故事吧？愛金嘉德，妳說的奴隸男孩和奴隸女孩，該不會是魚腳司和妳？」

黑暗的地牢充滿了沉默。

「我不能回答你的問題，」愛金嘉德說。「這會傷到我們的士氣。」

小嗝嗝不停地懇求她，但她不肯再說了。

地牢裡很黑，很安靜，其他人都睡著了。

幾分鐘後，小嗝嗝的鄰床傳來打呼聲。愛金嘉德把藏在心裡的故事說出來了，當然痛快許多。

可是小嗝嗝和兩隻小龍還清醒著，他們躺在黑暗中，傾聽龍族叛軍攻打監獄的聲音。

「主人，你覺得那是真、真、真實故事嗎？」沒牙小聲問。牠雙眼像火把一樣，在黑暗中放出兩道光束。

唉，小嗝嗝真心希望那是瞎編的故事。「我從來沒聽過那樣的怪獸，」

小嗝嗝輕聲回答。「不過我聽說琥珀奴隸國的沙子裡住著一些奇怪的生物，這些東西已經與世隔絕太久了，發展出很奇怪的生活方式，像無腦哨腳龍、射龍和嘶牙龍都是。可是我從來沒聽過爪子長眼睛的龍……」

「那這說不定不是真實故事……」奧丁牙龍說。沒牙聽牠這麼說，不禁鬆了一口氣。

兩隻小龍終於睡著了，奧丁牙龍還抱著沒牙保護牠，畫面很溫馨。可是小嗝嗝睡不著。

如果愛金嘉德說的故事是真的呢？小嗝嗝心想。**假如故事裡的男孩就是魚腳司呢？拜託別跟我說這是真實故事……**

他嚴厲地斥責自己：**魚腳司一定在某個地方，我得保持樂觀才能找到他。**

小嗝嗝還很年輕、很樂觀，最終他告訴自己，愛金嘉德的故事的確很精采，但它終究是虛構的。想著想著，他也進入了夢鄉。

沙地下的
東西是
什麼？

魚腳司在
哪裡？

魚腳司在
哪裡？

魚腳司在
哪裡？

鯊龍

統計資料

恐怖：……………………5
攻擊：……………………4
速度：……………………2
體型：……………………1
叛逆：……………………7

無腦啃腳龍是一種原始生物，通常躲在琥珀奴隸國的沙地裡，只要感覺到上方有任何動靜，就會跳起來、像蚌殼的嘴巴用力闔上下顎，再縮回沙地下。

第八章　在琥珀奴隸國尋找琥珀

隔天一大早，奴隸們在監獄中庭集合，準備外出尋寶。

沒牙又累又怕，牠躲在小嗝嗝的背心裡偷看外面。「沒牙不想去尋寶。」

小嗝嗝也不想去。

「**打開通往琥珀奴隸國的大門！**」奸險的阿爾文高呼。

吱、吱、吱呀！

烏心監獄中庭東側的兩扇大門開了，小嗝嗝首次看見琥珀奴隸國的沙地。

沙子之所以是如此鮮明的血紅色，是因為裡頭有火山岩的成分。隨著海水退潮，奴隸國高牆包圍的沙地向外延伸好幾英里，根本看不到盡頭。

「拚命挖啊！努力尋寶，直到眼睛脫窗！我的老索爾啊，你們要小心一點……我們最近失去了不少奴隸。」奸險的阿爾文大喊。清冷的號角聲響起。

「開始尋寶——！」

庭院周圍亂七八糟的武器與捕龍陷阱後面，擺了好幾排小沙艇。比起死亡威脅，巫婆昨天提到的獎賞有用多了，奴隸們有了尋寶的動力，紛紛衝上前搶沙艇。

「琥珀獵人團，大家冷靜點！」偉大的史圖依克舉起一隻大手說。「冷靜點！我們時間很多。」

其他人擠成一團搶沙艇之後，琥珀獵人團才過去找沙艇。

愛金嘉德幫小嗝嗝找到沒人用的沙艇。「這艘沒有人在用。」愛金嘉德說。

小嗝嗝吞了口口水。

「它的『上一個』主人怎麼了？」小嗝嗝明知故問。

「我真的不能說。」愛金嘉德說，但她的眼睛似乎在說：「陷——

落——了——」

「會傷到士氣是吧？」小嗝嗝幫她說完。

沙艇搖搖晃晃、歪歪斜斜的，一個裝琥珀的籃子在沙艇一端平衡，還有一根有點歪曲的長竿，是撐沙地前進用的。

小嗝嗝在心裡幫小沙艇命名為「海鸚希望二號」，因為它和小嗝嗝很久很久以前——戰爭開始前——在博克島造的小船很像……

小嗝嗝從背包拿出粉筆，在沙艇側身畫了一隻小海鸚，給自己勇氣，並提醒自己未來還有幸福的可能。

「你要好好保養沙艇，」愛金嘉德告訴他。

「要是沙艇桅杆斷掉或壞掉，你就不可能在漲

潮時趕回烏心監獄了。」

每一組奴隸都由獄卒管理，阿爾文派鼻涕粗來負責琥珀獵人團。

「可是我是族長，還是鬥龍士耶！」鼻涕粗氣呼呼地抱怨。「我又不是奴隸，不是守衛！陛下，你應該派我去監獄外面殺龍才對，我在這場戰爭中扮演超級重要的角色，怎麼能陷落在沙地裡！」

「閉嘴！」阿爾文大叫。「鼻涕粗族長，你這是在忤逆我嗎？」

鼻涕粗沉默不語。他可不笨，忤逆阿爾文的人會有什麼下場，他清楚得很。

「謝謝你。」阿爾文柔聲說。「我們最近失去了不少獄卒，卻得盡快找到寶石——是我母親在夢裡看到的，我們都必須遵守母親的夢境。」

於是，琥珀獵人團出發前，是鼻涕粗來對他們下命令。「**好喔**，你們這群討厭鬼！阿爾文說的話，你們都聽到了吧：努力尋寶，直到眼睛脫窗！還有，史圖依克、大屁股跟戈伯，拜託你們跟上其他人，不要因為年紀大了就拖慢整個小組的進度。」他冷笑著說。

眾人隨著沙艇大隊，划到沙地上。

每隔一段時間，前頭的小組會脫離大隊，挖起毫無意義的洞或尋找琥珀。越是往沙地所在的東方行進，沙艇大隊的人數就越少。

直到最後，只剩下琥珀獵人團。

他們航行了好幾個小時。

島群與陸地已經被遠遠拋在後頭。

海水位下降時發出奇怪的吸水聲，沙地冒出來的泡泡不時會破裂。是小嗝想像力太旺盛嗎？他總覺得「沙地下」也許真的有東西，有「什麼東西」睡在地底，沙地隨時會產生可怕的東西……

下面可能有無腦啃腳龍……可能有火箭怒龍……可能有更恐怖的東西……

最糟糕的是，其他奴隸好像也有類似的想法，每個人都非常、非常緊張，不時回頭檢查背後有沒有東西。

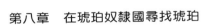

小嗝嗝的背心中，沒牙和奧丁牙龍焦慮地偷看外面。

「你覺得愛金嘉德說的會不會是實話？下面會不會真的有怪獸？」沒牙抱怨。

「沒牙啊，」老奧丁牙龍說。「假若『真』有怪獸，我們就要試著和他講道理。我們龍族很有潛力，能進化成比人類更文明的存在……」

文明是很好啦，小嗝嗝暗想。**可是我敢打賭，那隻龍應該不怎麼想講道理**。

鼻涕粗族長划著沙艇跟在琥珀獵人團後頭，跟得很辛苦。

獄卒的沙艇比較寬大，鼻涕粗還沒掌握到使用這艘沙艇的訣竅。

就連搭乘破破爛爛的海鸚希望二號、只能瘋狂蛇行而無法直線前進的小嗝嗝，也划得比鼻涕粗快（在這方面，它的確和海鸚希望號很像，以前那艘小船是很勇敢，卻也經常繞圈航行）。

「停！慢一點！等我啊！」鼻涕粗揮著鞭子大喊。

可是沒有人想等鼻涕粗。

他越來越落後。

大家終於抵達東方遠處最凶險的凶險境地時，鼻涕粗還沒追上來，所以發表小組長演講的不是鼻涕粗，而是史圖依克。

「咳咳。」史圖依克清了清喉嚨。「琥珀獵人團啊！我們雖然是奴隸，卻還是能成為最棒的奴隸！」

聽他這麼說，就連駝背的小流浪者也挺直了腰。

「大家把工具組拿出來檢查！」史圖依克下令。

可笑的幾艘沙艇，在恐怖的赤紅沙地上排成一小排，疲憊的人們站得直挺挺的，準備接受檢查。不知為何，小嗝嗝覺得大家突然有了英雄氣概。

史圖依克平靜地經過那排人，彷彿自己還在博克島，彷彿這是戰士團執行任務前的檢查。

鼻涕粗氣喘吁吁地追了過來。

「你好大的膽子……呼……呼……」他疲累不堪地甩了甩鞭子。「太誇張了。史圖依克，這裡的老大是『我』，不是『你』！

「你們這群懶惰的奴隸，我們要盡量收集琥珀，所以你們要擴大搜索範圍。」鼻涕粗喘著氣重新站上組長的位子。

「這邊比較安全，你們留幾個人當我的保鑣，其他人盡可能去更遠一點的地方找琥珀，畢竟『你們』的死活一點都不重要。史圖依克，等我們回監獄，我要舉報你。」

鼻涕粗用和手一起發抖的鞭子指向史圖依克。

這時，意料之外的事情發生了。

打嗝戈伯踏上前，冷靜地從鼻涕粗手裡搶走鞭子，把它折成兩半後還給鼻涕粗。

「鼻涕粗，我們**現在**不在監獄裡。」打嗝戈伯說。

「到了監獄外，」他又說。「**史圖依克**才是老大。」

戈伯交叉雙臂，嚴厲地盯著鼻涕粗的眼睛。鼻涕粗意識到這句話可能有更黑暗的意涵，不禁吞了口口水。

戈伯說得有道理，他們現在連監獄的建築都看不到，四周只有往四面八方無限延伸的紅色沙地，以及靜靜站在荒郊野外的一小群人，這些人有很多都年紀大了，卻是久經沙場的老戰士，鼻涕粗知道自己不能小看他們的實力。

而且奴隸有十五人，鼻涕粗就只有自己一個人。

「我們總要回去的，」鼻涕粗搖著壞掉的鞭子嘶聲說。「我們不可能永遠待在外面。等我們回去，我會跟國王說你們要造反，你們都死定了……」

戈伯不屑地嗤笑一聲，彷彿剛剛說話的不是人，而是一隻小蒼蠅。他轉向史圖依克，敬

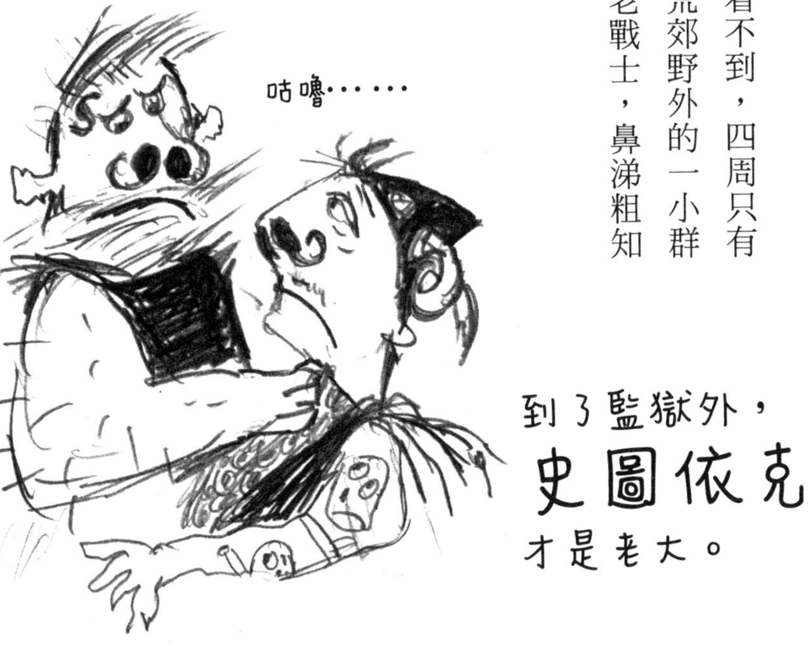

了個毛流氓禮。
「偉大的史圖依克族長，你有什麼吩咐？」
「戈伯戰士，謝謝你。」偉大的史圖依克抬頭挺胸，充滿族長氣勢，和印上奴隸印記之前一樣威武。他也對戈伯敬了個毛流氓禮。
琥珀獵人團鼓起掌，史圖依克一本正經地對眾人鞠躬。小嗝嗝開心地露出微笑，看到父親暫時奪回主控權，感覺真的很棒。
恢復氣勢的偉大的史圖依克．聽到這個名字就盡情發抖吧．咳．呸，開始考慮現在的情況。
所有人聚在一起，「那個東西」要是來攻擊他們，大家才會比較安全（史圖依克不曉得「那個東西」是什麼，但他不願多想）。
不過也許他們該冒險找寶石，如果贏得終極大獎，就能重獲自由……
史圖依克十分渴望自由。
自由。尊嚴。假如能重獲自由，他有沒有辦法恢復族長的身分？這麼一來，他就永遠不必把糟糕透頂的一切告訴瓦爾哈拉瑪了。瓦爾哈拉瑪不常回家，史圖依克只要學小嗝嗝用頭盔蓋住奴隸印記，她就永遠不會發現……

史圖依克閉上眼睛，在那幸福的一瞬間，他默默享受不切實際的小幻想。再次睜開眼睛時，他還在那片可惡的紅沙地上，強風還是一直吹在他身上。

他抬頭看太陽。「今天陽光很強……視野很好！嗯，我們分成小組行動好了，這樣搜索範圍可以擴大到兩倍。我跟愛金嘉德還有……呃……麥肉一起行動。」聽史圖依克這麼說，小嗝嗝相當驚訝。「愛金嘉德，我們來看看有沒有辦法破除妳最近的厄運吧。」

史圖依克給愛金嘉德一個疲憊的笑容，算是鼓勵她。

愛金嘉德把熊裝的兜帽帽簷拉得很低，聲音變得有點不清楚。「我才不怕呢，」她氣呼呼地說。「應該是那個老怪獸要怕我才對，我們流浪者都很可怕。

「吼吼吼！」愛金嘉德把手握成爪子的樣子，大聲吼叫。

大家都裝作很害怕的樣子。「哇！」戈伯假裝自己嚇得摔倒了。「愛金嘉德，小心點啊，我差點心臟病發了。」
兜帽下，愛金嘉德一臉得意。
「大家都有哨子嗎？」
所有人點點頭，脖子上掛著駝鹿角做的哨子。「遇到什麼危險就吹哨子，我們都會去救你。大家記得隨時注意『那個東西』在不在附近。我看看喔，漲潮前，我們還有大概——」史圖依克瞇著眼睛看太陽。「——四個小時的時間。」
「大家聽好了，如果有人找到寶石，其他組員就要聚在一起保護贏家。還有，你們要兩個人一組工作，如果搭檔

我的命對西荒野王國來說太重要了，怎麼可以死在這裡……

發生什麼事，另一個人可以呼救。只要找到寶石，我們就能得到終極獎賞：自由！」

「自由！」琥珀獵人團高舉長長的網竿呼喊。「我們為自由尋寶！」

「等一下，」大家準備上沙艇時，鼻涕粗氣急敗壞地說。「你們都沒有要留一、兩個人保護我嗎？我們都知道這裡有『什麼東西』，」鼻涕粗緊張地掃視無窮無盡的紅沙。「『那個東西』會把奴隸抓走……我的命對西荒野王國來說太重要了，怎麼可以死在這裡。」

「唉呀，鼻涕粗族長，你哪需要保鑣？」戈伯笑嘻嘻地說。「你這麼強韌，哪有東西要吃你？你太難咬了。」

「我命令你留下來！」鼻涕粗吼得臉紅脖子粗。「我命令你留下！否則我就……我就……」

「否則你就怎樣？」戈伯揚起眉毛。

做為回應，鼻涕粗掉轉沙艇，全速划向監獄。「否則我就舉報你們造反！」

沙地上，老戰士們仰頭大笑。戈伯讓鼻涕粗航行一小段距離，悠悠哉哉地划著小沙艇追上惱羞成怒、在荒野拚命划槳的毛流氓族長鼻涕粗。

戈伯伸出熊掌般的大手，像幫海龜翻身似地把鼻涕粗的沙艇掀翻。

鼻涕粗摔了下來，滾了一圈又一圈。他的沙艇撞毀在沙地上，整個人從沙艇飛了出去，吃下滿嘴的紅沙。

「你好大的膽子！竟然把我的沙艇弄壞了！」鼻涕粗語無倫次，邊吐出溼溼的紅沙，還吐出好幾塊小鰻魚碎塊。**好噁心喔**。

「我的確把你的沙艇弄壞了，」戈伯冷靜地說。「現在，我還要讓它完全壞掉。」

他抬腳用力一踩，踏穿了沙艇的底部。**砰隆**。

咻！咻！咻！其他幾艘沙艇迅速划來，大家笑吟吟地繞著鼻涕粗圍成一圈，還故意把沙子噴到他身上。

「父親！」情急之下，鼻涕粗說。「你真的要讓他們這樣對待我嗎？」

「我真的是你父親嗎？」大屁股冷冷地說。鼻涕粗全身一縮。「我還以為我只是名叫大屁股的老奴隸呢……我怎麼記得你說過，我不是當族長的料……」

「我，」打嗝戈伯扠腰站在摔倒在地的鼻涕粗面前。「曾經是你的老師。現在，我實在無法相信你曾是我最優秀的學生。」鼻涕粗皺起眉頭。

「說到造反，現在站在沙地上的很多人，都被你背叛了。這些人把你當守護者和領導人，他們仰賴你，結果你背叛了他們。我真心希望你還沒超過學習的年紀，因為我要再次成為你的老師，教你怎麼當個真正的族長。」

鼻涕粗吞了口口水，他總覺得自己不會喜歡這堂課。

「我們在荒郊野外，」戈伯說。「你的沙艇壞掉了，走路回去又太遠（這也是他們發沙艇給我們用的原因）。你還沒回到監獄，就會被漲潮的海水沖走。」

「你只有一條路可選，」戈伯說。「趕快祈禱我們其中一個人大發慈悲，用沙艇載你回去吧。」

鼻涕粗終於察覺到眼下的情境有多糟糕了。

「我們會讓你一個人留在這裡，」戈伯沉靜地說。「給你充分的考慮時間。你該想的是這個問題：我身為族長，到底做了什麼值得說服你們回來救我的好事？」

寂靜。徹徹底底的死寂。

鼻涕粗抬頭看著那一圈冰冷無情的面孔。

「因為啊，」戈伯像在聊天似的。「你要找到一個夠好的理由，說服我們其中一人打從心底想要救你。別忘了，多了你的重量，那個人划船的速度會變得很慢。」

「再見，鼻涕粗。」戈伯說。「你好好想一想。」

所有沙艇快速划走，留下握著劍癱在沙地上，身旁只剩壞掉沙艇的鼻涕粗。

留下努力思考的鼻涕粗。

第九章　凶險境地

就這樣，小嗝嗝、史圖依克與愛金嘉德出發東行，沒過多久，琥珀獵人團其他人都划得很遠，變成天邊的小黑點。

喔喔喔天啊……

怎麼一下就變得這麼陰森？

沙地上沒有鳥鳴，連一隻鳥也沒有。為什麼呢？

牠們一定都知道沙地下藏著危險。

在沙地上快速划船感覺很糟糕，小嗝嗝總覺得隨時會有東西伸出手來，像愛金嘉德故事裡那隻怪獸一樣抓住他的腳踝。

愛金嘉德也害小嗝嗝很焦躁，每次沙子發出無害的吸水聲——多半是海水流到沙子裡，或是扇貝發出的聲音——她就會「**吼吼吼！**」地大叫，突兀又響亮的聲音嚇得小嗝嗝有好幾次都差點摔下沙艇。

（扇貝應該也很驚恐。）

熊裝的兜帽拉得很低，遮住了她大半張臉，所以她看不到前面。有時候小嗝嗝划著划著會突然發現愛金嘉德往不同方向走了，小嗝嗝還得去把她找回來，帶回原本的路線。

最後，史圖依克的沙艇慢了下來，找起琥珀。

小嗝嗝從沙艇上探出來，撈起在沙地上某個閃爍的東西，把網子拉上來檢視那個東西。不對，那根本不是琥珀，只是塊蟹殼。他把蟹殼往後拋。

小嗝嗝嘆一口氣，緊張地環顧四周不時冒泡的沙地，確保沒有恐怖的東西冒出來後才繼續前進。半個小時過去了，他只找到三塊小小的琥珀，沒有一塊是龍族寶石。

他突然感受到任務的艱鉅，感受到沉重的絕望。「這片沙地這麼廣大，我怎麼可能找到一顆寶石？」小嗝嗝輕聲說。

「**你必須用心去執行任務。**」老奧丁牙龍告訴他。牠說的話是很有道理、也很有建設性，但老實說，牠說得實在太含糊了，對小嗝嗝沒什麼實質幫助。

小嗝嗝嘆了口氣，繼續尋寶。

他的處境相當奇怪：他怎麼會在無盡的荒郊野外，和不知道自己是他兒子的父親一起在紅沙地上尋寶？

「**小嗝嗝，你說吧，**」躲在小嗝嗝背心裡的奧丁牙龍小聲鼓勵道。「**跟你父親說話，把你的真實身分告訴他，把你來這裡執行的任務告訴他……**」

「**事情沒這麼簡單。**」小嗝嗝小聲回答。

他努力推開腦中的記憶，推開大屁股對鼻涕粗說的那句話：「我身為你父親，實在是太丟臉了。」

史圖依克不會說出這種話吧？

說不定會。小嗝嗝心想。他覺得有點不舒服。

我先試著摸清他的思路好了，小嗝嗝決定。**先看看他還有沒有生我的氣……**

愛金嘉德在離他們一小段距離的地方，邊對沙子裡的扇貝吼叫，邊用近乎是她身高兩倍長的長竿與網子撿琥珀。史圖依克在數英尺處看地上的琥珀，小嗝嗝走到他身後，盡量若無其事地說話，彷彿自

己只是有一丁點感興趣而已。「那個，史圖依克族長，巫婆在西荒野王國到處找的小嗝嗝・何倫德斯・黑線鱈三世，真的是你兒子嗎？」

史圖依克把一塊琥珀丟掉，繼續往前划沙艇，檢查周遭沙地上有沒有可怕的東西冒出來。小嗝嗝跟了上去。

「你們年輕人怎麼愛問這麼多問題？」偉大的史圖依克沉聲說。他用網子撈起一塊琥珀，看了看就把那塊也丟到身後。

「好！」小嗝嗝吞了口口水，聲音又從低沉變得尖銳。最近他的嗓子就是這麼不受控。「還是算了！你不用回答我的問題！」

但史圖依克似乎有非說出口不可的話。

「我年輕的時候從來不問問題，」他大聲說。「反正師長叫我做什麼我就做。我遵循傳統，遵守蠻荒律法，照著我父親、我父親的父親，還有我父親的父親的父親走過的路去走。」

接下來五分鐘，他嚴肅地、靜靜地尋找琥珀。

「我試著照同樣的方法養小孩，」史圖依克又說。「雖然他跟我很不一樣，雖然他每次都問一堆問題，我還是想用以前的方法把他養大。」他嘆息一聲，搖了搖頭。「可是當父親沒那麼容易，你當然想努力做到最好……」

我明白他想表達的意思。小嗝嗝想到自己訓練沒牙的艱辛。

「兒子問我：『父親，如果你當上國王，你願意解放龍族嗎？』我當然給了他正確答案、唯一的答案，也是國王該說的答案。什麼解放龍族？莫名其妙！那會毀了我們的生活，毀了我們從小生長的世界！」

史圖依克不解地搖搖頭。

「結果呢？我兒子小嗝嗝竟然否定了我的回答，還在劍術比賽中打敗他父親！他直接越過父親，自己去要求大家解放龍族！」

史圖依克氣憤地亂揮手，前進速度快得小嗝嗝快跟不上了。

「結果呢！蠻荒群島就這麼毀了！我的榮譽和名聲都沒了，我航海用的船全燒成了灰，我也不再是族長了。我們的村莊全都被燒了，龍王狂怒在外面作亂，以前的規則全被破壞了，全世界都在打仗。」

「這全部，全部，」史圖依克不再前進，深深注視著小嗝嗝的眼睛，堅定地說。「**全部**……都是因為我兒子小嗝嗝問了問題。」

一片沉默。

「我生兒子的氣，不是很正常嗎？」

小嗝嗝沒有說話，只是難過地往前走。

「**你們談得還好嗎？**」老奧丁牙龍滿懷希望地小聲問，因為隔著風聲和背心，牠聽不太清楚。

不好，他們談得一點也不好。

父親覺得一切都該怪小嗝嗝……父親永遠不會原諒他……他覺得小嗝嗝這個兒子丟人現眼……

「但是……」史圖依克看著遠方說。

但是。

接下來的沉默，持續了非常、非常久。

「如果你**現在**問我，假如我當上國王，我願不願意解放龍族，我的答案可能會跟以前不一樣。」史圖依克終於說道。「說來奇怪，體驗過奴隸的生活之後，我的想法變了。」

史圖依克又慢慢地往前走。「現在，我開始覺得……我兒子小嗝嗝之前問這個問題，會不會其實是『勇敢』的行為？他這個問題，是不是正確的行為？這會不會是值得用全世界換來答案的問題？

都是我的錯……都是我的錯……
都是我的錯……
你們談得
還好嗎？

「所以啊，麥酒，我的確是小嗝嗝．何倫德斯．黑線鱈三世的父親，我希望他在外面平平安安的。身為他的父親，我非常驕傲。」偉大的史圖依克說。「雖然我有時候不同意他的問題，也不知道那些問題是不是值得我們失去我愛的世界，我還是為他感到驕傲。」

史圖依克從未對小嗝嗝說過這麼多的話，他甚至不知道對方就是他兒子。

這一年來，小嗝嗝心中首次出現一絲希望。

父親的意思是，他可能會原諒我嗎？他該不會覺得我做了正確的選擇吧？

真是的，這麼溫馨感人的時刻，小嗝嗝臉上卻戴著眼罩、散發臭味和長了顆大疣。

小嗝嗝正想說話……正想摘下眼罩和假疣……正想透露

自己的真實身分……突然有兩件事打斷他的動作。

嗚嗚嗚嗚嗚嗚嗚嗚！遠方傳來號角聲。

「**吼吼！**」愛金嘉德嚇得大吼。

烏心監獄所在的天邊，有個「會爆炸的東西」射到空中，表示海水快要漲潮，是時候回去了。

同時，小嗝嗝靜止的沙艇下，沙子開始下陷，沙艇陷入沙子的凹處。

小嗝嗝低頭看見沙子裡的東西，嚇了一大跳。他說：「父——呃不對，偉大的史圖依克！我們是不是該回烏心監獄了？」

他急急忙忙抬起沙艇，掉轉船頭，全速往監獄的方向划去。

感謝索爾，幸好沒牙和愛金嘉德沒看到那個東西……

史圖依克用手遮光，遙望天際閃爍的海水。「動作要快點。」他說。

他們收集了不少琥珀，卻沒找到龍族寶石。

但他們必須在漲潮前回到監獄。

他們用最快的速度回去和琥珀獵人團其他團員會合，所有人迅速划船，在溼滑沙地上達到驚人的高速，生怕被湧回來的海水困住。

雖然鼻涕臉鼻涕粗沒做過什麼好事，他們還是停下來接他。

我們之前把鼻涕粗一個人丟在東方沙地上，讓他靜靜思考，你忘了嗎？

過去兩個小時，他想了很多很多事，得到了結論：不會有人回來救他。

即使知道自己沒救了，他還是努力踩著溼軟的沙地往回跑，但跑得再怎麼快也逃不過漲潮的海水，只有沙艇能跑得比海水快。

一路上，他還被三隻無腦啃腳龍和兩隻體型偏小的火箭怒龍攻擊，必須獨自擊退牠們。總而言之，終於看到沙艇來接他時，鼻涕粗大大鬆了一口氣，感動得哭了。

小嗝嗝從未看過鼻涕粗哭泣，他想都沒想過有這個可能性。

大屁股與戈伯在精疲力竭、不停哭泣的男孩兩側停了下來。

「鼻涕粗，你今天學到的教訓是，」戈伯說。「你沒做過任何值得我們來救你的好事，一次都沒有。話雖這麼說，我們還是會救你，因為在未來，你有那麼一點可能做好事。」

鼻涕粗沒有說話。

兩位老戰士讓鼻涕粗平衡在他們的沙艇之間，確保沙艇還是能高速行進，接著划向監獄。

他們確實是冒了生命危險救鼻涕粗，因為多了他的重量，沙艇的速度慢了許多。其他奴隸都已經回到監獄，緊張地眺望倒灌的海水了，這才發現琥珀獵人團還沒回來。

奴隸們遠遠望見琥珀獵人團在天邊和海浪競速，大聲幫他們加油，看著琥珀獵人一個個抵達監獄，速度快到煞車都有困難。

最後進來的是戈伯、大屁股與鼻涕粗，他們慢到海水都流到沙艇下了，海浪沖翻了沙艇湧進城門，伴隨瘋狂的「呼咻」聲拍打

他們……

原本一望無際的紅沙地，轉眼就成了水鄉澤國。

鼻涕粗究竟有沒有學到教訓呢？

我們只能等著瞧了。

鼻涕粗沒有實踐他的威脅，去向阿爾文與巫婆告狀。這也許是明智的選擇，因為那對討人厭的母子可沒心情聽別人抱怨。

巫婆與阿爾文拿著鞭子走在海灣邊，檢視尋寶歸來的每一艘沙

艇，他們發現沒有一艘裝有龍族寶石，失望得尖叫連連。

「它在哪裡它在哪裡它在哪裡？」巫婆嘶聲說。她貪婪又憤怒地奔到每一艘沙艇前，沒看到龍族寶石，就把沙艇上的東西全倒在沙地上。

「阿爾文，我不明白，我明明夢到了……骰子也告訴我……骰子說我會在這幾天拿到龍族寶石啊。」

「**你們明天也要去凶險境地！**」巫婆尖聲下令。「**如果沒找到寶石，就乾脆不要回來了！**」

小嗝嗝跟著奴隸們回到充當寢室的地牢，哀傷地想起自己完全無法執行的計畫。他原本打算溜進來拯救魚

腳司和父親，找到寶石後再偷偷溜出去。

事實證明，任務並沒有想像中那麼簡單。

小嗝嗝被困在琥珀奴隸國了，而且他有種糟糕的預感——他可能永遠找不到寶石或可憐的魚腳司了。然而，雖然他多少認識到琥珀沙地潛藏的致命危險，比之前更害怕了，現在除了繼續搜索之外也別無選擇……

有一個重要的小細節，小嗝嗝並沒有告訴愛金嘉德或偉大的史圖依克，甚至沒告訴奧丁牙龍。之前號角聲響起，愛金嘉德大吼時，小嗝嗝的沙艇翻覆了。當時他低頭一看，意識到沙地上的凹陷處，其實是……**一隻巨龍的腳印**。

當他抬起頭，隱約從眼角瞥見某個不可思議的東西，某個怎麼想都不該存在的詭異物體。一隻巨大的龍手探出沙地，每根爪子末梢都長著邪惡的龍眼睛……在那邊等待……等待……

小嗝嗝從沒看過這樣的東西，它真的很恐怖，像噩夢裡才會出現的生物。

之所以沒告訴愛金嘉德，是因為他不想傷到士氣。

第十章　三頭死影

小嗝嗝累到馬上就睡著了。

高聳的城牆上，龍族叛軍照舊在夜晚進攻，人與龍縱聲高呼、尖鳴，武器在空中爆炸，箭矢射向來襲的龍族。

城牆守衛忙著保衛監獄時，監獄裡其他人都熟睡著，巫婆、國王、戰士與奴隸，所有人都在睡夢中。

那晚，靜靜沉眠的監獄裡，有東西像隱形霧氣般悄悄穿過走廊。你看不到牠，不過三頭死影還是像寂靜的災厄，悄悄溜進一間間房間，宛如死神。

牠很清楚自己要去哪。

牠在地牢門外停下腳步，三顆頭滿意地嗅了嗅，吸入小嗝嗝的氣味。

你如果能看見三頭死影，就會看到一條隱形卻又反射光芒的美麗龍尾，消失在通往地牢的樓梯間，像是幻想中美麗的貓咪，尾巴消失在老鼠洞口。

但是，你看不到牠。

與此同時，小嗝嗝夢到琥珀奴隸國的怪獸闖進烏心監獄，被噩夢驚醒……

他汗流浹背地坐起來，看到周圍只有在沙地勞動了一整天、累得呼呼大睡的奴隸們。

可是……那是什麼？

他好像聽到什麼聲音，那個聲音比外頭持續不斷的戰鬥聲還要近。

又來了。小嗝嗝豎起耳朵仔細聽，聲音又不見了。

沒牙和奧丁牙龍還在草床上打呼，睡得很熟。這應該表示現在相當安全吧？如果真的有危險，牠們應該會醒過來吧？

儘管如此，小嗝嗝的心臟還是跟老鼠一樣快速跳動。剛剛那是什麼聲音？

那是「沒什麼」的聲音嗎？

他剛下定論，覺得是自己想像力太豐富時，突然有「什麼東西」飛撲到他身上，緊緊摀住他的嘴不讓他尖叫。小嗝嗝、奧丁牙龍與沒牙像包裹一樣被捆得很緊，從床上拎了起來。

奧丁牙龍的耳朵變成和藍莓一樣的藍紫色，往東南西北劇烈跳動，動作大到好像隨時會從牠可憐的頭上跳下來。

「危險！」老奧丁牙龍試圖尖叫。「危險！危險！危險！」

不用牠說，小嗝嗝已經知道現在很危險了。

他奮力掙扎，可是手腳都被緊緊纏住，彷彿有觸手或看不見的神祕力量用力困住他，幾乎動彈不得。就這樣，小嗝嗝被不知道什麼東西無情地帶走了。

小嗝嗝怕得幾乎無法思考。他都在城堡裡了，怎麼會有龍攻擊他？對方到底是什麼生物？腦袋裡浮現火箭怒龍、食人隱士龍，還有比牠們更可怕的東西……不可能存在的東西……爪子末端長了眼睛的東西……

問題是，城牆上的守衛不停轟炸所有靠近城堡的龍族，那些龍怎麼可能溜進來？

「唔唔！」小嗝嗝悶喊著亂蹬。「唔唔！唔唔！唔唔！」

第十一章　真的是「驚喜」

小嗝嗝感覺自己被扛著爬上地牢樓梯，聽見四周輕巧的腳步聲與喃喃細語。在他掙扎的同時，他赫然發覺那不是龍的細語，而是人類的聲音。

他被拖進一塊狹窄的空間，這裡比地牢還要冷，聲音迴盪在室內。這時，他又嚇了一跳——他很久沒聽到那個人的聲音了，可是他還認得……

「別驚慌，」那個人說。「我們是友軍，我們是來幫你逃出烏心監獄的……你不知道我們要來，我們怕你嚇到尖叫，才把你嘴巴摀住的。」

纏住他的布料鬆開了，有人取下他臉上的蒙眼布和塞口布。小嗝嗝環顧四周，這裡應該是某種排水道。

他身邊圍了好幾張臉，離他最近的果真是熟人。

「神楓！」小嗝嗝又驚又喜地小聲說。

神楓是個子嬌小、話很多、勇敢又大膽的沼澤盜賊，她頭上頂著一頭狂亂金髮，彷彿松鼠在她頭上瘋狂跳街舞留下的混亂。

她也是小嗝嗝最要好的朋友之一。

神楓困惑地看著他，她把小嗝嗝的眼罩往上拉、拔掉假

疣，超級無敵驚喜地高呼：「小嗝嗝！」

沼澤盜賊就算看到一個人的時候心裡很高興，也不該表現出來，結果神楓完全不知所措，整張臉脹得通紅。她氣呼呼地沉著臉，敲了小嗝嗝肩膀三下再抱住他，又打了他一下（這次比較用力），接著凶巴巴地邊打邊小聲說（如果不是神楓，說這句話時可能會淚眼汪汪，而不是吹鬍子瞪眼睛）：

「你……去……哪……了？我才沒有擔心你怎樣呢……」她連忙補充道。「對，對，我一點也不擔心你，因為我們沼澤盜賊從來不擔心，我們太酷了。重點是……你……去……哪……了？」

「很痛耶！」小嗝嗝笑嘻嘻地抓著有點瘀青的肩膀說。「妳是第一個認出我的人。我當然不希望這裡的人認出我是誰，不過看樣子我這一年來沒有變得面目全非，真好。」

神楓還是滿面通紅，氣沖沖地皺著眉。「你怎麼沒來找我？」她把臉埋到自己臂彎。「是因為之前在劍鬥術學院，我聽了巫婆的話，和其他人一起背棄你嗎？小嗝嗝，對不起，我後來一直很後悔，早知道就跟魚腳司一起站出來幫你說話了……我只是被奴隸印記嚇到了，一時間腦袋不知道該怎麼想……」

「沒事，沒事的。」小嗝嗝安慰她。「我不怪妳，我從一開始就知道妳沒有真的要背棄我。」

「你確定嗎？」神楓的臉還是藏在臂彎，聲音有點不清楚。

「百分之百確定。」小嗝嗝尷尬地撒謊。「而且我一直都在觀察妳，妳不算是真的背棄我，只是有點轉身……有點側身，算是『半背棄』吧，而且也只有一下下而已……」

「『半背棄』？」神楓滿懷希望地吸了吸鼻子。

「我沒去找妳，是因為大家都在追殺我，我不想害妳也遇到危險。」小嗝嗝解釋道。

「你怎麼這麼不友善啊？」神楓心情大好，笑

穿逃脫裝的神楓

嘻嘻地說。「你明明知道我**超喜歡**危險！」她興奮地摩拳擦掌。「我最喜歡危險了！」

「嗯，好喔。」小嗝嗝趕緊轉變話題。「說到危險，神楓，妳怎麼會來這裡？」

「我們是『逃脫藝術家團』。」神楓燦笑著說。「她們是我的組員：斯波塔……颱風……哈莉塔馬……牛肉堡……」她一一介紹同樣坐在排水道裡的沼澤盜賊們。

剛剛就是這些人用被單把小嗝嗝捆起來，將他抬進走廊、拖到排水道的，應該也是她們。

她們個子都比神楓高大許多，不過每個人都穿著類似的黑色盜賊裝，身上掛著一堆竊盜工具與武器。

小嗝嗝驚訝地發現，其他沼澤盜賊和他握手時，每個人都面紅耳赤、一臉害羞。「這位該不會是……『那個流放者』

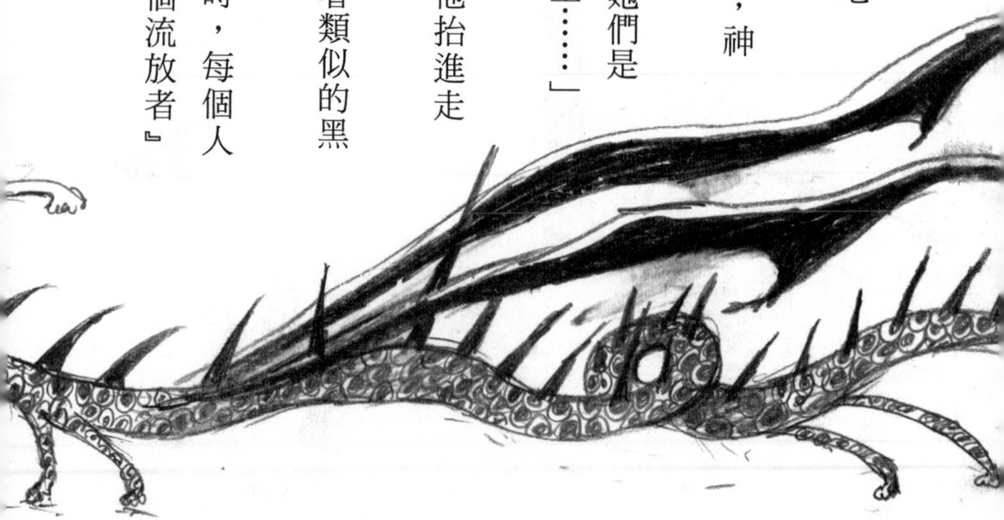

吧？」颱風忍不住問道。

「沒錯，就是他。」神楓說得輕描淡寫，卻又一臉驕傲。「這位是**我朋友**，流放者小嗝嗝·何倫德斯·黑線鱈三世。」

有人把他當朋友，得意地介紹給其他人，感覺真的很棒。

「哇，」颱風興奮地大力上下握手。「能和你見面真是我的榮幸。神楓把你的事蹟都告訴我們了，對不對啊，夥伴們？聽說你拆了好幾個捕龍陷阱……還站出來反抗可惡的阿爾文和巫婆……**太偉大了**。」

「多謝誇獎。」小嗝嗝詫異地說。

沒牙也很開心，因為神楓美麗的金色心情龍（牠能隨心情變色）跟著悄悄溜進了排水道，沒牙看見自己暗戀的暴飛飛，當然很開心。

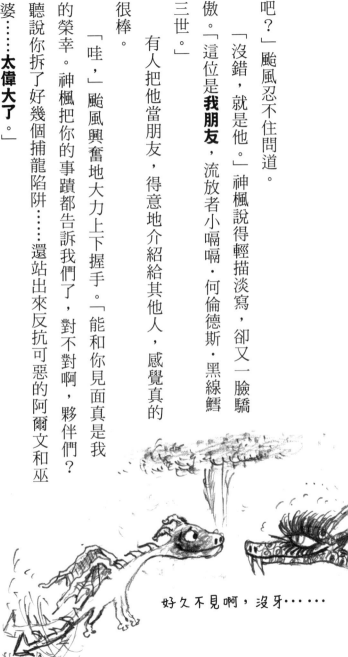

「暴飛飛，好、好、好久不見。」沒牙故作輕鬆可是又結結巴巴地說。

「啊呀，好久不見啊，沒牙。」暴飛飛說。

「我們是流、流、『流放者』……妳該看看沒牙戴眼罩的樣子的……」

「你戴眼罩一定很好看……」頑皮的心情龍嬌聲說。牠身體變得有點紫。

「這位是沒牙的助手……呃……亡命暴徒——奧、奧、奧丁牙龍。不要惹他喔……他這隻龍很凶的……」

奧丁牙龍聽沒牙說牠是助手，感到有點驚訝，但牠還是盡量表現得強悍一些。對

這位是亡命暴徒——
奧、奧、奧丁牙龍！他很
危險喔……
你說我嗎？

一隻數千歲、和餅乾盒一樣小、翅膀有點搖搖晃晃的老龍來說，這可不簡單。

「森林裡還有貼我們的通緝告、告、告示喔。」沒牙吹噓道。

「我們逃脫藝術家團專門提供逃脫服務，」神楓告訴小嗝嗝。「我一聽說魚腳司被抓來烏心監獄就決定組團救他。我想說，我本人有逃離那麼多地方的經驗，那乾脆提供專業的逃脫服務算了。

「對了，別跟我母親說……」神楓有點愧疚地補充。

「小嗝嗝，你怎麼這麼臭啊？」她若無其事地說（神楓這個人總是直話直說）。

「臭龍。」小嗝嗝解釋道。「這是我偽裝的一部分。」

「好偽裝！」神楓欽佩地說。「你看看我的偽裝。」

她在背包裡翻翻找找，挖出一件西荒野獄卒制服、一件龍裝（「免得我們被龍族叛軍包圍。」）、和平部族的農夫裝……

「神楓，妳的偽裝都好厲害喔。」小嗝嗝說。「不過假鬍子可能有點太誇張了……」

「真的嗎？」神楓努力貼上假鬍子，失望地說。「我很喜歡這套裝扮耶。」

「妳居然找到逃出監獄的方法，太厲害了。」小嗝嗝非常佩服。「幾百年來，想逃出監獄的人多得是，最近龍王狂怒也一直想攻進來，都沒有人或龍找到進出監獄的好方法……妳太強了。」

和平部族農夫裝是神楓較失敗的偽裝之一……

神楓跟我們其他人一樣有些缺點，其中一點就是她不太謙虛。

「那當然是因為我超聰明。」神楓得意洋洋。「關鍵在建築物的弱點，像是排水道之類的。你看看我的折疊式梯子，這是用壞掉的船槳做的喔！」

天啊，她的梯子看起來有點太容易折疊了。

「我告訴你，沒有人比沼澤盜賊擅長逃脫術。」神楓燦笑著說。

「那魚腳司呢？妳們也把魚腳司救出去了嗎？」小嗝嗝期盼地問道。

神楓哀傷地搖了搖頭。「沒有。我們大概是一個星期前來的，那時候已經太遲了。」

噢不……

不，不，不，不，不……

「妳覺得魚腳司怎麼了？」小嗝嗝問她。

神楓嘆了口氣。「剛到監獄時，我們救了一個叫跳跳手的男孩。」她說。

「蟲眼跳跳手？」小嗝嗝問道。

神楓點點頭。「他帶我們去看魚腳司的床，也就是你剛才睡的那個位子。他說魚腳司前一天就失蹤了。」

小嗝嗝不願相信。

神楓嘆了口氣，她知道小嗝嗝在想什麼。「我知道，」她說。「我也不想相信他。我們雖然沒救到魚腳司，那之後還是每隔幾天救一個人出來。我們怕做得太過火，巫婆會發現不對勁。」

難怪睡小嗝嗝那個位子的人一直離奇失蹤。小嗝嗝替愛金嘉德鬆了一口氣——她每次早上醒來發現隔壁床的人又消失了，一定十分害怕，怪不得她以為是怪獸把那些人抓走了……

問題是，魚腳司到底怎麼了？

小嗝嗝摸了摸魚腳司送他的龍蝦鉗項鍊，算是安慰自己。

就如神楓所說，一年前在閃燒劍鬥術學院，魚腳司是唯一沒背棄小嗝嗝的人。從過去到現在，魚腳司一直相信小嗝嗝、支持小嗝嗝。

「還好我們有在幫人逃離監獄！」神楓說。「現在，我們可以幫助你逃走了！」

「我不想逃走，」小嗝嗝說。「我一定要找到魚腳司。」

神楓突然嚴肅地說：「小嗝嗝，你是我們唯一的希望，全蠻荒群島都靠你了。」

「我們都靠你了。」颱風說。

「沒錯。」哈莉塔馬說。

「小嗝嗝，你要面對現實。」神楓難過地說。「魚腳司已經不在了，你應該去找龍族寶石才對，而且我不覺得寶石在這裡。」

「對，我們也是這麼想的。」老奧丁牙龍說。「這是陰森翳的紅鯡魚……」

「奇怪的棕色小龍說什麼？」神楓問小嗝嗝。

「別理他。」小嗝嗝固執地說。「我不要逃走……不管妳怎麼說，我就是要找魚腳司。」

神楓嘆口氣。「好吧，既然這樣，我就陪你留在這裡，畢竟你不過是個男孩。」她有點鄙夷地提醒他。「冒險的時候，你需要一個女生來保護你。」

「妳不能留在這裡。」小嗝嗝反駁道。「妳母親要是知道了，她會怎麼說？」

「她不會介意的啦，」神楓信口胡謅。「龍族叛軍每晚攻擊沼澤盜賊群島，那邊狀況跟這邊很像，她光是對抗龍族就快忙不過來了……」

「神楓，妳真的不能留在這裡。」小嗝嗝重複道。「妳沒有奴隸印記，這對妳來說太危險了。更何況，」他忽然想到神楓最愛危險，聽了反而會更想留下來，連忙說：「妳還有逃脫服務要經營。有個叫愛金嘉德的小女孩，她睡在我對面，我覺得她在烏心監獄過得很憂鬱，她真的很需要妳們幫助她逃走。」

「好吧！」神楓想了想，決定允許小嗝嗝轉移話題。「沼澤盜賊們，」她轉

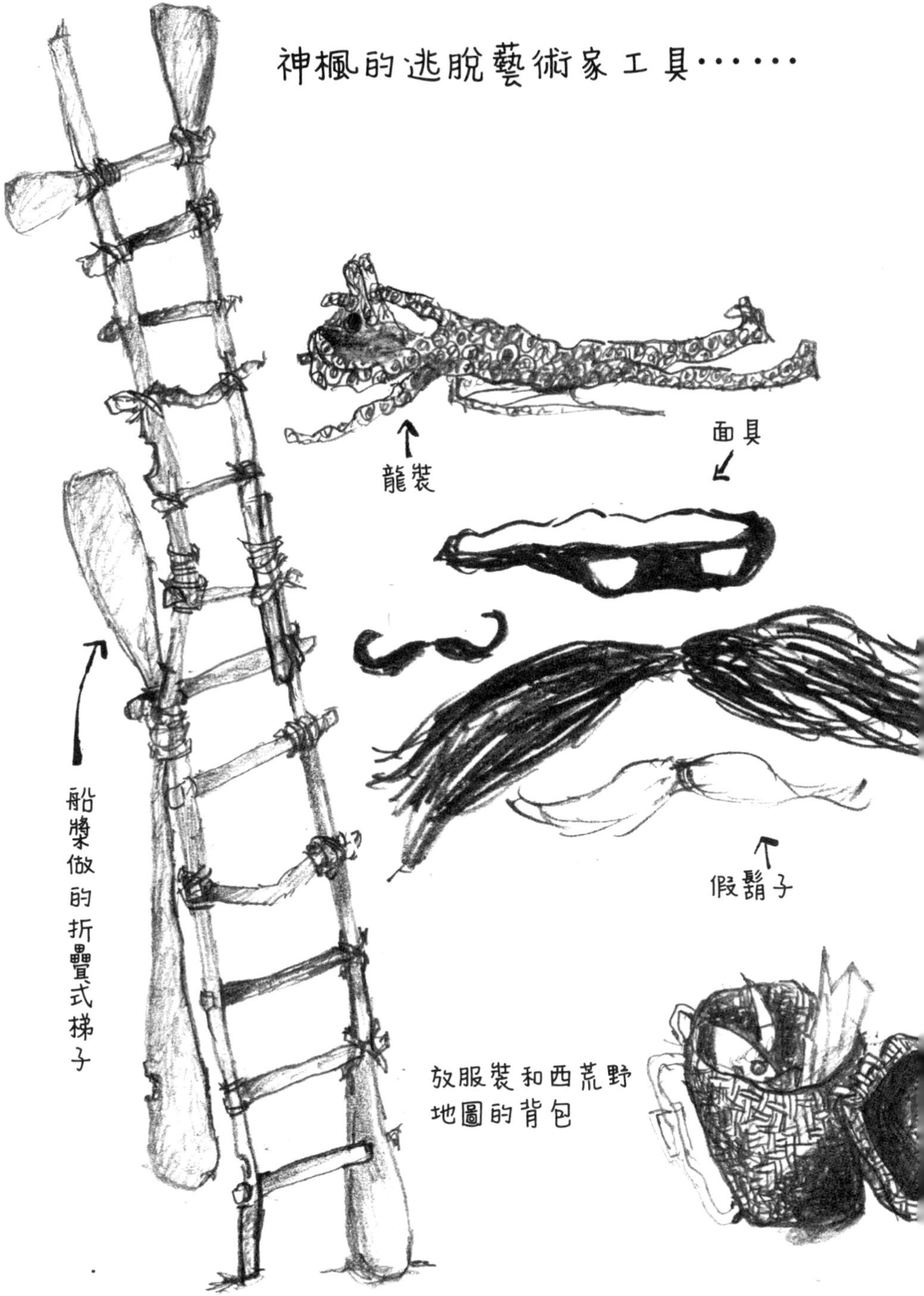
神楓的逃脫藝術家工具……
龍裝
面具
假鬍子
船槳做的折疊式梯子
放服裝和西荒野
地圖的背包

身用大聲的氣音，對其他幾個逃脫藝術家說。「我們快展開『愛金嘉德計畫』！」

「愛金嘉德計畫！」颱風、斯波塔、哈莉塔馬和牛肉堡重複著這句話，邊用沼澤盜賊特殊的方式擊掌。

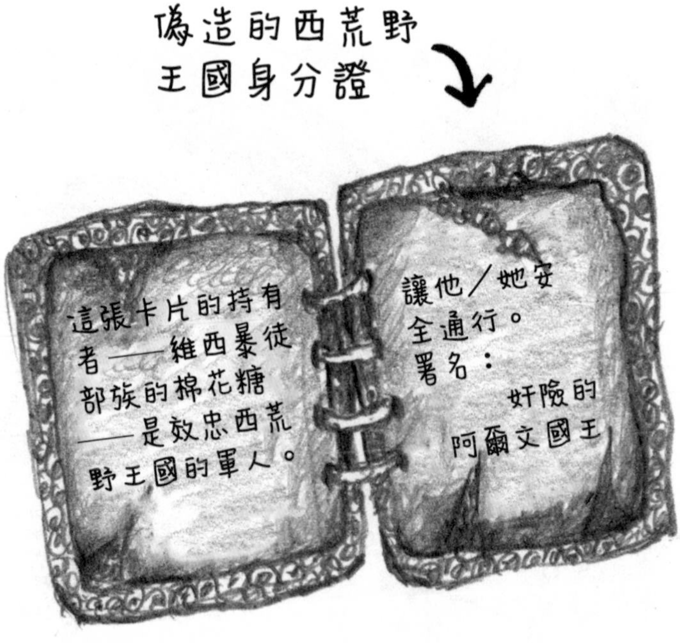
偽造的西荒野
王國身分證
這張卡片的持有
者——維西暴徒
部族的棉花糖
——是效忠西荒
野王國的軍人。
讓他／她安
全通行。
署名：
奸險的
阿爾文國王

第十二章　熊媽

神楓剛才沒關上地牢的門，此時三頭死影悄悄溜了進去。

你當然看不到牠，但你可以聽到牠**嗅！嗅！嗅！**的聲音從地板這一頭跑到另一頭，像隱形蝸牛留下的一條黏液。一陣微風吹過地牢中心。

三頭死影已經伸出爪子，碎了的心比鋼鐵還堅硬，隱形的眼裡充滿赤怒與仇恨，你幾乎可以「看到」它們了。嗅聞聲在小嗝嗝床邊停了下來，床上空無一人。三頭死影訝異地嗤氣，爪子抓過地上的草堆與被單，但下面也沒有東西。男孩一定在別地方！

三頭死影怒不可遏，有一瞬間牠現出身形，你甚至能看到從六個耳朵冒出來的熱煙。

牠默默撕毀了簡陋的草床，憤怒地躡手躡腳爬出門。要是小嗝嗝被這隻憤怒的龍逮到，他就死定了……

兩分鐘後，小嗝嗝和沼澤盜賊逃脫藝術家們回到地牢門口。

「這裡發生什麼事了？」小嗝嗝小聲說。他看著貌似爆炸了的床鋪及掉了滿地的乾草。

「哇，」神楓說。「你睡相一定很難看。」

小嗝嗝動手整理床鋪。「如果要在天亮前帶愛金嘉德逃走，妳們最好動作快一點。」

神楓與其他沼澤盜賊們準備像平常一樣用毯子把熟睡的愛金嘉德捆起來，直接把她扛走，但小嗝嗝不讓她們這麼做。「妳們會嚇到她。」小嗝嗝說。

於是他輕聲叫醒愛金嘉德。

「噓。」小嗝嗝說。「愛金嘉德，這些人是我的朋友，她們會幫妳逃回妳的部族，回到妳母親身邊。」

愛金嘉德睜著嚴肅的大眼睛看他，露出缺了牙的燦爛笑容。

「我真的有母親嗎？」愛金嘉德笑得很開心。

「一定有，」小嗝嗝說。「而且她一定很想妳。」他幫愛金嘉德把熊裝的釦子扣好，讓她穿戴整齊去和母親團圓。

「神楓，」小嗝嗝小聲說。「我覺得妳們應該送愛金嘉德回北方流浪者部族，他們應該在北方四處流浪。這個，」他狡猾地補充道。「**絕對**是超級無敵危險的任務，因為妳們去北方路上得先穿過龍族叛軍的地盤……」

「沒問題。」神楓小聲回答。

小嗝嗝狐疑地看著她。

神楓怎麼突然這麼聽話了？

「那，神楓，再見囉。」

「再見。」神楓無辜地睜大藍色雙眼。

「再見囉，愛金嘉德。」小嗝嗝悄聲說。

「再見，小嗝嗝。」愛金嘉德小聲回應。

「**暴飛飛，再見。**」沒牙愛現地在空中翻了三個華麗的筋斗，不小心撞上柱子，差點昏倒。牠趕忙在空中調整姿勢，讓自己看起來帥氣一些。

「**再見啊，流放者沒牙。**」心情龍柔聲說。牠風騷地對頭暈目眩的沒牙眨眨眼，跟著神楓、沼澤盜賊逃脫藝術家團與愛金嘉德悄悄溜出地牢。

就這樣，愛金嘉德逃出了琥珀奴隸國，逃出了這則故事，回到她母親——熊媽——溫暖又安全的懷抱（熊媽真的很想念她），回去聽嚇人的流放者阿嬤講魔法故事，回去和她素未謀面的弟弟——小熊——相見，接受弟弟的仰慕。

好，這下神楓暫時不會遇到危險了，小嗝嗝昏昏欲睡地想。**沼澤盜賊逃脫藝術家團應該會花好一段時間找北方流浪者部族。**

愛金嘉德
幸福快樂的結局

愛金嘉德回到熊媽的懷抱

「到底是誰把床撕成這樣的？」老奧丁牙龍悄聲說。牠看著四散的乾草和破布，耳朵又變成紫色，表示牠覺得很危險。

「奧丁牙龍，你太會妄想了。」小嗝嗝打哈欠說。

「妄想的前提是，」奧丁牙龍輕聲說。「『沒有』東西要殺你……」

但小嗝嗝和沒牙已經睡著了。

第十三章　該來的果報終究會來

第二天一大清早，第一道稀薄的陽光灑在龍族墳場灣，太陽出現的瞬間赤怒攻擊便停了下來，城牆上會爆炸的東西也靜了下來。

嗯？怎麼會有人乘著小船穿過爆炸造成的煙霧，經過教堂般的龍族骨骸，以及骨骸之間飛翔、大聲尖叫的海鷗？

是小嗝嗝以前的敵人——毛骨悚然圖書館員。圖書館員個子很高但總是駝背，看起來就很陰森，長長的鬍子甚至垂落到海中，彷彿跟著出門游泳。在他命名為「割心網」的兩根長竿上，裝了兩個琥珀網。他額頭上的「S」形印記顯示他是奴隸，但他是所謂「可信任」的奴隸，這代表獄卒足夠信任他，願意派他離開監獄，執行比較不費時的任務。他正在收集西荒野戰士們掉到水裡的長矛與彈藥，明晚可以再用來對付龍族叛軍。

毛骨悚然圖書館員撐船經過一具新鮮的大犀背龍屍體，瞥見一座藏在蘆葦叢中的小小島及島上的某個東西。他伸長右邊的割心網，用

網子撈起那個東西，將溼答答的東西拉到船上。

那是一頂頭盔。

毛骨悚然圖書館員將頭盔翻了過來，倒出裡頭的積水。他腦中的齒輪「滴答滴答」轉動，想起數週前，回到監獄的維西暴徒戰士們說過的話：流放者小嗝嗝又去解除捕龍陷阱了，他們差一點點就能逮到他。

他們說，小嗝嗝頭上戴了很奇特的頭盔，那頂頭盔和現在這頂一樣，上頭插著斷掉的大羽毛，看起來有點好笑。

「喔呵呵，」毛骨悚然圖書館員露出陰惻惻的笑容，悄聲說。「所以這是小嗝嗝的頭盔囉？那就表示……」圖書館員用氣音輕笑。「……小嗝嗝在這座監獄某處。我只要把這件事告訴巫婆，就可以報復那個害我被關進監獄的可惡小嗝嗝了……還可以順便重獲自由！」

圖書館員掉轉船頭，撐船回烏心監獄。他為了復仇而等了很久，現在瘋狂地繞過水裡一具具龍屍，等不及回去了。

你看，我們做的每一件事都會對未來造成影響，我們做的每一件好事、壞事，結交的每一個朋友、結仇的每一個敵人……

……一切都有關聯。

第十四章　運氣朝阿爾文流去

第二天一大早，獄卒比平時更早用劍敲盾牌，把大家吵醒。「**所有人快起床去中庭集合！**巫婆優諾召集了緊急會議！」

小嗝嗝半睡半醒、蹣跚地爬上地牢樓梯，和其他奴隸一起來到中庭。

突然間，他整個人都醒了過來，體內每一條神經都發麻，眼睛睜得老大，清醒到不能再清醒。他瞥向前頭高大的男人身旁，看見巫婆與奸險的阿爾文坐在主桌，巫婆的鐵指甲一下、一下地敲在桌上……

……巫婆面前，還有小嗝嗝的另一位舊識。

人們常說「該來的果報終究會來」，小嗝嗝困在烏心監獄這兩天，該來的果報真的從久遠與不太久遠的過去，回來找他了。

毛骨悚然圖書館員手裡，拿著小嗝嗝的頭盔。

風行龍怕到不小心遺忘在海灣的那頂頭盔。

啊啊啊。

小嗝嗝來不及逃跑了，他擠在人群中，進退兩難。

奸險的阿爾文站了起來，身上的疣全都噁心地膨脹，他得意地彷彿剛在蠻荒運動會中大獲全勝。

「**琥珀奴隸國悲慘的奴隸們！**」阿爾文高呼。「**我們之中有一個叛徒！**」

奴隸們震驚地竊竊私語。

「今早，」阿爾文接著說。「我們『可信任』的奴隸——這邊這位毛骨悚然——在龍族墳場灣為昨晚的戰鬥善後，發現了這頂頭盔。」

「我的戰士們告訴我，這是叛徒小嗝嗝·何倫德斯·黑線鱈三世上次去解除捕龍陷阱時戴的頭盔。」

我的雷神索爾啊，小嗝嗝哀怨地想。**我從一開始就很討厭那頂頭盔**。

「此外，我們近期發現一道通往排水道的暗門，外面的人可以直接溜進監獄……」

等等，小嗝嗝心想。**我沒有用暗門進來，那是沼澤盜賊逃脫藝術家團走的門！她們應該是不小心忘記關門了……**

「這就表示，」巫婆的聲音如絲綢般滑順。「那個卑鄙狡猾、自稱國王的西荒野叛徒偷偷溜進了監獄，假扮成奴隸躲在這裡。」

中庭裡一陣騷動，每個人都你看看我、我看看你，想知道巫婆說的叛徒究竟是誰。

巫婆柔聲說：「我們當然可以讓每個人試戴這頂頭盔，看看誰戴得下……」

這樣我就沒事了，小嗝嗝有點歇斯底里地想。**那頂頭盔只有害我癢得要命而已，它的尺寸一點也不合**。

「不過，」阿爾文笑吟吟地說。「我想到了更好的辦法。我告訴你們，」他

接著說。「叛徒小嗝嗝之所以不能像我一樣當國王，是因為國王必須有一副鐵石心腸，還有面對艱難能夠抉擇的心性。小嗝嗝太軟弱了，」阿爾文冷笑著說。「那個懦弱的人，沒資格當國王。」

「**小嗝嗝．何倫德斯．黑線鱈三世！**」奸險的阿爾文高喊。「**你要是不自己站出來，我就殺了……這個男孩。**」

奸險的阿爾文伸手抓住離他最近的毛流氓，尖銳的鉤爪架在男孩頸邊。

被他抓去當人質的男孩，剛好是鼻涕粗。

阿爾文忘了小嗝嗝和鼻涕粗兩個人水火不容，只知道小嗝嗝是毛流氓部族的一員，應該會特別關心其他毛流氓的安危，才隨手抓了個毛流氓過來。

「等一下，」鼻涕粗震驚地抗議。「我不是奴隸，是戰士！阿爾文國王，我是你忠誠的下屬，是我把小嗝嗝有奴隸印記的事情告訴你母親的……」

鼻涕粗過去二十四小時過得很不順利，昨天在沙地上，他的自尊心已經嚴重受創。

但是，奸險的阿爾文就是不懂得感激。

阿爾文無視鼻涕粗，反而把鉤爪湊得更近，一滴鮮血從鼻涕粗喉嚨滴落。

「你動作最好快一點！」阿爾文尖叫。**「我的鉤爪餓了！」**

這，應該就是我們所謂的「道德困境」。

鼻涕粗從小到大都在欺負小嗝嗝。

他這個人很壞，還是個喜歡霸凌別人的惡霸，去年小嗝嗝在閃燒劍鬥術學院成為英雄中的英雄、即將坐上西荒野王位時，也的確是鼻涕粗對他丟石頭，讓所有人看見他頭上的奴隸印記。

但小嗝嗝怎麼能無情地讓奸險的阿爾文殺死鼻涕粗？

說到底，鼻涕粗是他堂哥，也是人類同伴啊。

而且也許——也許——鼻涕粗內心很深很深的地方，還是存在一丁點善良。說不定小嗝嗝放棄偽裝之後，還是有辦法逃出人潮擁擠的中庭？

小嗝嗝嘆了口氣。**阿爾文說得有道理，我可能真的太軟弱了，沒資格當國王……我居然要為鼻涕粗那傢伙犧牲自己……**

他舉手大喊：

「好，我放棄偽裝了，我就是流放者，我就是小嗝嗝·何倫德斯·黑線鱈三世。」逃亡一年後突然亮出真實身分，真的很可怕。

「哈！」阿爾文滿意地說。他放開鬆了一大口氣的鼻涕粗，興奮地看著奴隸群中的小嗝嗝。「我就知道！」他得意洋洋。

偉大的史圖依克站在第三排，驚愕地倒抽一口氣，探頭探腦地找起兒子。

「小右·麥嗅！你怎麼可能……你怎麼可能是小嗝嗝！」

「是的！」被幾個人高馬大的壯士夾在中間的小嗝嗝大喊。「我就是小嗝嗝！」

「太好了！」史圖依克開心地跳上跳下，伸長了脖子找兒子。「小嗝嗝！你還活著！兒子啊，我真的好感動……我……我……對不起，我之前沒認出你……我竟然沒認出你是我兒子……」

「那是因為我有偽裝。」小嗝嗝大聲安慰父親。他除下那套實在不怎麼樣的偽裝，取下眼罩，用袖子擦掉臉上的土。他當然無法移除臭龍的惡臭。「而且我長大了，當然變得和以前不太一樣了……我來這裡，是為了想辦法幫忙……」

「廢話少說！」阿爾文罵道。「別讓那隻小老鼠說話，他每次都用花言巧語逃脫。你們，快把他抬過來！」

小嗝嗝周圍的人將他抬起來，群眾高高舉著他，把他送到巫婆與阿爾文所在的主桌前。

「啊，小嗝嗝，」兒子經過史圖依克頭上時，他盡量不吸入臭氣。「你看起來很健康，可是可憐的孩子啊，你真是被青春期害慘了。我跟你說，有時候青少年會有體臭……」

「這是臭龍的臭味。」小嗝嗝經過時握住父親的手，父親欣喜若狂。「這樣你們才不會仔細看我。」

「喔，那太好了，」史圖依克腦袋混亂到語無倫次了。「不然你會交不到女朋友。可是小嗝嗝，你怎麼會來這裡？」

人群最前頭的維西暴徒輕輕將小嗝嗝放在阿爾文與巫婆面前。

「我想來幫忙。」小嗝嗝說。「我是來救你們的。」

「小嗝嗝，做得好！」站在人群中的戈伯豎起大拇指。「你竟然來救我們，真是太勇敢了！」

「對，」史圖依克高喊。「兒子，做

得好！你讓我非常驕傲！」

「**閉嘴！**」巫婆尖叫。「救你們？這麼小一隻老鼠，怎麼可能救你們！搜他的身！」她尖聲命令。

「完了，」沒牙小聲對同樣躲在小嗝嗝背心開口的奧丁牙龍說。「**亡命暴徒奧、奧、奧丁牙龍，我們該走了……我們被困住了……**」

「**快飛！**」小嗝嗝悄聲說。奧丁牙龍和沒牙像兩隻蜂鳥一樣衝出小嗝嗝的背心，沒牙還**噗**——**噗**——**噗**——地噴出小團小團的火焰，彷彿要把自己噴射出去。

可是毛骨悚然圖書館員就站在小嗝嗝旁邊，他左手和右手動作一樣快。圖書館員以迅雷

完了，亡命暴徒奧丁牙龍，
我們好像被困住了……

「小嗝嗝！」
媽咪

不及掩耳的速度從腰間抽出兩張琥珀網，和從前拔出割心雙劍的速度一樣快（他以前用劍，但現在他都用網子）。

咻、咻，毛骨悚然圖書館員的琥珀網甩了出去，左邊的網子抓住奧丁牙龍，右邊的網子抓住沒牙。他把兩張網子的開口綁緊，深深鞠躬著將兩隻小龍獻給阿爾文。

沒牙和奧丁牙龍驚恐地號叫，因為龍族是野生動物，牠們最討厭被束縛了。

然後，圖書館員轉向小嗝嗝，瞇起眼睛。「不可以惹怒圖書館員。」毛骨悚然圖書館員怨憤地罵道，聲音像碎玻璃一樣刺耳。「我們圖書館員都很有耐心，可以為了復仇等上很久……」

「有龍！」巫婆得意地尖叫，一根手指戲劇化地指向困在琥珀網裡奮力掙

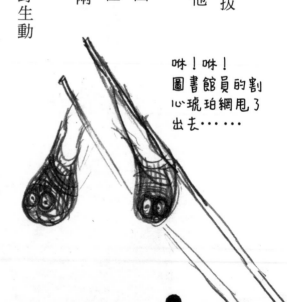

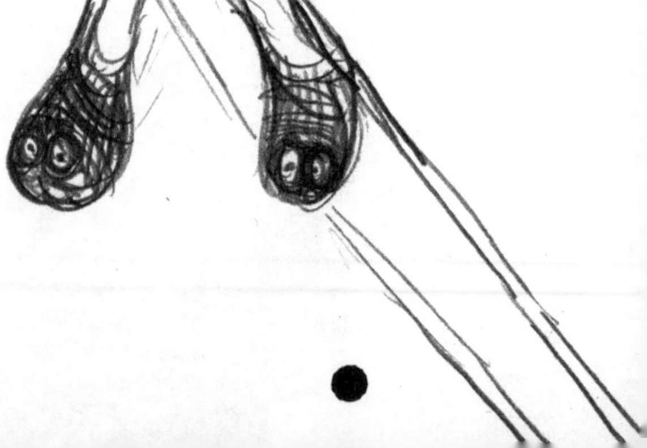

扎的奧丁牙龍和沒牙。

「我聞到龍的氣味！我們人類和全龍族開戰，村子都被龍族燒成黑灰了，這個叛徒身上居然還帶著『龍』！」

西荒野戰士聽了很不高興，他們每晚被龍族大軍攻擊，現在都氣得大吼。

「母親，妳別擔心！」阿爾文樂呵呵地說。「我用腳把牠們踩扁就好了！」

他把沒牙丟到地上，抬起金屬做的假腿。

「不———！」巫婆尖呼。「你忘了嗎？無牙的龍也是失落的王之寶物之一啊！我們要把牠留著，你才能正式登基成為西荒野國王！」

「可惡！」奸險的阿爾文咒罵一聲。「那我殺另外一隻！」

他把被網子纏住的奧丁牙龍丟到地上。

「不———！」小嗝嗝尖叫，腦袋迅速運轉。「他們兩個都沒有牙齒，我不知道哪一隻才是真正的王之寶物！」

（奧丁牙龍聽了，趕緊把牙齒收起來。）

「超級可惡！」奸險的阿爾文又咒罵一聲，困惑地低頭看著貌似無牙的奧丁牙龍。

「我總要有東西殺吧？對了，我可以殺小嗝嗝。」阿爾文的心情好了起來。「母親，拜託讓我殺小嗝嗝，『他』可不是失落的王之寶物。」

「但他是失落的王之寶物的『尋寶者』，」巫婆說。「親愛的阿爾文，你當然可以殺小嗝嗝，而且我知道你一定會用很有創意的方式殺他。你只要等他找到最後一件王

之寶物——龍族寶石——再殺他就好了……」

「這隻可惡的小老鼠簡直像王之寶物的『磁鐵』，寶物都會被他吸引……我們只要給他足夠的動力，他就會幫我們尋寶。我們運氣真不錯，我剛好很擅長鼓勵小孩做事。」

喔喔喔天啊，小嗝嗝嚇得全身顫抖。**聽起來一點也不棒……**

這時，毛骨悚然圖書館員抱歉地咳嗽一聲打斷巫婆，在她面前縮了縮脖子，用鬍子擦了擦嘴巴。

「說到動力，我記得妳說過，只要有奴隸把愛偷東西的西荒野叛徒帶到妳面前，就能重獲自由。我離開圖書館太久了，它還在等我回去呢。巫婆，請還我自由——自由。我來討回我的自由了。」**自由**。

奴隸們紛紛激動地靠上前。「自由……」他們渴望地看著圖書館員。「自由……」

對圖書館員來說，自由就等於回到他的圖書館，鬼鬼祟祟地行走在走廊

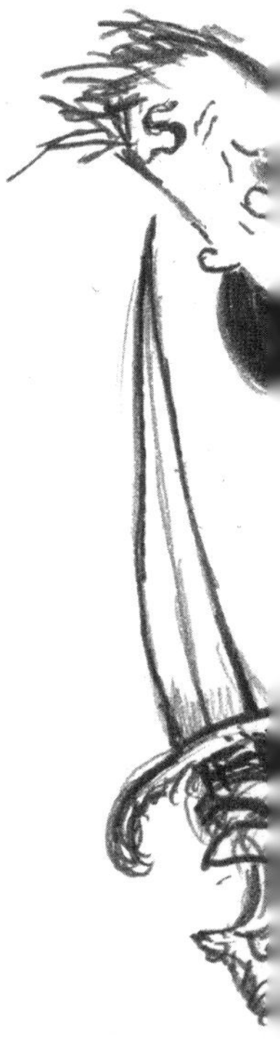

上，守護他珍愛的書本。他的心已經回到了陰暗的圖書館，開心地在迷宮般的走廊上漫遊。

可是……

世界上只有一個人比阿爾文更不懂得感激，那個人就是阿爾文的母親——優諾。

既然有了擅長尋寶的小嗝嗝，她不再需要鼓勵奴隸或圖書館員做事了。

「自由？」巫婆訝異地笑了起來。「你在胡說些什麼呢？奴隸怎麼可能重獲自由！奴隸印記一旦印上去，就再也不可能移除了。」

「可是，」圖書館員期期艾艾地說。「妳說過可以把它燙掉……妳明明說可以的……」

「我可能說了一點無害的小謊言，但那是因為我非常想為我們全人類贏得勝利。」巫婆撒謊道。「把圖書館員丟回人群裡！」

毛骨悚然圖書館員學到了痛苦的教訓：巫婆的承諾就是這麼空洞。

「那麼，」巫婆跳上前，蹲下來直視小嗝嗝的眼睛。「失落的王之寶物尋寶者，我給你一個非常明確的任務，那就是在接下來……嗯……」巫婆想了想，想到一個好數字。「三個小時內找到龍族寶石，否則我不僅會殺死那個鼻孔大得不可思議的男孩，還會把其他所有人都殺掉。我會設定這個滴答物……」

滴、答、滴、答。

「三個小時？」阿爾文錯愕地說。他望向中庭另一頭敞開的門，以及一望無際的紅沙地。「妳要他在**三個小時**內找到龍族寶石？呃，母親，我們已經派好幾千個奴隸用琥珀網在沙地上找過好幾次了，如果連他們都找不到寶石，小嗝嗝怎麼可能在三個小時內成功？還有，母親……有些人認為寶石不在這裡，畢竟陰森鬍的幽默感真的很扭曲……」阿爾文示意裝在自己手臂上的鉤爪。「妳看看我的手，就是被他的棺材夾斷的……」

「小嗝嗝是寶石尋寶者！」巫婆尖聲說。「他不是在三個小時內找到西荒野『王冠』了嗎？閃燒找了二十年都找不到，他一下就找到了！」

「相信我，他就是那種有了截止期限才會把事情完成的男孩。」雷神索爾啊，她腦袋壞掉了。

「妳怎麼不讓我現在解決他？」阿爾文忿忿不平。「他已經溜出我的鉤爪掌心好幾次了，之前在閃燒劍鬥術學院是，在狂戰森林那次也是。」

「我們不會再犯相同的錯了。」巫婆說。「我上次讓他自己進火坑找王冠，結果我學到教訓了，這次我們不會再讓這隻小老鼠離開我們的視線，每一秒都要緊緊盯著他……」

「把地圖交給可惡的小老鼠！」巫婆尖叫。「把沙艇交給噁心的小蚯蚓！把網子給他，竿子給他！幫他戴上頭盔——」

「我不需要頭盔。」小嗝嗝連忙插嘴，可是巫婆不理他。

「把這個小噩夢需要的工具全部交給他！」

戰士們趕緊幫小嗝嗝準備尋寶工具，五分鐘後小嗝嗝站在搖搖晃晃的海鸚希望二號上，一隻手顫抖地握著琥珀網，另一隻手拿著恐怖陰森鬍的琥珀奴隸國地圖，一點也不合身、還害他很癢的討厭頭盔又回到了他頭上。

可憐的沒牙和老奧丁牙龍還困在圖書館員的割心網裡，被掛在王室沙船的船尾，哀傷地隔著網子望向小嗝嗝。

一大群戰士與西荒野奴隸圍著小嗝嗝繞成好幾圈，排了數百層，每個人都乘著沙艇，全副武裝，用刀、劍、匕首、戰斧、長弓和棍棒指著小嗝嗝。

巫婆可不打算冒險。

甚至還有一個大漢用發射火箭的大東西瞄準小嗝嗝，還有一整排士兵用可以一次丟六根長矛、一次射二十枝箭的機器對準小嗝嗝。阿爾文巨大的流線型沙船速度極快，由齜潰瘍和至少三個人撐船，可以在三拍心跳內輕輕鬆鬆趕上小嗝嗝。以防萬一，阿爾文還把暴風寶劍鎖在手臂前端的裝置上。

「你這隻小爬蟲動物……」巫婆嘶聲告訴小嗝嗝。「你要敢突然做什麼，我們就把你一路轟上英靈神殿……蠢頭，你示範給他看！」

蠢頭啟動丟長矛的機器，六根矛**咻！咻！咻！咻！咻！咻！**地飛射出去，緊貼著海鸚希望二號射在沙地上，排成一圈。小嗝嗝吞了口口水。「巫婆，一根長矛就夠殺死我了，」他說。「妳不需要這麼多根……」

「把寶石找來給我們！」奸險的阿爾文尖叫。

第十五章　小嗝嗝出發找寶石

所有人都一臉期待地看著小嗝嗝。

好喔，現在的情況有點麻煩。

他低頭看地圖，希望它能幫上忙，但過去這一年小嗝嗝已經看地圖看了無數次，它沒有一次幫上忙。陰森鬍畫在最上面的那條紅鯡魚好像在嘲笑他。

小嗝嗝的面甲「哐啷」一聲蓋了下來，聲音像極了喪鐘。

他讓海鸚希望二號稍微划向無盡的紅沙地。

數百名乘著沙艇的戰士跟著往前移了一點點。

從旁觀者的角度來看，這個畫面真的很好笑。小嗝嗝乘著海鸚希望二號

歪歪扭扭地前

進，全西荒野王國的士兵也都乘著沙艇，用弓箭瞄準小嗝嗝並緊跟著他。

「去找寶石！」巫婆尖叫。「**快點！**」

小嗝嗝的沙艇前進了一點點。

停了下來。

兩百艘沙艇跟著前進了一點點。

停了下來。

「你們要給我空間，」小嗝嗝高喊。「我才能發揮尋寶的直覺。」

「給那隻噁心的蟾蜍一點空間！」巫婆大叫。

「可是別給他太多空間！一點點就好！再一點點！不

行，太多了！」

事情已經夠麻煩了，小嗝嗝還發現沙艇上的籃子非常、非常重。重得好像裡頭已經裝滿了石塊與琥珀。

小嗝嗝多少猜到裡面裝了什麼。

那雙看似無辜的藍眼睛……

小嗝嗝稍微遠離後方的大批人馬，離開他們的聽力範圍後，他拉開面甲（可惡的面甲常常卡住，這回他也費了好一番工夫才把它拉開），從嘴角擠出聲音說：「神楓，妳在那裡面做什麼？我不是叫妳逃出去嗎？還有，妳怎麼知道這艘沙艇是我的？」

「你在後面寫了『海鸚希望二號』。」籃子解釋完，又連忙補充：「我可不知道你在說什麼，我從來沒聽過你說的『神什麼的』這號人物。」

「神楓，我知道籃子裡的人就是妳。」小嗝嗝

嘶聲說。「妳為什麼沒和逃脫團一起逃走？」

「我把她們訓練得很好，」神楓小聲回答。「就算沒有我，她們也可以自己帶愛金嘉德妹妹回去找流浪者部族。小嗝嗝·何倫德斯·黑線鱈三世，你要是以為我會再『半背棄』你，就大錯特錯了。從今以後，我不會再讓你離開我的視線。對了，現在發生什麼事了？剛剛外面怎麼有人在尖叫？」

「這件事說來話長，」小嗝嗝說。「我必須在三個小時內找到寶石，不然巫婆會把全部人殺光光。」

「可是，我覺得寶石不在**這外面**耶。」籃子裡的神楓說。

「那妳去跟巫婆說啊。」小嗝嗝說。

「那我們要動手嗎？」過了不久，籃子問道。「我現在握著兩把劍，牙齒還咬著匕首，隨時可以出擊喔。」

「妳的武器可能不太夠。」小嗝嗝坦承。他望向數百艘緊隨在後的沙艇，以及密密麻麻的刀劍、火箭噴射機、死死盯著「他」的戰士們，還有拉到了極限的一張張北方弓。

「那怎麼辦？」神楓問道。

小嗝嗝嘆了口氣。

老實說，此時此刻，他已經沒了主意。

沒有寶石的廣闊沙原向外無盡延伸，一群戰士全副武裝、帶著人類最恐怖的武器，虎視眈眈地跟在後頭。在這種情況下，小嗝嗝實在沒辦法發揮創意。

他再次感覺到恐懼像冷掉的麥片粥，沉甸甸地縮在胃裡。

「我也不確定。」小嗝嗝低聲說。「就我對那個狡猾的陰森鬍的認識，寶石應該不在方圓六英里內，搞不好還在蠻荒群島另外一邊。」

「你也這麼覺得嘛！」神楓愉快地說。

「小心……別讓那隻狡詐的小老鼠離開你們的視線。」乘著沙艇跟在小嗝嗝後頭的巫婆優諾悄聲說。「把弓箭拿穩，瞄準他。」

「噁心的小蝦子，你找到寶石了沒？」

這時，大家意想不到的事情發生了。

我們從巫婆和沙地上數百個奴隸與戰士的角度來看。

在他們看來，好像發生了某種奇蹟——某種超自然的魔法。

數百、數千個全副武裝的人拿劍指著小嗝嗝，獄卒們的沙艇還裝了特大號船帆，能輕易超越小嗝嗝破破爛爛的舊沙艇（而且小嗝嗝的沙艇上還多了神楓的重量……但其他人並不知情）。

小嗝嗝不可能溜出他們的手掌心……絕對不可能。

然而，前一秒他還在眾人前方，划著搖搖晃晃的小沙艇蛇行前進，整艘沙艇往左歪。

下一秒，天上忽然吹來一陣風，空氣一陣波動、扭曲，彷彿一片霧氣從天而降……

而後是短促的呼叫，小嗝嗝、沙艇和籃子全被上方的空氣吞了下去……

真是不可思議。

前一秒他還在，下一秒他就消失得無影無蹤。

眾人舉著戰斧、刀劍與其他稀奇古怪的兵器，瞠目結舌地盯著小嗝嗝剛才所在的位置，不可思議地連連驚呼。

「他不見了。」齜潰瘍緩緩地說。「他完全消失了……」

「**不——！**」巫婆尖叫。「不！不！不！不！不！」齜潰瘍趕緊將巫婆的沙艇划到小嗝嗝剛剛的位置。「不可能！絕對不可能！」

阿爾文國王的王室沙艇也鬱悶地在她後方停下。「母親，我就說吧。我已經和那個小混蛋交手好幾次了，我就說我們該趁他還在我們手裡，趕快一鉤斃了他。我為了殺他，一直把鉤爪磨得很利呢。」

即使情勢對你不利，你知道自己說得對，還是會有點得意。「現在地圖又回到了他手上……」阿爾文鬱悶又得意地說。

「不可能！」巫婆尖喊。「他一定就在某個

他在上面！我知道！
我用這雙盲人的
眼睛看到他了！

地方！**快挖啊**！你們這群白痴，**快挖，快挖啊！**」

巫婆以野獸般的動作跳下沙艇，用鐵指甲挖起大把大把的沙子，樣子像極了無奈又焦急的狗。她不停地挖掘，彷彿小嗝嗝連著沙艇一起鑽到了沙地裡。

戰士與奴隸帶著鏟子去幫忙，在海灣挖掘一個毫無意義的洞。

忽然間，巫婆停下了挖掘的動作，滿手沙子的她嗅了嗅空氣。

然後，她四肢並用地上下彈跳，動作有點像貓。每跳到半空中，她就用瘦骨嶙峋的手指亂揮亂抓，彷彿要用長長的鐵指甲與細瘦的手臂把男孩從空中抓下來。「他在上面！我知道！我知道！我看到了！我用這雙盲人的眼睛看到他了！」她刺耳地尖叫。

年紀這麼大的巫婆能跳得如此賣力，實在不簡單。

戰士與奴隸們在沙艇上好奇地圍觀，紛紛交頭接耳：「喔喔，她瘋了。她本來就瘋瘋癲癲的，可是現在她完全失去理智了……」

維京人都相當迷信，看到「魔法」都會又敬又怕。「你們有沒有看到那個男孩剛剛的樣子？他真的憑空消失了耶……」

「我聽說他兩年前在陰邪堡做了同樣的事，明明沒有馱龍，什麼都沒有，他還是飛到了空中……」

「怎麼會！」

「我以我最好的藍色頭盔發誓，他真的飛上天了。你們覺得他會不會是真正的——」

「**閉嘴！**」奸險的阿爾文注意到眾人的竊竊私語，大吼一聲。「**閉嘴**。哪個叛徒再繼續說話，就來跟我嗜血的鉤爪聊一聊！」

紅沙地上，一片死寂。

「一半的人下去挖洞！」奸險的阿爾文號叫道。「另外一半跟我母親一起跳，免得那個男孩真的在空中！」

蠻荒群島的戰士與奴隸們收到命令，慢慢開始行動。

假如偉大的雷神索爾在這時候低頭看，看見蠻荒群島獨立又驕傲的人們如今的處境，也許會露出諷刺的微笑。

數百人在沙地裡挖著無意義的洞，或徒勞無功地跳上跳下。

一陣陣風拂過他們所有人，拂過無窮無盡的沙地。

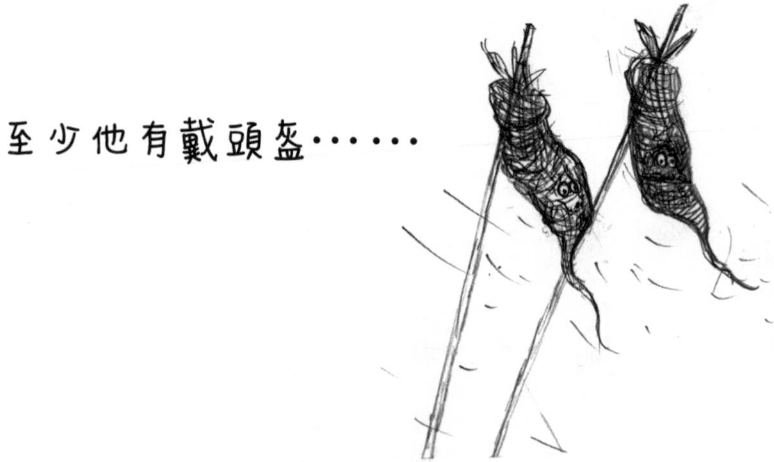

第十六章　三頭死影

小嗝嗝離奇失蹤的魔法，對巫婆與西荒野人民的影響非常有趣，看了讓人心情大好。

但你應該也猜得到，讓小嗝嗝離奇失蹤的，其實並不是魔法。

實際上，他是被龍王狂怒派來暗殺他的三頭死影綁架了。

奧丁牙龍和沒牙縮在阿爾文沙艇船尾的網子裡，悶悶不樂地猜到了真相。

「我就說吧，」老奧丁牙龍小聲說。「我就說有龍要殺他。妄想的前提是，『沒有』東西要殺你……至少他有戴頭盔……」

「對啊。」沒牙難過地說。「現在沒、沒、沒牙沒辦法照顧他了，他該怎麼辦？小嗝嗝『需要』沒牙……我是失落的王之寶物……而且還是最厲害的一件……」

「喔喔喔喔喔！」籃子裡的神楓興奮地說。「我感覺到了，你**真的**想到好計畫了！我就知道你辦得到！」

小嗝嗝還在努力思考剛才發生了什麼事。

他往上看，發現他們被某個隱形的東西抓在爪子裡，但那個東西其實沒有隱形，而是用了很厲害的偽裝。牠可能是隱龍，小嗝嗝以前就遇過一隻。

這時，小嗝嗝心一沉，想到奧丁牙龍說過無數次的話：龍王狂怒派了「什麼東西」來跟蹤他、殺他……而且昨晚，他的床好像被「什麼東西」攻擊了……

「這不是計畫，」小嗝嗝驚恐地說。「就算是，也不是『我的』計畫，是龍王狂怒的計畫。」

「我們被某種隱身了的隱龍或其他類似的龍抓走了，他應該是龍王狂怒派來殺我的。」

「太棒了！」神楓像突然蹦出箱子的玩偶，興奮地彈出來。「我超愛隱龍的！」

「我也是。」暴飛飛跟著神楓跳出籃子，身體變成漂亮的淺粉紅，那是牠談情說愛的顏色。

「妳們應該

不會太喜歡這隻隱龍。」小嗝嗝牙齒不停打顫地說。

神楓豎起一根手指。

「那我去拿我的緊急戰斧。」她邊說邊鑽回籃子裡。「我帶了這把戰斧來，以防萬一。我還幫你多帶了一把劍喔。」（神楓的裝備總是十分齊全。）「那一顆頭交給『你』對付，剩下兩顆交給『我』，因為我是女生。我就知道，你果然需要我。好刺激喔，這就跟以前的冒險一樣！」

小嗝嗝不想掃神楓的興，但只憑他們兩個人，實在不可能贏過一隻三頭死影。

他俯視著把小沙艇捏壞的隱形手爪及遠在下方的紅沙地，覺得有點想吐。他們明明沒有飛得很高，但不是自己騎龍、而是被龍綁架時，小嗝嗝都會耳鳴得很難受，事實就是這麼奇怪。他伸出流了冷汗而不住發抖的手，接過神楓遞給他的劍。

來吧。他心想。

三頭死影降落了，透明的爪子抓著小嗝嗝、神楓與被捏壞的沙艇，巨大的身軀矗立在上方。

「你這個透明的**膽小鬼**，還不快放了我們！」神楓大喊。「你這隻窗戶臉、三頭**蜥蜴腦**，快放了我們，來跟**維京人**一樣正面對決！」

降落時，三頭死影不再有隱身的必要，能變色的皮膚恢復了原始的顏色，小嗝嗝這才發現牠是什麼品種的龍。

糟糕，這下麻煩大了。

小嗝嗝從未親眼見過這種龍，但他知道自己陷入了大災難。

這是隻死影龍，而且還是三頭死影，牠不僅能噴火，還能噴射閃電。現出身形時，牠的皮膚是令人驚豔的海綠色，身體至少三公尺高、九公尺長，三顆頭的六邊臉頰都隱隱看得到明黃色部位，那是龍的毒腺。

這麼強大的生物，根本就不需要毒液。小嗝嗝有點歇斯底里地想。**太過分了吧**。

「哇，」暴飛飛驚嘆一聲，俏皮地對三頭死影眨眨眼睛。「你長得好壯觀啊！」

小嗝嗝正努力回想自己對死影龍的認知，不過此時此刻，他腦中只有一個想法：

天啊天啊，他看起來不太高興。

呼！

三頭死影跳了起來，小嗝嗝突然被壓在地上，體內的空氣全擠了出來。小嗝嗝和神楓喘著氣，努力呼吸。

大龍張開三張血盆大口，三顆頭發出低沉、響亮的尖叫聲，聲音從四面八方襲來，把小嗝嗝的頭髮全部往後吹，甚至灌入可憐的小嗝嗝體內。小嗝嗝覺得他的頭好像被拿去敲鐘了，頭顱裡不斷迴響著恐怖的噪音。

他和神楓短暫失去了意識。

回神時，小嗝嗝看到三張大嘴在面前撐開，離他最近的大嘴喉嚨深處肌肉鼓動。這一次，三頭死影會從火孔噴出龍火，他將一命嗚呼。

想到這裡，小嗝嗝可說是鬆了一口氣，至少被龍火燒死很快就結束了，他實在不想再聽到剛才那種可怕的吼叫聲了。

就在他閉上雙眼、繃緊身體準備受死時，其中一顆頭似乎大喊了聲：「住手！」

三頭死影停下動作。

小嗝嗝警戒地睜開眼睛。

他的頭還在嗡嗡作響。

六顆綠眼睛震驚地俯視著他。

三頭死影貌似驚呆了。

離他最近的頭，伸出分岔的粉紅色舌頭。

小嗝嗝全身一縮，但舌頭並沒有傷害他，而是往下探，小心翼翼地撩起掛在小嗝嗝脖子上的龍蝦鉗項鍊。六顆眼睛湊得很近很近，好像不敢相信自己看見的事物。

六顆眼睛裡的赤怒消失了，宛如消失無形的薄霧。

俯視小嗝嗝的龍變得十分平靜，牠直視小嗝嗝的眼睛，身形龐大的三頭龍彷彿在回顧過去。

其中一顆頭開口了，聲音讓人心臟亂顫，低沉地在小嗝嗝的胸腔迴盪。說話時，牠話音中無窮無盡的渴望，實在非常感人。

「**他戴著龍蝦鉗項鍊……**」三頭死影中間的頭說。

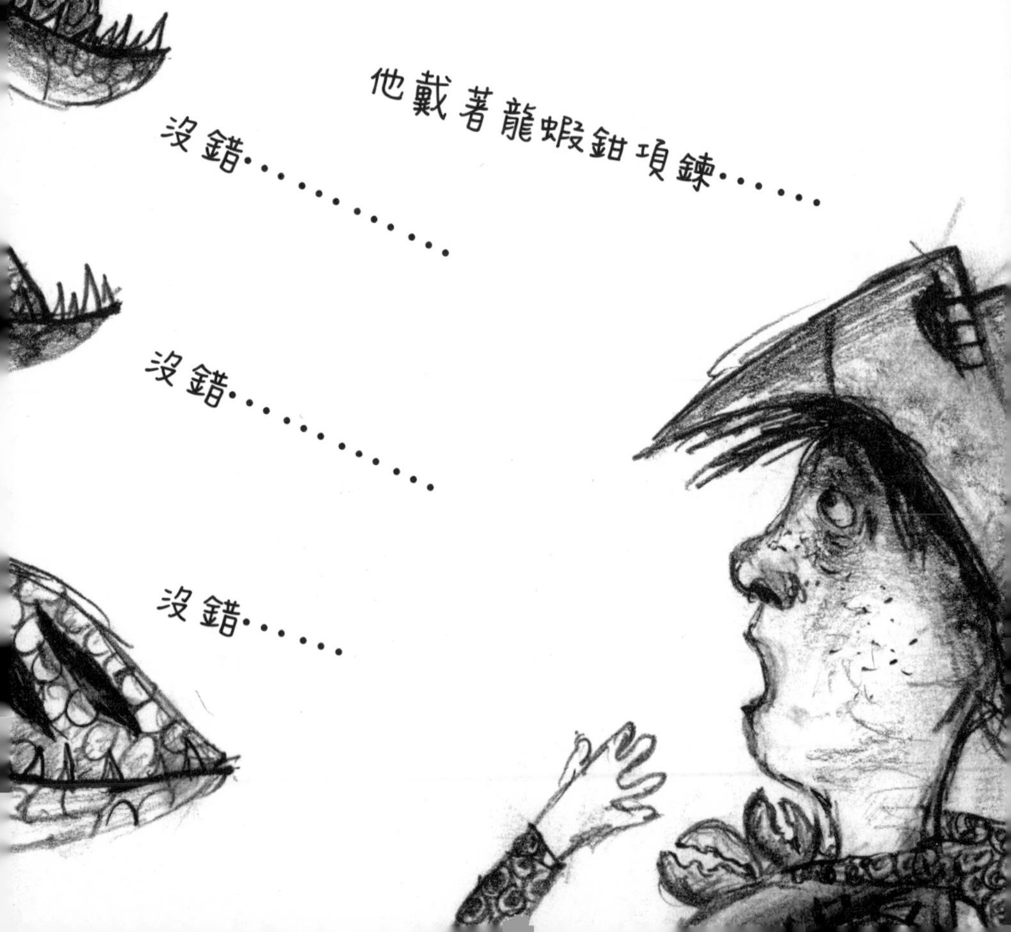

「**沒錯……**」另外兩顆頭附和道。牠們繞著小嗝嗝的頭，像一窩欣喜的蛇似地嘶聲說：「**沒錯……沒錯……沒錯…………**」

第十七章　我就說吧，該來的果報終究會來的

「這是別人送我的禮物。」小嗝嗝說。

三頭死影的三顆頭都嚇了一跳，因為會說龍語的人類非常少。

三顆頭激動地開始問話，語氣同樣帶著那絲難耐的渴望，彷彿牠們渴求已久的東西將被人奪走。

「所以這條項鍊的主人不是你？那是誰給你的？那個人在哪裡？那個人還活著嗎？」

問題同時從三個方向襲來，而且三頭死影不斷迴響的聲音令小嗝嗝頭昏腦脹，好像有三顆頭在回音很大的山洞裡說話。

「他是我的朋友……他還活著……至少，我希望他還活著……我在找他……」小嗝嗝用懇求的語氣說。「我來這裡，就是為了找他。」

龍的語氣變得嚴厲，還多了一絲狠戾。

「該不會是你偷的吧？你沒說謊？擁有這條項鍊的男孩還活著？」

小嗝嗝吞了口口水。

「他是我最要好的朋友，我真心希望他還活著。」他說。

這時，魚腳司的樣貌清楚浮現在小嗝嗝腦中，小嗝嗝看見瘦巴巴的他、眼鏡歪掉的他、喜歡黑色幽默的他。在那一瞬間，魚腳司彷彿真的站在他身旁，隨時會開口說三頭死影很恐怖。

「你看著我們！」三頭死影的三顆頭嘶聲說。「看著我們！看著我們！看著我們！」嘶聲圍繞著小嗝嗝，三顆頭繞著他轉圈，時而隱形、時而可見，看得他頭暈目眩……宛如鏡之迷宮……鏡之迷宮是什麼？好耳熟……

小嗝嗝曾訓練自己與龍族對視，這其實是非常困難的一件事，因為龍族的眼睛可以催眠人，如果和牠們對視太久，可能會被洗腦，甚至嘔吐或暈厥。

有些龍的眼睛有類似吐真劑的效果，無論你願不願意，腦中的真相都會被吸走。當然，三頭死影有三雙眼睛，效果自然也是一般龍族的三倍。

小嗝嗝強迫自己盯著那六顆閃亮亮的大眼，看著倒映在眼裡的天空，感受龍的視線鑽入他腦海，探索他迷宮般複雜的腦海。

這時，腦中有種吸扯的感覺，彷彿三頭死影要將他的想法吸出來。

不意外地，沒過幾秒小嗝嗝就覺得眼冒金星，有點噁心——如果有龍在你腦子裡逛來逛去，你應該也會很不舒服——最後他閉上眼，以免自己昏過去。

死影龍鬆開了和天空顏色相同的爪子，放下神楓與癱軟的小嗝嗝，數分鐘前幾乎要捏死他們的手爪，輕輕將他們放在長草的沙地上，像是要保護他們。

「我的雷神索爾，我的奧丁大神，我的弗蕾亞女神的辮子啊，這到底是怎麼回事？」神楓上氣不接下氣地說。她扶著頭，驚訝地仰望三頭死影。

「我**完全**不曉得。」小嗝嗝喘著氣說。「不過看來和魚腳司還有他送我的龍蝦鉗項鍊有關。」

「但我們現在還不算安全……」他小聲說。這是直覺告訴他的。「三頭死影還沒決定怎麼處置我們。」

三頭死影像隱形的老虎似地繞著他們走了一圈又一圈，喉頭深處發出某種聲音，換作在比較不壯觀、比較不高貴、比較不野蠻的動物身上，那也許會是呼嚕呼嚕聲。

但那並不是高興的呼嚕呼嚕聲，而是小嗝嗝熟悉的「考慮」聲，沒牙每次思考要不要做某件事，都會發出同樣的聲音。

小嗝嗝和神楓完全靜止地坐在長草的沙地上，就連神楓也明白他們有生命危險而沒有說話。三頭死影繞了一圈又一圈，三顆頭忙著吵架。你雖然看不見，卻能聽見牠們的聲音，感覺到空氣波動，看見草地上龐大的龍腳印。

龍腳印繞了十五圈後，三頭死影終於不再繞圈，三顆頭現形並湊到小嗝嗝面前，像隨著弄蛇人起舞的三條蛇。

中間的頭說話了。

「**我們意見不同。**」中間的頭說話時，不斷迴響的聲音悲哀得宛如沼氣。

小嗝嗝禮貌地點點頭。

「這是因為，你是為了兩件事——兩個任務——而來。第一項任務就如你所說，你真心相信朋友還活著，所以來找他。」第一顆頭發出或是低吼、又像是讚許的嗤氣聲，一股龍火噴到草地上，嚇了他們一跳。

「**你說的是實話。**」中間的頭說。

「**但龍王狂怒說的也是實話，你還有第二項任務……**」中間的頭又說。「**你在尋找龍族寶石，這是危險的任務，可能會危害所有龍族……**

「因為龍族寶石並不是尋常寶石，它藏有危險的祕密。如果人類找到它，得知了它的祕密，就能用它殺死龍族，而且死的不只會是一隻龍，會是全世界**所有**的龍族。使用寶石的人類能永遠消滅龍族。

「**儘管如此，你還是想找到它……**」

這次，第三顆頭發出的聲音絕對是低吼——不對，不是低吼，而是真正的大吼。牠噴出的火焰差點掃到小嗝嗝，小嗝嗝之所以沒被烤焦，完全是因為中間的頭預期了第三顆頭的動作，把牠撞歪了。

「這對我們而言是大難題，」中間的頭說。「因為我們許下了兩個承諾：我們對龍王狂怒承諾要殺你，但很久以前，我們還對另一個人許下了承諾。我左邊這位『無辜』——」（左邊的頭對小嗝嗝點頭致意）「——想幫助你找到你朋友，因為那個男孩對我們來說非常重要。」

「但另一方面，我右邊這位『傲慢』——」（右邊的頭點頭低吼）「——很想殺你。」

「看來，決定權落在我『頭上』了。」中間的頭說。

牠頓了頓，又緩緩接著說話。

「我認為較先許下的承諾優先，所以我們會幫你。」

小嗝嗝鬆了一大口氣。中間的頭似乎得到了最中立、最公平的結論。

「謝謝你們。」小嗝嗝點頭說。「我得先提醒你們，尋找寶石的不只有我一個，其他人還想用它來造成破壞。」

「啊，」中間的頭憂傷地說。「但沒有你幫忙，他們永遠找不到寶石。」

三頭死影在他身旁跪下，邀小嗝嗝爬到牠背上。

「來，」中間的頭鼓勵道。「帶我去找你的朋友。」

小嗝嗝的胃似乎化成了果凍。

事情的轉折實在太驚人了。

不久前還想殺他們的龍，現在居然要「幫助」他們。

小嗝嗝懷疑這是三頭死影的陷阱，牠也許只是想把他們帶到龍王狂怒面前。但反過來說，牠不必取得小嗝嗝和神楓的同意，也不必客氣地對他們扯謊，還是能把他們抓到龍王狂怒面前。

「你在做什麼啊？」神楓目瞪口呆地看著小嗝嗝爬上三頭死影閃亮而隱形的背部。「那隻龍剛剛還想殺我們耶！」

「他好像改變心意了。」小嗝嗝說。「妳不來嗎？」

這世界上，沒有「任何人」比神楓擅長改變心意。

「當然要囉！」神楓將兩把劍與備用戰斧塞進腰帶，七手八腳地跟著小嗝嗝爬上龍背，在他身後坐穩，猴子般的小臉眉開眼笑。她滿意地吸了吸鼻子，摸了摸閃閃發亮的龍背。「我不是說過嗎，我最喜歡隱龍了。」

「喔喔我也是！」暴飛飛興奮地尖呼，身體變成熱情的粉紅色，調情似地在三顆龍頭之間穿梭飛行。

「他不是隱龍，是三頭死影。對了，」小嗝嗝轉向三頭死影中間的頭。「你的兄弟叫『無辜』和『傲慢』，那你又叫什麼名字？」

「『耐心』，」中間的頭回答。「因為我非得有耐心不可。」

說完，三頭死影飛上藍天。

第十八章　尋找魚腳司

此時此刻，小嗝嗝不知為何想起愛金嘉德的故事。

「往東飛，」小嗝嗝告訴三頭死影。「飛去凶險境地……我們要找一顆看起來像巫婆手指的石頭。」

三頭死影向東飛行。小嗝嗝並不想找到形狀像巫婆手指的石頭，但他非找不可。

東方吹來濃濃的海霧，三頭死影不得不低空飛過紅沙地，飛了很久很久。

故事中的奴隸男孩與奴隸女孩，真的可能把沙艇划到那麼遠的地方嗎？

小嗝嗝隔著死影閃亮亮的肩膀往下望，看見他不想看見的畫面。

一塊凹凸不平、形狀扭曲的石頭直指天空，樣子真的很像巫婆的手指……而離石頭一小段距離的沙地上有個黑點，想必是艘沙艇。

「死影，下降！下降！」小嗝嗝驚駭地呼喊。

他們開始下降，飛得近一些時，小嗝嗝發現那艘小沙艇並沒有直立在沙中，而是翻倒了。他的胃開始下沉。

他焦急地左右張望，不停眨掉眼裡的淚水，卻完全沒看見魚腳司高高瘦瘦的身影。

魚腳司當然不在了。小嗝嗝終於看清真相，看清自己也許打從一開始就明白的真相。

愛金嘉德前天晚上告訴他的故事，那個怪獸與奴隸男孩

的故事……其實並不是故事，而是真實事件。

愛金嘉德之所以知道真相，是因為**她當時也在場**……

她當時也在場，怪獸攻擊魚腳司時，她就在旁邊，看著恐怖的生物將魚腳司拖到沙地之下。

難怪她好像很害怕，難怪她天不怕地不怕，就怕那隻怪獸。難怪她好像非要把故事告訴小嗝嗝不可，不想再把真相悶在心裡。

真相終於大白了。

第十九章　怪獸與奴隸男孩

三頭死影輕巧地降落在沙地上。

小嗝嗝趕忙從牠背上爬下來，衝向散落一地的物品。

故事中的奴隸男孩可能不是魚腳司……

也可能是別的可憐人啊，畢竟每天都有人在凶險境地失蹤，被怪獸抓走的也可能是別人。

然而小嗝嗝跑到翻覆的沙艇前，看見半埋在沙子裡的某個東西。

他伸出顫抖的手，將它拉了出來。

那個東西被壓壞了。

「那個東西」，是魚腳司最寶貝的背包。

他小時候被人放進龍蝦陷阱，漂呀漂到博克島，被毛流氓撿起來，後來他把那個龍蝦陷阱改造成背包，裡頭裝了他寥寥無幾的私人物品。為了確認那是魚腳司的東西，小嗝嗝把背包拿了起來，一瓶老阿皺特製的氣喘藥水掉了出來，撞壞的藥水瓶落在沙地上，藥水像血似地流到沙子上。

小嗝嗝試著把被壓扁、變形的龍蝦陷阱背包弄回原本的形狀。

結束了。魚腳司真的死了。

小嗝嗝無法再欺騙自己了。

琥珀奴隸國的怪獸的故事，原來是真的。

那是發生在魚腳司身上的真實故事。

三頭死影閃閃發亮的三顆大頭湊到小嗝嗝身後。

可憐的三頭死影，牠似乎心碎了。牠之前一直懷有希望，儘管情況看起來不妙，牠還是沒放棄，結果牠的希望就這麼粉碎了。

三顆頭嗅了嗅龍蝦陷阱。

「他叫什麼名字？」耐心問道。

「魚腳司。」小嗝嗝哭著說。

「魚——腳司——」三顆頭嘶聲說。牠們又像是隨著弄蛇人起舞的三條蛇，搖來晃去。「魚——腳司……魚——腳司……魚——腳司……」牠們喃喃唸誦，邊繞著龍蝦陷阱哀傷地跳舞。

奇怪的是，牠們似乎認得這個龍蝦陷阱，不停嗅聞那個陷阱，彷彿要把過去的氣味吸到肺裡（氣味是最能喚醒記憶的感官）。

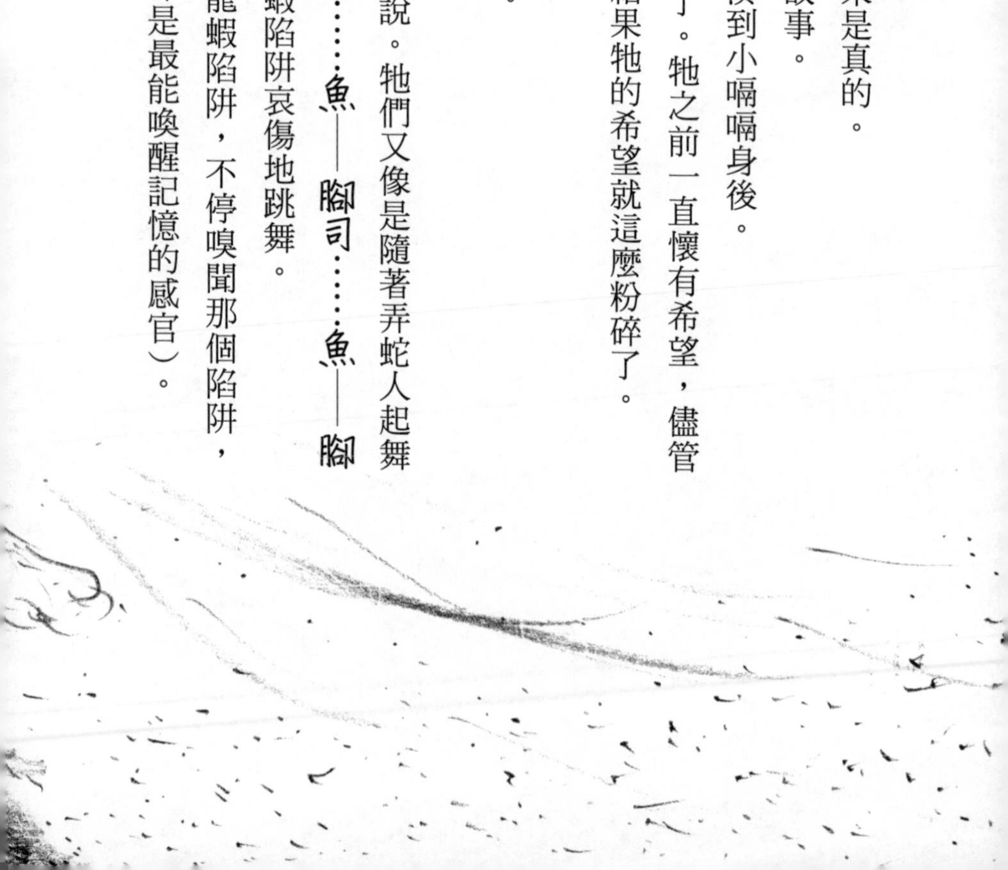

前。

淚流滿面的小嗝嗝，將龍蝦陷阱舉到三顆頭面

「我不該讓他把護身符項鍊送給我的，」小嗝嗝哭著說。「我不該讓他把他那一點點好運送給我的。」

「他可能沒死，」左邊的無辜左顧右盼，眼中還有一絲希望。「這附近有很多小島，他說不定成功逃走，逃到其中一座島上了。他說不定還在附近……」

「真是的，」傲慢嗤之以鼻。「你一

是腦袋壞掉了，才總是那麼樂觀！他很顯然死透了。」

聽傲慢這麼說，小嗝嗝終於受不了了，哭著癱軟在沙地上。

三頭死影也哭了。

就連**從不哭泣**的神楓和暴飛飛也哭了。

小嗝嗝感覺到身下沙地的溼意，感覺到紅色氣喘藥水從被他打破的瓶子滲入龍皮防火裝。

他哭個不停，直到變成再也擠不出淚水的一塊破布，趴在沙地上，衣服前面都被藥水染紅了。

一陣細雨從天而降，沙地變得更加潮溼，彷彿即將漲潮。

回去吧。

他心中，有個聲音告訴他。

回去找龍族寶石。

成為新王。

為魚腳司和所有跟魚腳司一樣悲慘的人，成為新王。

小嗝嗝毅然決然用袖子擦乾眼淚。

他背起魚腳司壞掉的龍蝦陷阱背包，跌跌撞撞地走向三頭死影。

神楓也默默走了過去。

但還沒走到三頭死影面前，他們就停下了腳步。三頭死影的三顆頭又在吵架了。

「既然魚——腳司——死了，」傲慢嘶聲說。「我們就不必遵守龍蝦鉗項鍊的承諾了。」

「可是魚——腳司——可能還沒死啊！」無辜說（傲慢與耐心看起來並沒有被說服）。「而且，這個男孩是魚——腳司——的朋友。」無辜又說。

耐心還沒下定決心。

「這個男孩想尋找寶石，」傲慢嘶聲說。「我們絕不能讓寶石落入人類手裡……」

「如果我們殺了他，至少能守住我們對龍王狂怒的承諾，也能確保寶石不被人類找到。人類不可能明智地使用寶石的力量，最後它只會被用來毀滅世界……」

這下，傲慢知道自己辯贏了。

三顆頭瞇起眼睛，轉向小嗝嗝。

「完了。」小嗝嗝說。

三顆頭壓得很低，氣氛劍拔弩張。

完了，完了，完了。

三頭死影悄悄踏上前。

……然後尖叫一聲摔倒在地上。

第二十章　天啊

天啊，天啊，天啊，天啊。

這還不夠。

天啊，天啊，天啊，天啊，**天啊**。

你可能以為小嗝嗝已經走到了最悲慘的境地，不可能再更慘了，可是……

我的天啊。

我們不能忘了小細節，因為魔鬼往往藏在細節裡，讓我們遭殃的也往往是這些容易被遺忘的小事情。西荒野戰士一次會設下兩個捕龍陷阱，如果有可憐的龍降落在被困住的龍身旁，試圖幫助牠，自己也會被陷阱困住。

啪！第二個捕龍陷阱猛然夾上，殘忍的利齒咬住了三頭死影。

三頭死影的三顆頭仰天號叫，那是龍族被陷阱夾住時的可怕叫聲，聽了令人毛骨悚然。那個聲音真的很悲哀——龍是在空中飛翔的野生動物，最害怕被囚禁，因此牠們絕望的呼聲幾乎讓人受不了。

號叫聲放大了兩倍，三顆頭朝東、南、西、北亂噴射閃電，場面混亂到小嗝嗝和神楓不得不躲到翻覆的沙艇後方（假如三頭死影的閃電直接命中沙艇，他們躲在那裡也沒有用，但這是他們身體自動產生的反應）。

三頭龍放聲號叫、用力掙扎，卻怎麼也無法把腳拔出陷阱。

小嗝嗝從沙艇旁邊探出頭，大喊：「**讓我接近你們，我幫你們解除陷阱！**」

一道閃電「咻——」一聲射向小嗝嗝的頭，他及時低頭閃過，聞到頭髮燒焦的臭味。

那之後是片刻的寂靜，以及三顆龍頭的爭執聲。

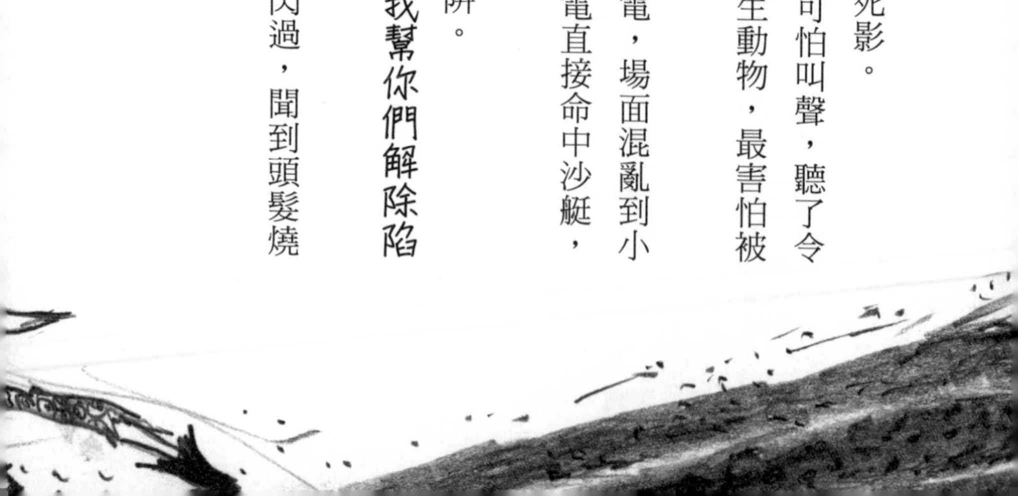

最後，耐心喊道：「那你過來……」

小嗝嗝戰戰兢兢地走過去。三頭死影側躺在沙地上，全身不停發抖。小嗝嗝看見夾住牠腳踝的陷阱，不禁吞了口口水。

那是十分複雜、十分巨

大的陷阱，各個部件錯綜複雜地交扣在一起，簡直像時鐘那令人眼花撩亂的內部構造。其實捕龍陷阱不必做得如此精密，就能捕獲龍族，也許設計陷阱的人很愛現。

小嗝嗝摸了摸三頭龍的身側，盡量安撫牠。

「我做得到……」他說。「我做得到……」

感謝雷神索爾，幸好小嗝嗝過去一年花了不少時間學會拆解捕龍陷阱。他脫下背心，在陷阱旁跪了下來。

神楓拔出她的兩把劍，繞著三頭死影轉了一圈又一圈，和先前三頭死影繞著小嗝嗝與神楓踱步的動作一樣。

第二十一章　來自過去的故事

三頭死影動也不動地躺在地上。

小嗝嗝以前所未有的高速拆解捕龍陷阱時，第一顆頭抬了起來，對小嗝嗝說話。

「我們等待的同時，」無辜說。「我來說說你那條龍蝦鉗項鍊的故事吧，到時候如果你找到魚——腳司，就可以把故事轉述給他聽。」

「他不可能找到那個名叫魚腳司的男孩，」傲慢冷漠地說。「魚腳司已經死了。」

「讓他說故事吧，」耐心渴望地說。「說吧……無辜，你說吧，再說最後一次……我想牢牢記住這個故事。」

於是，無辜說起故事。

從來沒有人或龍在如此奇特的情境下說故事：美麗的三頭死影困在陷阱裡，四周是紅沙地與瀰漫在空氣中的危險氣息，小嗝嗝雙手不斷地移動，努力拆除捕龍陷阱。

神奇的是，這則故事似乎讓小嗝嗝平靜了下來，他發抖的雙手變得穩定，陸續解開捕龍陷阱的鎖。

無辜不斷迴響的聲音令人心安，效果有點像鎮定劑，牠彷彿在安全的維京人營火前講故事，而不是在琥珀奴隸國的怪獸地盤深處，一片萬分危險的紅沙地上。

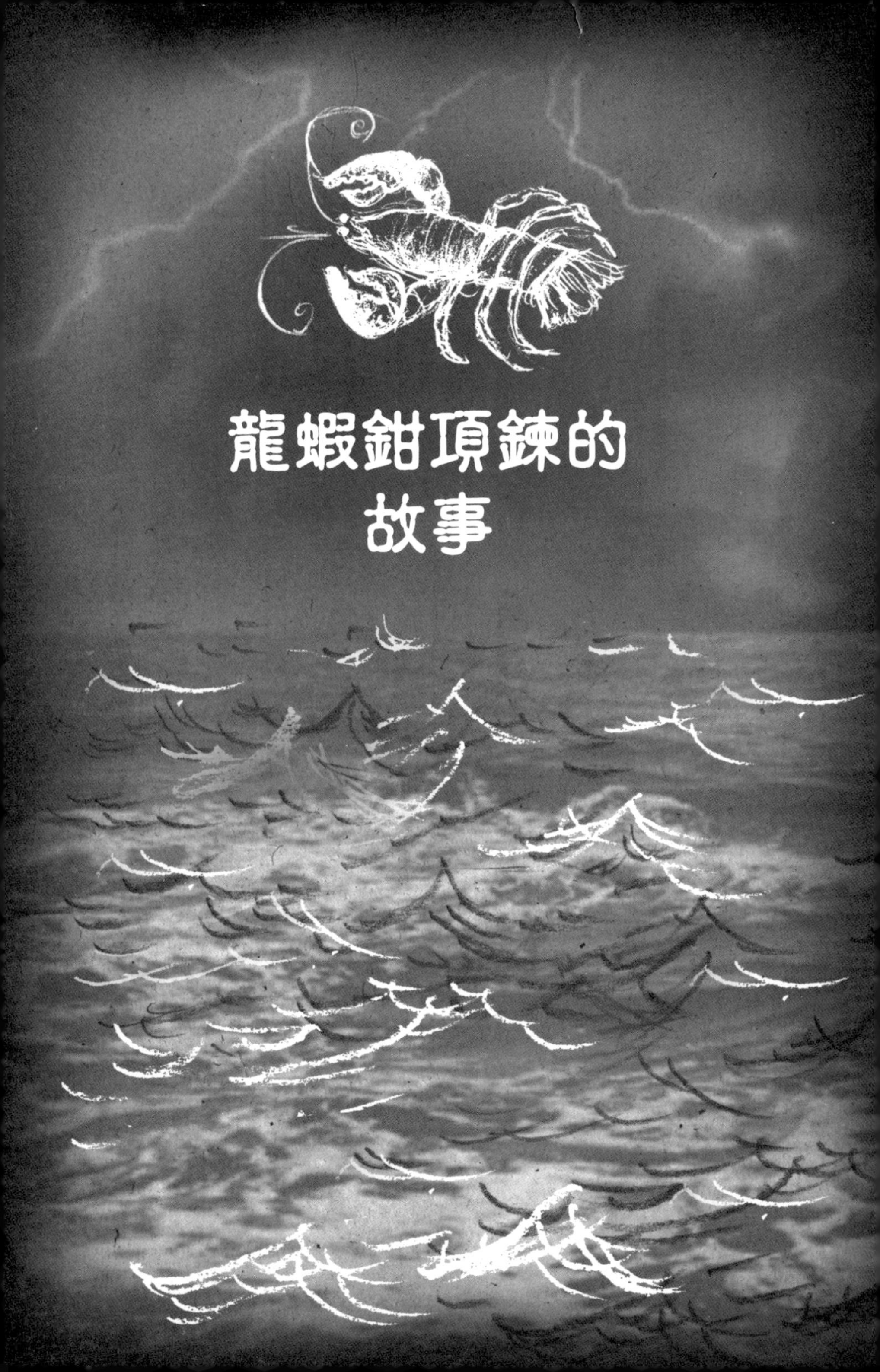
龍蝦鉗項鍊的
故事

「不久前，我們有一個屬於我們的人類。」無辜說道。

「一個專屬我們的人類。我們的女主人，是個幸福自在的年輕女孩，」無辜接著說。「她有凶殘部族和狂戰部族的血統。」

「可是她一點也不像狂戰士，」傲慢突然也進入說故事模式，插嘴道。「她非常善良、非常溫柔。」

「她的名字叫『潑悍』，」無辜又說。「但這個名字並不適合她。她天生沒有凶殘部族應有的凶殘，所以不喜歡當族長的女兒，身為野心勃勃的『凶殘喜怒無常族長』的女兒，她過得並不快樂。她常常坐在我背上，逃離父親的村子，我們會飛到外界探索不同的島嶼。

「這裡是我們的祕密基地。

「和潑悍相遇時，我們已經是成年馱龍了，不過和她相處時，我們總會覺得自己變年輕了，就連傲慢也一樣。她跟其他

凶殘族人不一樣，不會毆打馱龍，也不會把我們關起來。潑悍不同，我們總覺得她和我們心連心，彷彿我們的翅膀就是『她的』翅膀，她的心就是『我們』的心。

「她成長的過程相當幸福——但是，當時我們並不瞭解人類有『墜入愛河』這項缺陷。

「潑悍愛上了一個貧窮的流浪漁夫，漁夫非常英俊，但潑悍的父親不認為他有資格成為族長的繼承人。喜怒無常希望女兒和手持金戰斧的族長之子結婚，窮漁夫再怎麼英俊、再怎麼討人喜愛，喜怒無常也無法接受他。糟糕的事情發生了，潑悍不顧父親的怒火，和她愛的漁夫結了婚。更糟糕的事情發生了——有一天她丈夫在暴風雨中出海，漁船被大海吞沒，沉到了海底。」

「你們人類為什麼要有愛情？」敦曼低吼。「根本就沒什麼限。」

「我的女主人非常非常難過，我覺得比起像她那樣痛苦地哭泣，還是從一開始就不要愛上別人比較好。支持她活下去的動力只有一個，那就是她肚子裡的孩子。她時常蜷縮在父親家中的窗臺上，枕著我的側腹，滔滔不絕地描述她想像中的孩子……

「孩子會和亡夫一樣又高又帥，和她一樣有詩人情懷。他當然會是個英雄，但不會像潑悍的父親一樣粗魯，而會是勇敢無畏、善待動物的大英雄。唉，她為那個孩子作了無數個夢啊！

「可惜，有時現實就是與夢想相反，嬰兒出生時，我們發現他是人類所謂的『弱崽』。

「你們人類不是有一句俗話嗎？」

「『只有強者能留下』？」小嗝嗝攥著捕龍陷阱的鎖說道，嘴脣

毫無血色。「『把怪胎丟掉，部族才不弱小』？每個部族的說法不太一樣……」

「就是這句。」無辜說。「我真是不瞭解你們人類。

「總之，凶殘喜怒無常氣得半死，他說這是命運給他們的預兆，連命運也不認同潑悍的婚姻。

「他告訴潑悍，根據傳統，他必須把嬰兒放進龍蝦陷阱、丟到海裡，讓諸神決定嬰兒的死活。被丟掉的嬰兒通常會死，能活到長大成人的弱崽實在少之又少。

「如果潑悍更強硬一些，也許會直接和父親抗爭，但她因為哀傷與生產的勞累而十分虛弱，只能裝模作樣地服從父親。她暗地裡請我追蹤龍蝦陷阱，等它漂離海灘、離開她父親無情的視線後，就把嬰兒抱起來，帶來英雄末路島。

「『等我恢復精神，就會去英雄末路找你們。托彭，你可不可以

對我許下承諾？』我的女主人說。『請答應我，在我來和他團圓之前，你會一直保護他。』

「我們無法以人類的語言回應她。

「但我們對她垂下頭，在她面前深深鞠躬，許下了承諾。

「『我們以鮮綠色龍血與閃亮的龍爪發誓，我們會保護妳的嬰兒。』我們用龍語低聲許諾，立下龍族最鄭重的誓言。

「虛弱的潑悍露出微笑，摸了摸我們的頭。『我打從心底信任你。』她說。」

「那天下午，可憐的潑悍站在海灘上，虛弱到沒辦法自己站著，只能讓父親扶著她。凶殘族人莊重而沉默地站在他們身旁。

「她從自己脖子上取下一條項鍊，那是用龍蝦鉗做的項鍊，相當簡單樸實。

「她把龍蝦鉗項鍊掛在嬰兒脖子上，就是你現在戴在脖子上的同一條項鍊，也是她和嬰兒的父親結婚時收到的定情信物。窮漁夫買不起黃金或琥珀，只能送她龍蝦鉗。

「嬰兒睜著眼，敬愛地看著母親，露出害羞的笑容。

「他試著用柔弱、不穩的動作把小手放進嘴裡，試了幾次才成功，然後若有所思地吸吮自己的指關節。

「潑悍摸了摸嬰兒的臉頰，又親了他一下，一次又一次將孩子的模樣收入眼底，彷彿這是他們

最後一次相見。

「『別忘了我。』她悄聲說。

「我們仔細聽她說話，因為母親即將和孩子離別時說的話，非常值得聆聽。

「『好好保管這條項鍊，別忘了我對你的愛。雖然命運要我們分開，不過我們終有一天會再見面，這只是短暫的別離。我會在可愛的英雄末路島和你重聚，到時我們再也不分開。』

「她握住嬰兒另外一隻小手，讓他抓住龍蝦鉗項鍊。

「然後，她雙臂顫抖地緊緊裹住嬰兒，將他放入龍蝦陷阱，並小心把毛毯包好，免得他在海裡受寒。最後，潑悍將龍蝦陷阱推往大海。

「凶殘族人點亮火炬紀念這一刻，因為嬰兒雖然還活著，這卻是他的喪禮。他們遵循傳統，朝小小的龍蝦陷阱

兩側發射燃火的箭矢。龍蝦陷阱緩緩漂往大海時，小嬰兒的小手離開了嘴巴，他開心地『咕嚕』一聲，伸出雙手，彷彿要觸碰在四周落下的火箭雨。

「他不知道這是他的喪禮，反而滿懷期望地左顧右盼，看見上方美麗的藍天，看見等著迎接他的明亮世界，看著緩緩飛在天空高處的一隻隻海鷗。海浪很輕、很輕地搖晃籃子，像顆舒服的枕頭，他很慢……很慢地……閉上……眼睛，進入夢鄉。

「凶殘部族驕傲、哀傷又肅穆地站在海灘上。潑悍哭得很慘，當小龍蝦陷阱隨著輕柔的海浪漂遠，她跌跌撞撞地從海灘走回凶殘村，一路上，她高傲不屈的父親一直扶著她。凶殘族人們跟了上去。

「這段時間，我們一直像隱身的大雕像般待在一

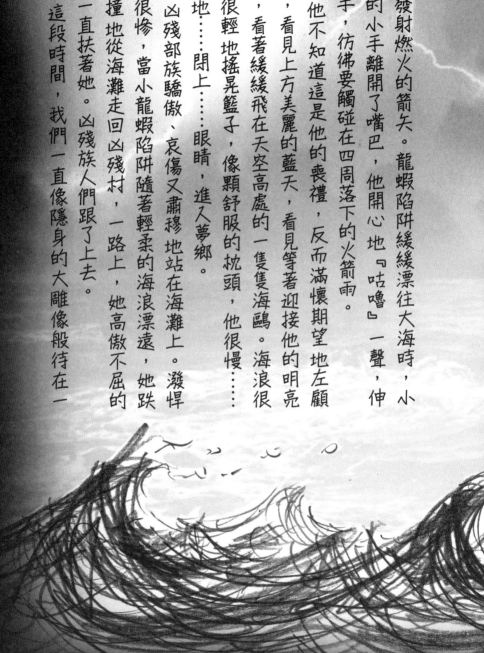

旁，沒有人注意到趴在海灘後方的我們。

「遵守承諾的時候到了，我們飛躍上天，掠過徒步離開海灘的眾人頭頂。沒有人看見我們，不過我們搧動的微風拂過他們後頸的毛髮時，也許有一、兩個人抬頭往天上看。

「潑悍抬起頭來，我們看見她破涕為笑，挺起胸膛——雖然對孱弱的她來說，這個動作十分費力——對我們行了個維京人禮，高喊道：『別忘了！我們會再見面的！』

「喜怒無常也詫異地抬頭，卻只看到天上的雲、天上的風，還有不停尖鳴的海鷗。我們從他們頭上飛過，飛往漂在海上的小嬰兒，飛向遠在天邊那個小黑點。」

「時至今日，我們還是能看見當時的大海。」無辜說。

「我還能看見那片海洋，」耐心回顧過去，悠悠地說。

「那就像昨天發生的事，至今還歷歷在目。」

「我也記得。」傲慢說。

「海水和玻璃一樣平靜，」無辜說。「嬰兒靜靜睡在小龍蝦陷阱裡，隨著海潮往東漂。我們靜悄悄地越飛越近，高空飛過海灣，我們的龍眼睛和龍耳朵都十分敏銳，而且沒有任何人或龍的視力與聽力比得過死影龍。雖然距離還很遠，我們仍能看到下方平靜的海洋，我們知道裹住嬰兒的毛毯完全沒沾溼，小嬰兒還平靜地睡著，小手放心地握著龍蝦鉗項鍊。

「那是個夏天，但蠻荒群島的海洋即使在夏天也相當多變。離開安全的海灣後，險惡的群島陣風突然將南方的暴風雨吹來，濃煙般的海霧像白色眼罩般遮擋我們的視線。我們才拍了幾下翅膀，就看不到嬰兒

了……

「我們什麼都看不到了……

「即使是『我們』的龍眼睛，也無法看穿霧氣。即使是『我們』的龍耳朵，也無法聽見沉睡的嬰兒。」

回想到當初的情景，耐心與傲慢都哀鳴一聲。

「我們慌了——嬰兒呢？嬰兒呢！我們驚恐地尖叫，試圖用叫聲吵醒嬰兒，這樣至少能聽見他的哭聲。然而，嬰兒沒有醒來。我們焦急地從左邊飛

到右邊，卻沒有半點用處，因為在迷霧中，我們分不清東南西北。我們暈頭轉向、焦躁害怕地飛了一個小時，不時潛入冰冷的海裡……海霧消散時……海霧消散時……

「……嬰兒消失了。」

那之後，是一陣痛苦的沉默。

「接下來兩週，我們不停尋找嬰兒。」無辜輕聲說。「每一片海灣、每一片海灘，只要是嬰兒可能被海風吹到的地方，我們都搜過了。然後，某個糟糕

的日子，我們在東方很遠很遠的海灣，找到了嬰兒的藍白色毛毯。我們以為可憐的潑悍的嬰兒和他父親一樣，沉到海底了。」

「那嬰兒的母親後來怎麼了？」小嗝嗝問道。

三顆龍頭嘆息一聲，透出無盡悲傷。「我們偷偷溜回去找她。我們不想回去，因為她只要看到我們，就會知道她的嬰兒遭遇了不測。但是，她並沒有戰勝病魔，在我們回去前就死了。至少，她死前相信嬰兒被我們安全帶往英雄末路島了，她應該是笑著死去的。」

「潑悍死了？」

「我們悲痛至極，」傲慢說。「像太陽消失了一樣痛苦。」

「後來呢，你們怎麼了？」小嗝嗝又問。

「我們不能回英雄末路，」耐心說。「罪惡感實在太沉重了。潑悍打從心底信任我們，我們卻沒有遵守承諾。我們飛到小時候的家——凶殘群山——試著忘記潑悍，試圖忘卻一切，重新以野龍的身分生活。十四年是非常漫長的一段時間……我們開始遺忘過去，接著又聽到了赤怒的召喚，選擇加入龍族叛軍，幾乎完全忘了過去的種種。只有看見掛在你脖子上的龍蝦鉗項鍊時，我們才重新想起從前的諾言……」

這不太算故事的結局

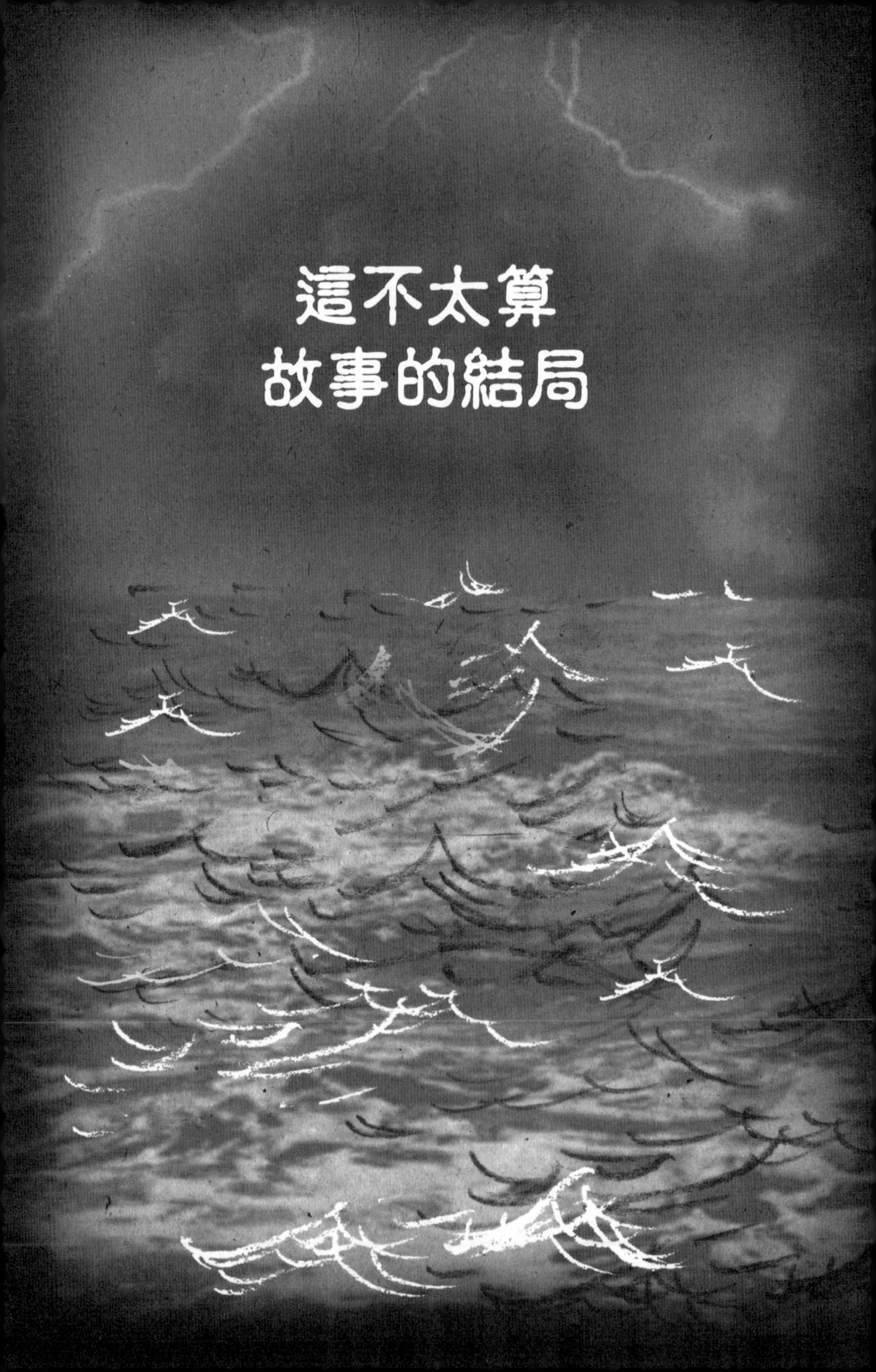

第二十二章　接下來發生的事

三頭死影說完故事後，紅沙地上一片沉默。

「我可以把嬰兒消失後發生的事告訴你們。」小嗝嗝說。「他被海浪沖到博克島長灘，毛流氓部族蓋了一棟小屋給他住，一隻長耳保母龍也幫忙照顧他。後來，他成了我最好的朋友，魚腳司。」

「你們看，」無辜說。「我就說他一定活下來了，你們兩個從來不相信。」

三顆頭異口同聲嘆了口氣。

「我必須說，」傲慢承認。「我作夢都沒想到那個故事會有圓滿的結局。」

「我們不能放棄希望。」

三頭死影的三顆頭趴在沙地上，回顧過去。

這時，小嗝嗝突然覺得膝蓋下的沙子似乎比剛才潮溼。他望向天邊，發現海水要漲潮了……

耐心低下頭，輕輕抬起小嗝嗝的下巴，男孩與龍對上彼此的視線。龍一隻前爪搭在小嗝嗝的頭旁，直視他的眼睛，他們近到小嗝嗝能隱約看見龍眼睛虹膜模糊的界線，以及漆黑的瞳孔，那是雙和善的眼睛。

「我覺得，我們現在該道別了。」耐心從容不迫地說。「怪獸要來了，海水也要漲潮了，這是你回沙艇的最後一個機會。怪獸不會吃龍，我們的肉太堅韌了。」

龍族真奇怪，小嗝嗝心想。**這隻龍前一秒還很殘忍，下一秒卻變得善良無私**。

「別管我們了。」耐心說。

「別管我們了……」無辜與傲慢重複道。

「我們不會溺死，」耐心安慰小嗝嗝。「我們有鰓。」

小嗝嗝低頭避開龍眼睛的催眠，繼續努力解除捕龍陷阱。「你們說謊。你們不是海龍，」小嗝嗝簡短回道。不愧是小嗝嗝，在危急情況下也沒忘記龍族知識。「而是穹龍的一種，所以你們雖然有鰓，還是不能在水裡待太久。」

過了一分鐘，小嗝嗝對舉著兩把劍、一臉凶悍地繞著他們警戒四周的神楓開口。

「神楓，」他努力表現得若無其事。「妳要不要划沙艇去找人來幫忙？」

「你以為我是笨蛋嗎？」神楓氣呼呼地大聲回答。「我才不是五歲小孩呢！既然你不走，我也不走。」

小嗝嗝顫抖著在寒風中拆解陷阱，手指越來越麻木，龍皮防火衣吸了藥水，變得越來越紅。
小嗝嗝一直堅持做下去，一直堅持做下去。
十分鐘過去了，沙地絕對比剛才更溼，天邊的海水在陽光下閃耀，步步進逼。
十五分鐘過去了……
他快成功了……他感覺到自己快成功了……
……太棒了！
捕龍陷阱的鎖在他手中解

體，陷阱彈了開來。

這真是令人振奮的瞬間。

「時間剛剛好。」小嗝嗝喘著氣說。

三頭死影的三顆頭開心地齊聲吼叫，拍了拍寬大的翅膀飛上天，在空中停下動作。

牠伸出爪子要把小嗝嗝從沙地上拎起來。

小嗝嗝也朝飛在空中的三頭死影伸出手，但這時候，他突然感覺某個溼溼黏黏的東西用力抓住他腳踝……

「小嗝嗝──！」神楓尖叫……

……一隻末梢長著大眼睛的巨大龍爪竄出沙地，把小嗝嗝往下拉……往下拉……往下拉……小嗝嗝就這麼被拖到了沙地下。

第二十三章　有些龍真的是怪獸

在這種情況下，如果有爪子抓住你或我的腳踝，我們應該會放聲尖叫。

不過小嗝嗝在短短的人生中經歷了太多危險又嚇人的冒險，他沒有尖叫，因為他知道自己沒時間尖叫了。不知名的怪獸把他拖進沙地時，他吸了一大口氣，捏住鼻子。

一直**往下……往下……往下！**

就在小嗝嗝即將失去意識時，拉著他往下沉的怪獸似乎破開了某種牆壁，他重重落在某個硬物上，捏住鼻子的手不自覺地鬆開，鼻子自動大力吸入……

……但他吸到肺裡的不是沙子，而是空氣——陳舊、溼悶的空氣哽在小嗝嗝喉頭，有點像蛞蝓呼出的氣息。小嗝嗝大力咳嗽、大口喘氣，沙子從耳朵與頭髮簌簌落下。

他試著睜開進了沙的眼睛，隔著不停湧出的淚水，模模糊糊地看見沙子從上方一個洞口流進來。

爪子長眼睛的怪獸持續朝上方噴火，牠先是噴吐熾熱火焰，接著噴吐冰冷的火焰，從洞口流下來的沙子被烤成類似玻璃的物質，封住了洞口。

這裡似乎是地底洞穴。小嗝嗝看見怪獸往各個方向噴火，強化地道的玻璃牆。

火焰終於停息了。

小嗝嗝腦中浮現老奧丁牙龍顫巍巍的聲音：「小嗝嗝啊小嗝嗝，你也該知

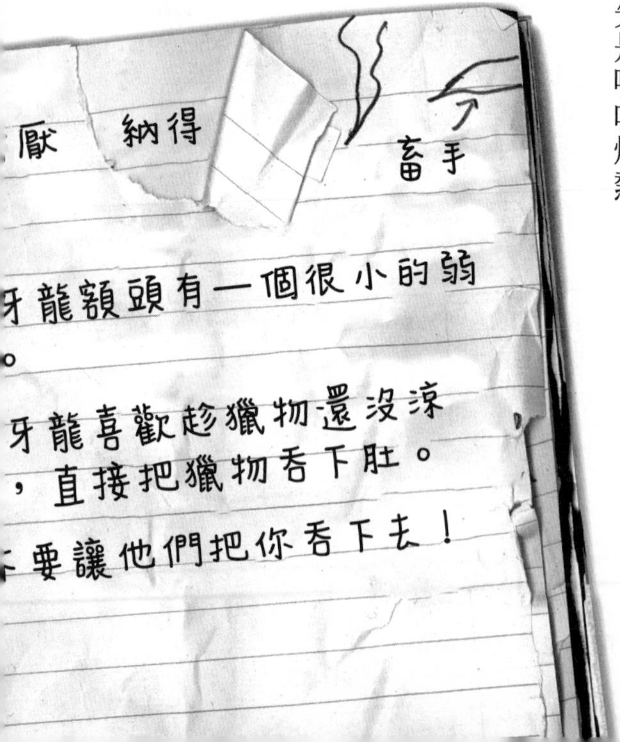
厭
納得
畜手
牙龍額頭有一個很小的弱
。
牙龍喜歡趁獵物還沒涼
，直接把獵物香下肚。
要讓他們把你香下去！

道，龍族並不是怪獸……」

問題是，就如有些人類是壞人，有些龍**真的是**怪獸。

人不可貌相，龍也是一樣，但面對眼前的生物，小嗝嗝相信自己的猜測並沒有任何問題。怪獸的外貌原始又可怕，小嗝嗝明白，無論奧丁牙龍多麼堅信龍族能演化出意識與善惡這類複雜的觀念，眼前這隻龍一看就是沒法溝通的怪物。

這隻怪獸不可能在接下來三十秒內產生道德觀，也不可能耐著性子聽小嗝嗝說話。

其實龍族的品種非常多，不同品種的差異也非常大。

有些龍——例如奧丁牙龍這類的海龍——向人

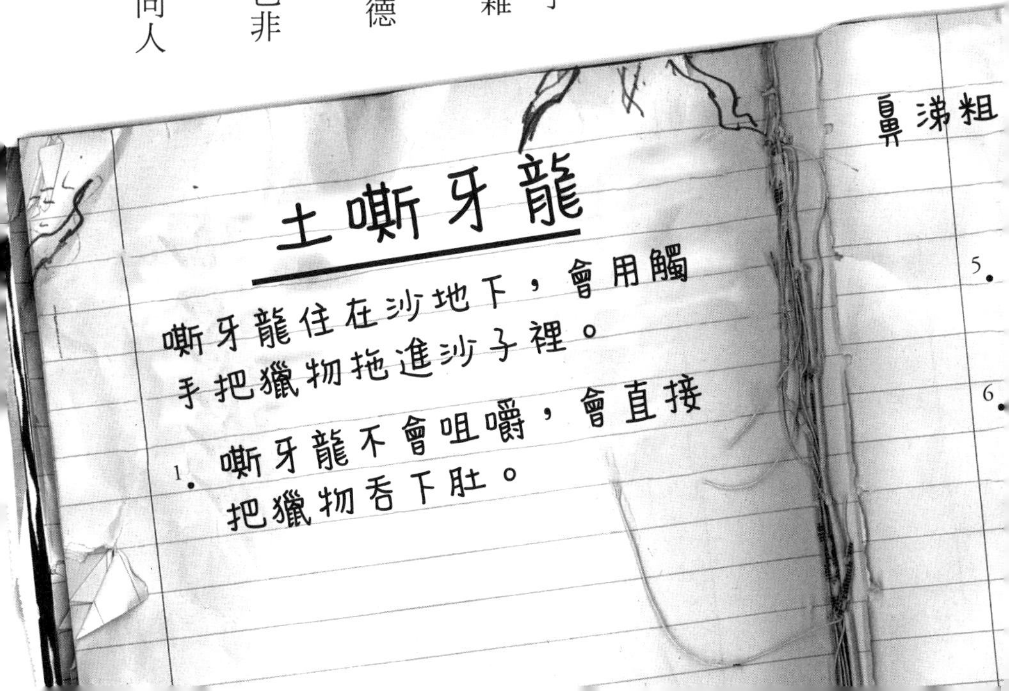

鼻涕粗
土嘶牙龍
嘶牙龍住在沙地下，會用觸手把獵物拖進沙子裡。
5.
6.
1. 嘶牙龍不會咀嚼，會直接把獵物吞下肚。

類學了不少東西，能流利地說龍語，還能理性思考。

但小嗝嗝也遇過闇息龍和恐紋龍這類龍，牠們頭腦很簡單，無法思考太複雜的事情。這些龍大部分時間都住在地底下或海洋深處，牠們獨自在黑暗中待久了，當然欣賞不了生命中美好的小細節。

小嗝嗝這一年全憑自己的腦袋過活，反應速度快了不少，因此能在致命情境下瞬間看清情勢。

他不可能和這隻龍理性溝通，那就只能用武力反抗了。小嗝嗝打量著對手，邊迅速思考——非常迅速思考。

皮粗肉厚、全身長了大肌肉、身長十五英尺的大龍。十顆眼睛、巨大的爪子。身體形狀有點像蛇，也許牠和同樣住在沙地裡的土嘶牙龍是遠親。

小嗝嗝又迅速掃了一眼別的方向，估算自己成功逃脫的機率。

洞穴空空如也，目前看來只有一條逃生路徑。

可是怪獸的腿部肌肉那麼大，小嗝嗝應該沒辦法比牠先跑到出口。

情勢真是棘手。

小嗝嗝只能祈禱這隻怪獸真的是土嘶牙龍較原始的遠親，才能活用他對嘶牙龍的認知來對抗牠。

小嗝嗝絞盡腦汁回想所有關於嘶牙龍的知識。這種龍有哪些特性？他之前在筆記本裡寫了什麼呢？

怪獸額頭正中間有個小小的弱點，問題是，小嗝嗝該如何躲過牠的尖牙利爪，搆到那個弱點呢？

假如怪獸認為他死了，應該會想趁熱把他吞下肚。

小嗝嗝必須讓怪獸把他整個人吞下去，再找機會攻擊怪獸唯一的弱點。

他必須有耐心，必須等小腿以下的部位都被吞進怪獸喉嚨才能行動，這樣他舉劍刺向弱點時，怪獸才會來不及反應。

感謝雷神索爾——應該說，感謝沼澤盜賊神楓——小嗝嗝身上有一把劍。

要不是神楓躲在沙艇上，把她備用的劍給了小嗝嗝，他根本沒機會執行這個不要命的瘋狂計畫。

要讓計畫成功，就得滿足一個前提：怪獸得從「正確的一頭」開始吞小嗝嗝，換句話說，牠必須從小嗝嗝的腳吞起。要是小嗝嗝從「頭」被吞下去，他就沒轍了。

成功的機率是百分之五十——當你的小命押在這個機率上，百分之五十實在不怎麼樣，但有時候你別無選擇，只能任由命運決定你是生是死。

裝死對小嗝嗝而言並不難，因為老實說，他真的快死了。

雖然全身上下每一條神經都在尖叫，要他趕快逃走，小嗝嗝還是讓身體癱軟在地上，強迫四肢放鬆、放鬆，強迫頭頸軟趴趴地往後仰。

他的眼睛微微睜開，用眼皮間那條很細、很細的縫隙確認怪獸的動向。

某個觸感很噁心的東西滑過小嗝嗝的身體，他強迫自己保持靜止，用盡了意志力才沒有動彈。他沒有跳起來，沒有甩掉身上的沙子，沒有甩掉他從眼皮間縫隙看見的噁心龍爪。

小嗝嗝看見兩根怪獸的手爪——一共十根手指，每根手指末端都長著邪惡的龍眼睛——他費了好大的勁才阻止自己驚聲尖叫。龍的頭部沒有眼睛，臉上本該長眼睛的位置，只有兩個空蕩蕩的眼眶，但十根爪子上的十顆龍眼睛還是看著小嗝嗝，眨了又眨。

眨了又眨。

那是鯊魚般死氣沉沉的眼睛。

怪獸的手在小嗝嗝身上亂摸，長長的尾巴捲住他全身，快把他捏死了。

說不定我「真的」死了。小嗝嗝恍恍惚惚地想。霎時間，他似乎靈魂出了竅，低頭看著自己不省人事的身軀被玻璃迷宮中的怪獸絞死，纏住他的尾巴越收越緊、越收越緊。

十顆眼睛在小嗝嗝胸口停下動作，緊緊盯著他。

別忘了，剛才小嗝嗝趴在沙地上，老阿皺紅色的氣喘藥水浸溼了他的衣服，衣服彷彿染上了鮮紅色的人類血液。

因此，小嗝嗝從頭到腳，特別是胸腹前沾滿了鮮紅色「血液」，癱軟在地上，看起來真的很悽慘。怪獸輕輕擦去他身上的沙子，就連怪獸也知道人類失去這麼多血液之後，不可能還活著。

「他死了……」怪獸失望地自言自語。「不管我捏得多用力，他都不會吱吱叫了。死人放久了會臭……」

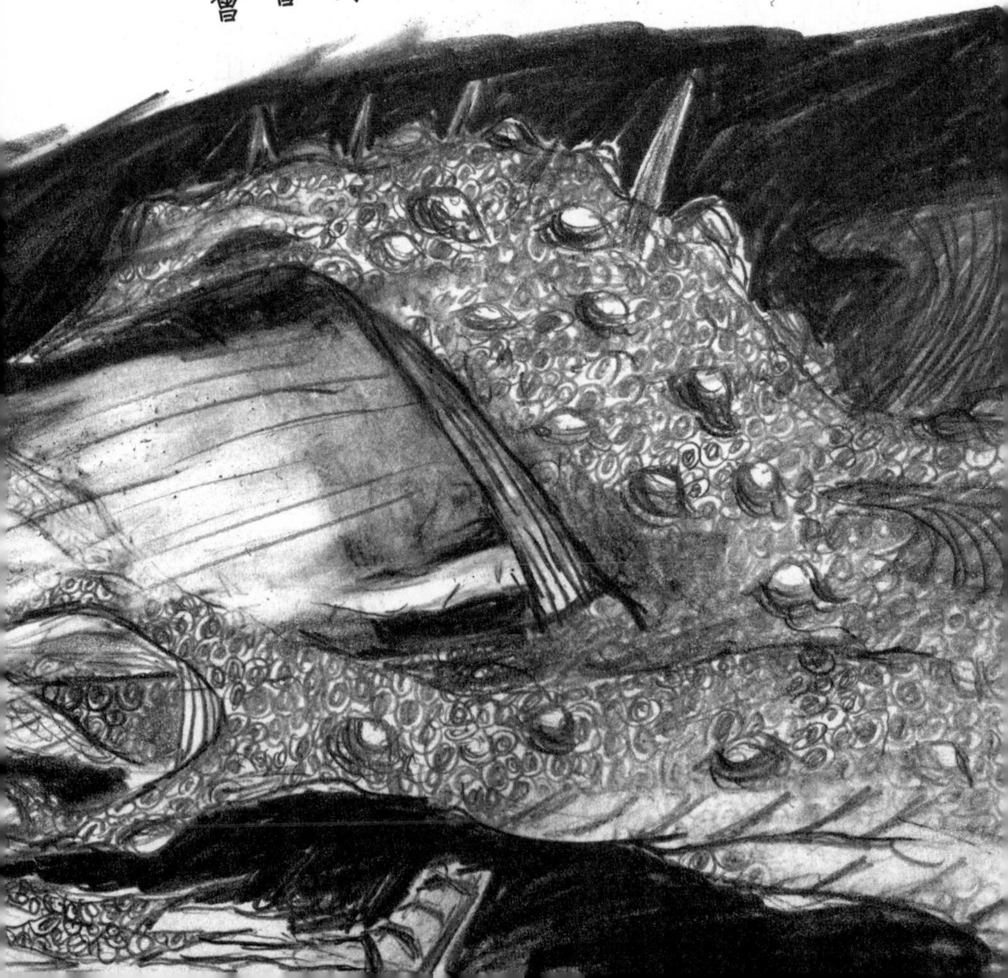

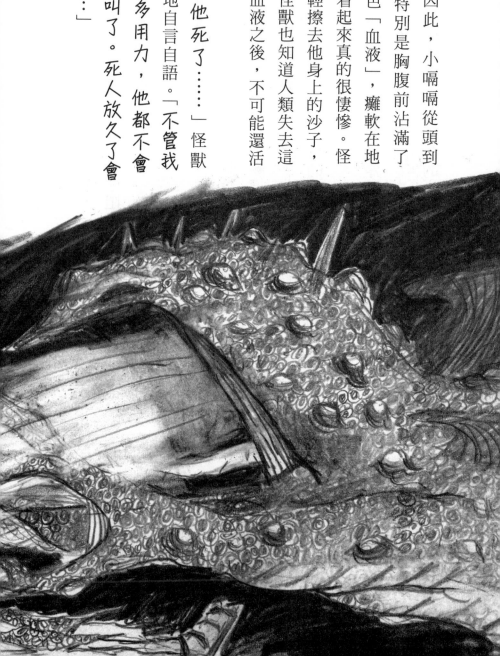

嘶牙龍和其他地底生物一樣，喜歡把窩整理得很整齊。死掉的動物放久了真的會發臭，悶在地洞裡的話，臭味只會越來越濃。

「我得立刻『吃掉』它。」怪獸下定決心。

好，至少計畫的第一部分成功了。

真是奇怪的成功。

怪獸認為他死了，決定現在把他吃掉。

怪獸十分挑食，牠先用海水沖掉小嗝嗝身上的沙粒（「沙沙的不好吃。」），邊沖邊翻動他的身體。接著，怪獸用某種黏膩噁心的物質裹住小嗝嗝，以便稍後方便吞嚥。

哈，小嗝嗝大大鬆了口氣，**我猜對了，他跟嘶牙龍很像，**

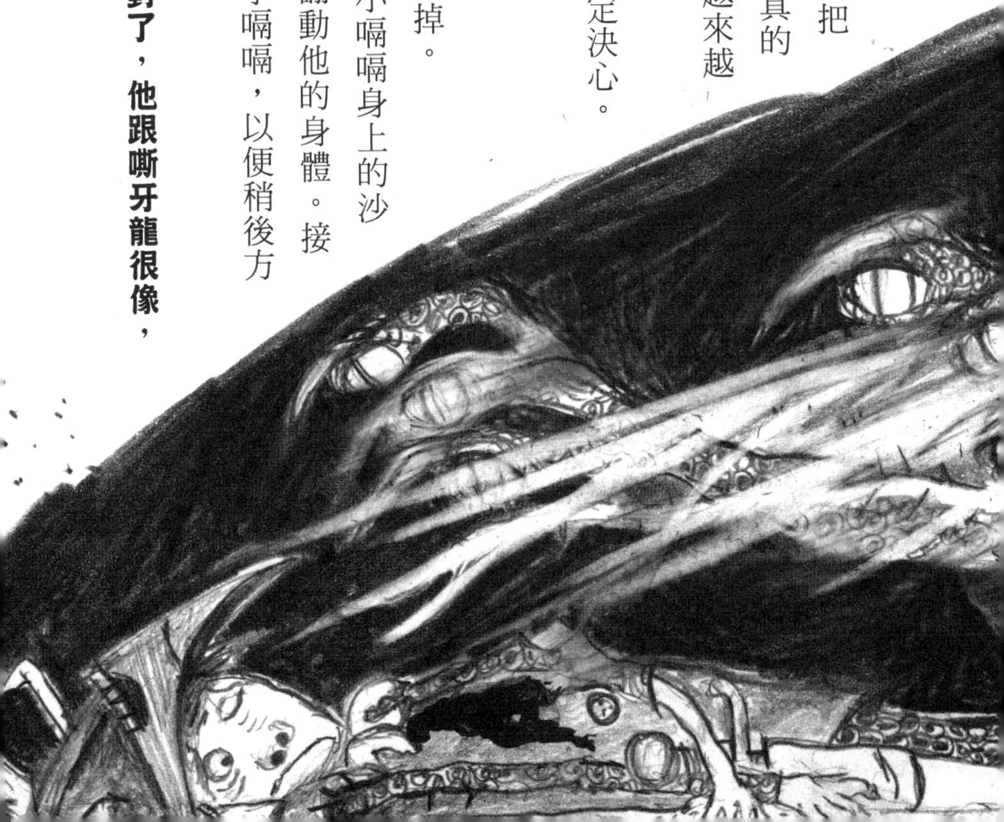

打算把我一口吞下肚。這麼一來，他可以稍微放心了，至少等等他沒有被牙齒咬爛的危險。

怪獸抓住小嗝嗝一條腿，將他提了起來，用火焰與海水沖了沖他身下的地面，做了一塊適合進食的玻璃平臺。怪獸和嘶牙龍一樣，在這方面十分吹毛求疵。牠小心翼翼放下小嗝嗝，調整他的身體姿勢，把手臂擺在身體兩側。

怪獸暫時停下動作，小嗝嗝恨不得睜開眼睛看看到底發生了什麼事。在那超級無敵恐怖的瞬間，他感覺怪獸湊到他耳邊嗅嗅聞聞……

他要從我的頭開始吃！小嗝嗝驚恐地想。他奮力思索起來：一隻龍把你的頭往肚子裡吞的時候，你該怎麼殺死牠？

就在小嗝嗝準備做傻事——例如試圖跳起來——時，他感覺有東西在聞他右腳的大拇趾。

怪獸改變主意了……看來牠雖然腦袋不發達，還是有改變想法的能力。

怪獸為什麼會改變心意呢？我來為你解答吧。

因為小嗝嗝戴著頭盔。

牠不想從斷掉的毛毛癢癢長長的東西那端吃起。

嗯，奧丁牙龍和沒牙要是知道了，一定會很高興。小嗝嗝有點歇斯底里地想。**他們每次都堅持要我戴頭盔……**

他聽到某種「喀、喀、喀」的聲音。

小嗝嗝忍不住微微、微微撐開左邊眼皮。他這輩子看過很多怪異又恐怖的景象，但這絕對是最怪異、最恐怖的景象之一。

他緊瞇著眼睛看向自己裹滿潤滑黏液、好像包著螢光紗布的身體，看見自己的兩隻腳，以及腳邊那個為了把小嗝嗝整個人吞下肚，將嘴巴張到最大、甚至顎關節脫臼的怪物。

牠開始吞嚥。

被龍吞下肚的感覺不好形容，因為你實在很難找到類似的體驗。

最令人印象深刻的，應該是那噁心的聲音，像是一個沒有餐桌禮儀的人

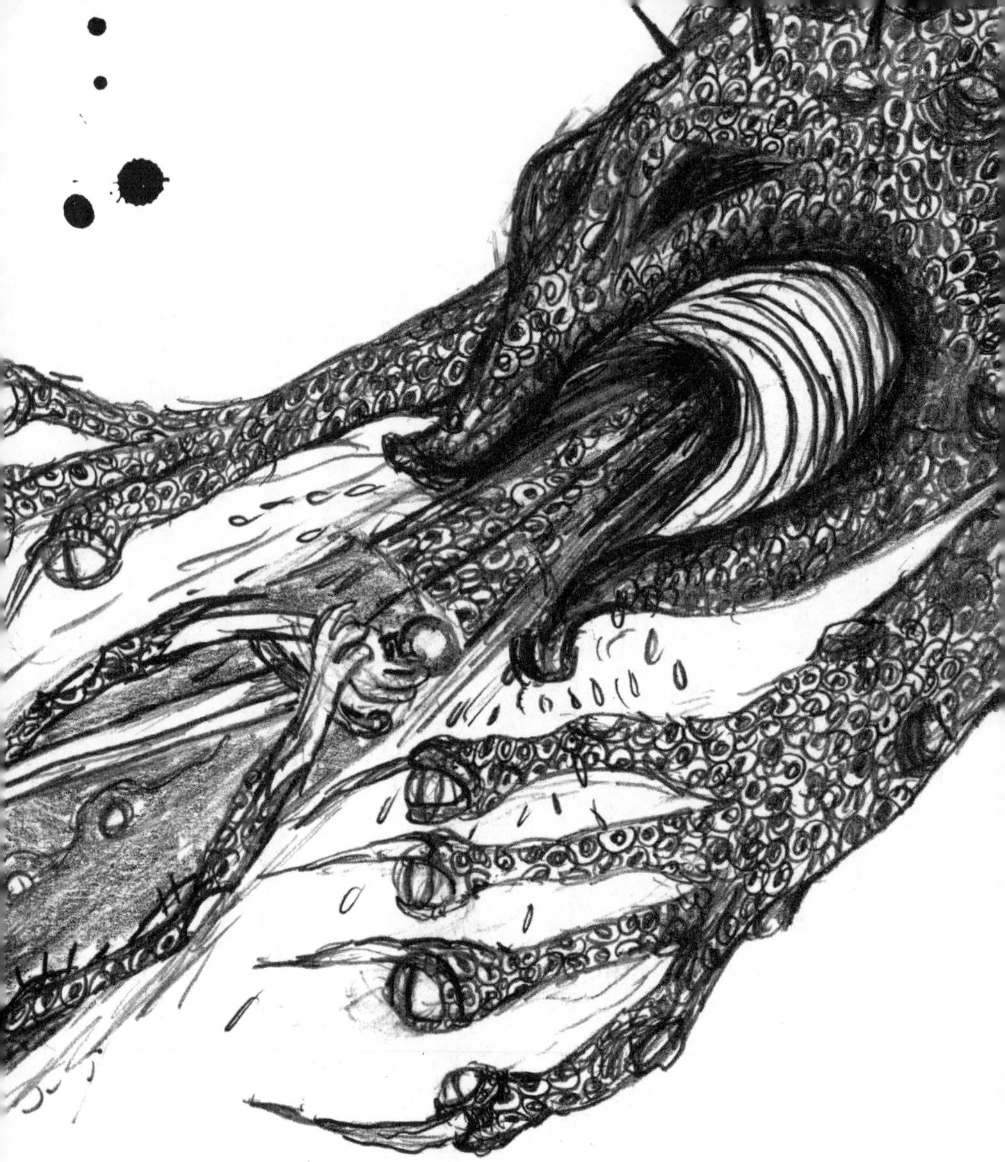

大聲喝湯的聲音。此外，你永遠忘不了大張嘴巴包住你的腳和小腿，開始往喉嚨吸扯的感覺——那感覺真的是溼潤到

極度噁心的地步，而且還有點痛。

小嗝嗝用盡意志力才抑制住身體的顫抖，強迫雙手緊貼身側。

嘴巴開始往「上」挪，小嗝嗝雙腳有種被火灼燒的疼痛感，想必是龍的消化液起作用了。怪獸的嘴巴很慢、很慢地沿著小嗝嗝小腿往上移，以痛苦的慢速一點一點往上吞。

小嗝嗝快等不下去了，但他知道自己必須等下去，必須等龍吃到他的膝蓋，他才可以展開行動。

他又偷偷往下看。怪獸撐開雙手穩住身體，所以就算小嗝嗝突然坐起來，爪子上的眼睛也看不見，可是小嗝嗝還要再等一會，等到**正正好**的時機……

等嘴巴吞到小嗝嗝膝蓋，他已經苦不堪言。

他總覺得自己的腳趾要融化，右腳已經沒感覺了。不行，他得等剛剛好的時機才可以出手……怪物噁心的大嘴爬過小嗝嗝膝蓋時，小嗝嗝很——慢，很——小心地動了動左手，握住神楓備用長劍的劍柄。

怪獸身體一僵，也許注意到了獵物微小的動作……

牠舉起手臂，十顆眼睛都盯著小嗝嗝。是小嗝嗝的幻覺嗎？眼睛是不是看見了什麼？怪獸是不是愣了一下，驚訝地瞪大眼睛？然後，爪子準備攻擊，爪子上的眼睛憤怒地瞪大、充血，先是變成綠色，接著變黑色……

小嗝嗝只有**一秒鐘**，只有**一次機會**。

他敏捷得像貓一般坐起身，伸出手，把劍直直刺進怪獸額頭中間。

在那驚心動魄的瞬間，小嗝嗝以為自己刺錯位置了，怪獸的手臂彈了出去。小嗝嗝拚命拉扯劍柄，試圖把它拔出來再刺一次，結果……

啵嘰！

弱點爆開，發出小小的「啵」聲，然後……

咻咻咻咻咻咻咻咻咻咻——！

小嗝嗝從怪獸嘴裡飛了出去，怪獸死時噴吐出一大口沙子與海水，他躺著滑過光滑的玻璃地板，最後隨著一股鹹水，頭下腳上地沖到洞穴另一頭。

即使怪獸全身顫抖、抽搐，頭下腳上的小嗝嗝還是看得出怪獸死了。但他急著弄掉身上的消化液，根本沒停下來檢查怪獸有沒有死透，而是直接在海水裡滾了一圈又一圈，不停摩擦仍像火燒一樣疼痛的雙腳……

灼燒感終於減緩，變得勉強可以忍受了。這時，怪獸動也不動地癱在洞穴地上。小嗝嗝的腳狀態很糟，即使在螢火龍幽暗的光芒下，他也看得出左腳小指頭再也無法恢復原本的樣子了，它被消化成乾乾細細、少了內臟的粉紅色小蚯蚓，沒了感覺，也無法移動。

幸好變成乾乾細細小蚯蚓的不是小嗝嗝的**頭**，不然就真的很麻煩了。

小嗝嗝環顧地下洞穴，發現自己還沒脫險。

這間玻璃洞穴上方是厚厚一層沙地，而且海水應該漲潮了，所以還蓋著一層水。他該如何逃離這間地底洞穴呢？

小嗝嗝環視令人嘆為觀止的玻璃洞穴及通往別處的地道，隱隱覺得腦中的拼圖似乎完成了。他從防火衣裡取出破破爛爛的地圖。地圖和小嗝嗝一樣狀態不佳，因為它同樣被燒過、被淬毒的指甲抓過，還泡過海水與龍的消化液。

鏡之迷宮。

我的雷神索爾啊。

陰森鬍在地圖上畫的紅鯡魚不僅像在笑小嗝嗝，好像還俏皮地眨了眨眼。

寶石就在**這裡**。

不愧是恐怖陰森鬍。

第二十四章　紅鯡魚眨眨眼

你應該也有過這種經驗。

你在蠻荒群島到處找某個東西，最後偏偏在你找別的東西時，誤打誤撞找到你最初要找的那樣東西。

小嗝嗝瞇著眼研究地圖，上頭畫的線條似乎是穿行迷宮的路線。小嗝嗝跛腳在溼滑的玻璃地上行走，穿過洞穴的出口，經過一連串複雜的地道，直到怪獸的巢窩豁然開朗，前方是一間巨大的玻璃穴室。小嗝嗝不禁驚嘆一聲。

這就是鏡之迷宮，是怪獸的祕密藏寶室。如此原始的生物，怎麼能創造如此美麗的迷宮呢？也許奧丁牙龍說得對，也許怪獸也會有美感。穴室裡的玻璃做得精緻細膩，而且擦得雪亮，都能當鏡子用了。天花板編織了蜘蛛網般的玻璃裝飾，穴室中央有一根根玻璃鏡柱，美得像羅馬神殿裡的柱子。

靠近一點，你會發現怪獸從不知多少代尋找琥珀的維京人身上奪走了財寶，而這些寶物全封在玻璃內。

柱子裡還漂著羅馬銀杯，宛如凍結在琥珀中的蒼蠅，怪獸攻擊的對象顯然不只維京人，還有羅馬人。說到琥珀，洞穴中的玻璃柱嵌了大量的琥珀，有蜂蜜色、金色與火紅色，有些甚至還包著困在裡頭的小生物。

但小嗝嗝沒有停下腳步，而是隨著陰森翳地圖上的線條與自己的直覺，大步在迷宮中奔跑。在迷宮裡尋路非常困難，和直視三頭死影的眼睛一樣令人頭暈目眩，因為有些柱子是透明玻璃，有些是鏡面玻璃，你很難分辨眼前的東西是真的存在還是鏡中倒影。

小嗝嗝在眼花撩亂的鏡之迷宮中滑來滑去，不停尋找……尋找……現在，他知道自己該找什麼了。小嗝嗝心中有了希望……

……他找到了。

真是奇蹟中的奇蹟。

化成了岩石的清水。

那是一根閃閃發亮的玻璃柱，純潔無瑕得宛若一滴清水。

柱子中心，比小嗝嗝眼睛高度稍高的位置，漂著一顆暗紅色的心，一顆暗紅色寶石……龍族寶石。

這是能毀滅龍族的寶石，也是人類唯一的希望。

寶石掛在項鍊上，它漂浮在玻璃柱中的模樣，彷彿掛在隱形幽靈脖子上。

小嗝嗝繞著玻璃柱走了一圈，臉幾乎貼在玻璃上面，腦袋自動想像了一個身材臃腫、留了大鬍子的男人：恐怖陰森鬍。

繞著柱子轉圈時，小嗝嗝隱約瞥見項鍊背面的黃金上，刻著一個名字的縮寫：「G.G.」。

他伸手從腰帶拔出神楓的劍。

他舉劍對準玻璃柱，瞄準寶石下方大約一英尺的位置後全力揮劍，彷彿在毛流氓森林裡砍樹。

第一擊，柱子上一大塊玻璃被砍落。

第二擊，缺口變得更大了。

第三劍揮出去時，整根玻璃柱伴隨動聽的聲響塌了下來，小嗝嗝連忙縮起身體。細小的玻璃碎片如雨點落下，巨大的鏡之穴室迴響著玻璃碰撞聲，有點像噹噹噹的鐘聲。

小嗝嗝伸手要拿取寶石，卻遲疑了。

要是他取走了寶石，結果寶石被不該得到它的人奪走怎麼辦？

要是他不取走寶石，結果沒辦法平息龍王狂怒的怒火怎麼辦？

小嗝嗝懊惱地抱頭苦思。

如果找到失落的王之寶物的人不是我，那該有多好！小嗝嗝激動地想。**為**

什麼每次都得由我來做這種決定？

我們大部分的人都很幸運，不必當國王或英雄，也不必像國王與英雄那樣做困難的抉擇。

小嗝嗝選擇取走寶石。

他撕下上衣一角，裹住一隻手，從堆積如山的玻璃碎片中取出寶石。

他高高舉起寶石，光線照在金黃色琥珀上，琥珀深處閃耀著奪目的光彩。

小嗝嗝小心翼翼地用手指擦掉琥珀表面的玻璃粉，將琥珀項鍊掛上脖頸，塞進防火裝前襟，乍看之下看不出他身上帶著龍族寶石。

然後，他說：

「恐怖陰森鬍，謝謝你。」

我也不知道他為什麼這樣說，因為洞穴裡除了他之外一個人也沒有。

但在那持續了大約兩秒的瞬間。

小嗝嗝後頸汗毛直豎。

琥珀深處閃耀著奪目的光彩

「小——嗝——嗝……」細微、詭異的聲音迴盪在穴室中。「小——嗝——嗝……」

我的雷神索爾啊。

那是什麼聲音？

不會是龍王狂怒的聲音吧？小嗝嗝回想去年在閃燒劍鬥術學院地下的洞穴群尋寶時，龍王狂怒的聲音也是這樣追著他東奔西逃。

不，不可能是牠……

但那個陰森無比的聲音不停在穴室中迴響，在那瘋狂的瞬間，小嗝嗝還以為那是恐怖陰森鬍的鬼魂，來騷擾取走寶石的人。

「小——嗝——嗝……小——嗝——嗝……快回應我啊……小——嗝——嗝……」

就在這時，小嗝嗝猛然停下腳步，轉頭在穴室內狂奔，檢查洞穴裡的一根根玻璃柱。

「小——嗝——嗝……
小——嗝——嗝……」
聲音變得微弱，似乎絕望了。
在那裡！一根霧面玻璃柱中，隱隱有男孩身體

的輪廓。

一個和小嗝嗝很像的男孩。

這是鏡之迷宮的騙術嗎？

小嗝嗝將手掌貼在玻璃柱上。

柱子裡的男孩彷彿是他的倒影，玻璃對面的人影也伸出手，隔著玻璃和他掌心相貼。

小嗝嗝輕輕把印著奴隸印記的額頭貼到玻璃上，柱子裡的男孩也往前傾，玻璃兩側的兩個奴隸印記緊貼在一起。

柱子裡的男孩，是魚腳司。

第二十五章　我好像還沒死

魚腳司疲憊的臉，隔著毛玻璃和小嗝嗝對視。

「魚腳司！」小嗝嗝高呼。「我還以為你死了！」

「沒有，」魚腳司說。「我沒死。至少……我**好像**還沒死……」

他的聲音非常、非常微弱。

「不過我必須承認，我現在沒什麼精神。最近發生了各種慘事，結論是，我以前狀況好像比較好一點。」

小嗝嗝顫抖著笑了起來。「嗯，魚腳司，你沒死。你在琥珀奴隸國的怪獸的窩裡，怪獸喜歡吃新鮮的肉，所以他讓你繼續活著。」

「喔，」魚腳司說。「我就知道情況不妙……」

「魚腳司，你去靠在柱子另外一邊。」小嗝嗝下令道。他揮起斧頭，小心翼翼地劈砍玻璃柱一側，免得柱子斷裂時傷到魚腳司。

雷神索爾的生日啊，穴室裡真冷。小嗝嗝顫抖著砍柱子，溼意從涼鞋鞋底滲入他腳底，地底玻璃洞穴的寒冷直接鑽入他的心臟。

「魚腳司，抱住你的頭。」小嗝嗝小聲說（他不知道自己為什麼小聲說話——怪獸的確是死了，但寒冷、黑暗的洞穴真的很陰森）。

哐！哐！戰斧又砍了兩下，困住魚腳司的玻璃柱終於碎裂，小嗝嗝的好朋友縮成一團，抱頭站在原地。他緩緩放下雙手。

小嗝嗝彷彿讓冰凍的雕像活了過來。魚腳司全身髒兮兮的，看起來疲憊不堪，臉上滿是淚痕，

他全身髒兮兮的，看起來疲憊不堪。

破破爛爛的衣服掛在身上，像個衣服被撕爛的稻草人。他冷得皮膚發青，碎掉的眼鏡隨時可能從鼻尖滑落。

小嗝嗝宛如他的倒影。

他們兩個都失去了部族、失去了龍、失去了一切，已經不是維京人了，頭上的印記宣示他們的奴隸身分。他們同樣是弱崽，同樣餓到和竹竿一樣瘦。兩個男孩搖來晃去地站著，注視著對方。

魚腳司的身體和冰一樣冷，小嗝嗝連忙摩擦他發紫的手臂，試著加速他的血液循環。

「你怎麼會在這裡？」魚腳司牙齒打顫地問。

「我來找你……」

「可是我不重要，」魚腳司虛弱地說出令人厭倦的話。「你應該去執行任務，實現你的命運才對。那龍族寶石呢？」

「你**非常**重要！」小嗝嗝邊說邊努力幫助魚腳司恢復活力，雙手努力摩擦他的手臂與胸口，試圖讓他的身體暖起來。

「你的龍蝦鉗項鍊救了我一命。」

「真的嗎？」魚腳司震驚地瞪大雙眼。

「我的項鍊救了你一命？」

於是，小嗝嗝說了魚腳司母親——潑悍、隱龍，與十四年前消失在霧中的龍蝦陷阱的故事。

誰說故事不能讓東西活起來呢？

這個故事讓魚腳司活了過來。

他的皮膚從灰色變成淺粉紅，微弱的心跳漸漸恢復平穩。

「所以我母親**真的**愛我！」魚腳司驚訝地說。「她希望我能活得好好的，還想在英雄末路島和我團聚！」

「如果她沒死，一定會想盡辦法來找你。」小嗝嗝說。「還有，那頭發誓要照顧你的三頭死影，現在是『你的』三頭死影了。」

從小到大，魚腳司總是得用次等貨。他的狩獵龍是素食者，馱龍和迷你馬一樣小。無論上什麼課，他總是成績墊底，而且他還罹患溼疹、氣喘、X形腿和近視眼。現在，他赫然發現有一隻超級酷炫、超級強大的三頭死影龍發誓要照顧他，願意為他奉獻性命……這真是感動的一刻。

最後，為了讓魚腳司完全恢復精神，小嗝嗝從背心裡取出……龍族寶石。在陰暗的玻璃洞穴中，它閃爍著金色星辰溫暖的光芒。

「哇……」魚腳司輕聲說。他伸出手，摸了摸寶石。「是龍族寶石耶。」魚腳司抬頭看小嗝嗝……

……許久以來，第一次露出興奮的笑容。

「小嗝嗝，這一定表示你就是正統的國王。」

小嗝嗝尷尬地回了個微笑。「呃，這表示我很擅長找失落的王之寶物，但別忘了，是你先來到這裡的。」

魚腳司摸了摸龍族寶石。
然後，他慢慢站了起來。
「好。」魚腳司說。
他動作堅毅地把壞掉的眼鏡往鼻梁一推。「現在，我們要想辦法逃出去。我一定要讓其他人看到我騎三頭死影，我可不想錯過那個畫面。」
小嗝嗝燦然一笑，拿出被噴過、被燒過、被浸過的破爛地圖，尋找出口。
兩個男孩在地道裡前行，找到陰森鬍標記為出口的路線。
他們越走，地道就越是往上傾斜，還多了不屬於電蠕龍、電黏黏或螢火龍的奇怪光線。忽然間，光線似乎從四面八方照來，玻璃另一側突然出現了搖搖晃晃的蕨類形狀……
海草。
玻璃地道離開了地底，通到海底。大群大群的魚從旁

邊游過，鑽進、鑽出海草，柔軟的水母優雅地漂了過去。地道如巨大玻璃蛇似地離開海床，開始往上走時，他們還看到螃蟹在下方爬竄。

「哇。」魚腳司的臉緊貼著玻璃。

通道變得很陡，地上滑得很難行走，小嗝嗝還得在玻璃上鑿出小坑，才有辦法繼續往上爬。

他們來得正是時候，玻璃通道還有一小段沒被海水覆蓋。一旦漲潮的海水完全淹沒通道，他們只要破壞玻璃，海水就會灌進去，他們逃不過溺死的命運。

但玻璃通道還有那麼一小段，周圍是純淨的空氣。

小嗝嗝用斧頭劈開玻璃，他們小心從碎玻璃中爬出來，爬到海裡。

海水冰冷無比。

他們環顧四周，兩個男孩漂在壞掉的地道旁，遠遠望去，他們不過是浩瀚汪洋中兩顆頭。放眼望去，只有無盡的海洋、海洋、海洋……

海水已經漲到最高。

他們走得比想像中還要遠，到了開放海域，距離海岸超過一英里。小嗝嗝看向西方，那模模糊糊的灰色輪廓想必是陸地，從方位看來應該是吞沒島。

「我不可能活著回去……」魚腳司喘著氣說。他又開始臉色發青了。

「你可以的。」小嗝嗝牙齒發顫地說。「游啊！」

他自己也開始游泳，游向天邊那抹灰影。

「游啊！游啊！游啊！你**一定要**活下去……」

但海洋太過廣闊，他們太過渺小，遠方的陸地非常、非常遙遠……

游啊！魚腳司，游下去！

第二十六章　來自過去的幽魂

有時候，我們人類再怎麼努力打水，還是不夠。

我們再怎麼拚命，意志力再怎麼堅強（我們人類很有潛力，總是英勇地相信自己能讓不可能化為可能），有時候，我們細瘦的人類手臂還是太弱了。有時候，世界對我們而言太過廣袤，颶風太過狂野，海洋太過浩瀚，就連最堅定的心志、最堅毅的意志也敵不過大自然。

我必須告訴你，魚腳司和小嗝嗝即將面對被世界擊潰的命運……儘管他們窮盡了畢生之力，儘管他們奇蹟似地逃離了鏡之迷宮與嘶牙龍的巢穴，那一日，他們還是會溺斃在琥珀奴隸國附近的海域。小嗝嗝還是會帶著龍族寶石沉到海底，這個故事將迎來非常不一樣的結局。

但是，有「某個東西」改變了故事走向。

那個東西拍著隱形的翅膀，飛在琥珀奴隸國附近的海洋上方，努力搜索、不停搜索。

這，是來自過去的幽魂。

這個幽魂想改正過去的錯誤，這個幽魂永遠不會放棄，因為牠對魚腳司的母親許下了承諾。

三頭死影永遠不會放棄。

「一定還有希望。」無辜輕聲說。「還記得上次嗎？上次我們放棄了，可是魚——腳司還活著。我們要從過去的事情學到教訓，這次不可以再放棄了……」

但是，即使是騎在三頭死影背上的神楓、那總是樂觀無比的神楓，也開始失去希望了。

這也不能怪她，畢竟她親眼看見一隻長了眼睛的恐怖手爪，把小嗝嗝拖到了沙地下。

當時，三頭死影驚恐地號叫一聲，用大爪子挖沙子，神楓也撲過去用小小的人類手掌挖沙，他們不停挖著小嗝嗝消失的位置，一直挖、一直挖、一直挖。

但有時候，世界實在太過廣大，就連「龍」的爪子也敵不過它。三頭死影不是海龍，也不是土龍，而是穹龍，牠天生不適合挖土，不管牠挖得再怎麼賣力，也無法跟著小嗝嗝鑽進沙地。儘管如此，牠和神楓還是一直挖、一直挖，直到海水沖了過來，吞沒他們可笑的行為和無意義的小洞，整個世界化成無盡汪洋。

他們在無盡的海之世界中，找了好幾個小時。

這個故事有什麼寓意呢？我只知道，他們即使絕望了，即使知道小嗝嗝深埋在沙子與海水下，不可能還活著了，他們依然持續搜索。

「他說不定在最後一刻掙脫怪獸的爪子了。」神楓告訴三頭死影。「你們相信我，小嗝嗝之前有好幾次差點死掉，都成功逃出來了……」

話雖如此，比起以往的致命危機，這次小嗝嗝存活的機率似乎小了許多。

他們還是繼續搜索。幸好他們沒有放棄，因為儘管機率極低，小嗝嗝真的活下來了，現在他和魚腳司亟需三頭死影與神楓的幫助。

三頭死影彷彿回到過去。

牠忘了過去的十四年。

牠好像回到對牠的人類——潑悍——許下承諾的那一天。「**我們以鮮綠色血液與閃亮的爪子發誓，我們會守護妳的嬰兒。**」

那一天和今天一樣，天空是美麗的蔚藍，世界邊緣只有零零散散的雲朵。

「**我們發誓……我們發誓……**」耐心低聲用龍語對另外兩顆頭說。「**潑悍，我們發誓要守護妳的嬰兒……**」

「**我們發誓……我們發誓……**」傲慢與無辜輕聲重複道。

三頭死影翱翔在無邊藍海上方，在無盡海浪中尋找隨浪濤起伏的小龍蝦陷阱，視力極佳的六顆眼睛——能看見半英里外一隻奈米龍的眼睛——發出「喀、喀」聲，不斷掃視海面。牠全神貫注，用所有的感官搜索。

三頭死影感覺到烏雲飄來，海霧漸漸成形，急迫的焦慮湧升……歷史會重演嗎？這難道不是彌補過錯的日子嗎？

牠飛得更低，急切地尋找小小的龍蝦陷阱。三頭死影找到目標了。下方遠處有動靜，有一抹粉紅，有人類的蹤跡。無盡藍海當中，有一個小點動了動。

三頭死影俯衝下去，隱形的胸中迎滿喜悅。飛得更近時，神楓也看到了，她開心地歡呼一聲。

一個被砸爛、壓壞的龍蝦陷阱，背在脖子上掛著龍蝦鉗項鍊、在海中游泳的男孩背上。男孩扶著一個戴著壞掉的眼鏡的男孩——即使飛在高空，三頭死影也能看見第二個男孩的臉，看見那個模糊的輪廓，想起牠曾經愛過的、面容

憔悴的人類女孩。那是潑悍的孩子！

「潑悍，我們會再相逢！我們會再相逢！」三頭死影的三顆頭欣喜若狂地嗤氣，一面往下飛，一面噴吐閃電。

「有龍在攻擊我們！」魚腳司舉手遮住陽光，抬頭往天上看。三頭死影實在太興奮了，牠有點笨拙地緊急降落在兩個男孩身旁。

這時候，小嗝嗝和魚腳司已經瀕臨死亡，突然看到一隻隱形的龍差點降落在他們身上，幾乎要被嚇死了。他們大口喘氣、大聲咳出海水時，隱龍將他們從海中提了起來，放到背上。小嗝嗝和魚腳司還在努力喘氣與咳嗽……但至少他們還活著。

「我不信！」神楓高呼，雙眼閃閃發亮。「我是說，我**當然**相信，因為你已經不是第一次死裡逃生了，可是這次我真……的……不……信……」

小嗝嗝微微一笑，因為他自己也不敢相信發生這麼多事之後，他們居然活著逃出來了。還在喘息的他，伸手從背心裡拿出龍族寶石。

神楓當然更不敢相信了，她叫小嗝嗝把寶石拿出來又放回去。小嗝嗝將寶石拿給她看，她一次又一次翻轉那枚寶石，喃喃地說：「**我不信……我不信……**你是怎麼做到的？

「你打算怎麼用它？」神楓又問。

小嗝嗝嘆了口氣。「我還不確定。」他承認。「我得想辦法用它來結束戰爭。」

「魚腳司，」三頭死影飛上天時，小嗝嗝對好友說。「這位是你母親的三頭死影，左邊的頭叫『無辜』，右邊的頭叫『傲慢』，中間的頭叫『耐心』，因為他非得有耐心不可。」

魚腳司癱在三頭死影背上，努力抓穩龍背。龍背和烤箱一樣溫暖，烤得他的衣服開始冒蒸氣，全身好像都活了起來。

「幸會。」魚腳司輕聲說。「抱歉，我沒辦法坐起來打招呼……我有點累。」

不知道為什麼，這頭龍讓他覺得很安心，他雖然身體虛弱，還是努力坐起身來。海風將他溼答答的頭髮往後吹，額頭上的奴隸印記無比鮮明。「所以……你是我母親的龍？」

「以前是！」三頭死影愉快地說。「但現在我是你的龍了，我永遠都會是你的龍。我保證永遠不會離你而去，我會照顧你……我會效忠你，一直到死。」

小嗝嗝幫魚腳司翻譯龍語。

哇……

魚腳司挺起胸膛，眼睛閃閃發亮。情勢終於有起色了。他——魚腳司——過去在毛流氓部族最不受歡迎的人、奴隸、孤兒與弱崽，現在竟然有了一隻最酷炫的龍。「我母親……她是族長的女兒？」魚腳司問道。

「我認識的人類之中，她是最好、最棒的一個。」耐心回答。

「她還是詩人喔，」小嗝嗝補充道。「而且她母親是狂戰士，所以你真的有狂戰士血統。」

魚腳司雖然又冷又餓又累，聽小嗝嗝這麼一說，還是打起了精神。他母親是詩人耶！他的文藝才能一定是遺傳自母親。他父親是英雄耶！好吧，那部分還是個謎，但……

……他**終於**知道自己是誰了。

魚腳司終於知道自己是誰了。

長耳保母龍

統計資料

恐怖：……………………3
攻擊：……………………6
速度：……………………4
體型：……………………5
叛逆：……………………1

這種龍很適合當看門犬和保母。魚腳司還是小嬰兒的時候，就是由長耳保母龍照顧他長大的。

休息一下……

如果你希望故事在這裡畫下句點，請蓋上這本書。

某方面而言，這是最好的結局。

此時此刻，三個好朋友騎龍飛翔在雲端，龍族寶石安穩地掛在小嗝嗝脖子上，還有比這個更美好的結局嗎？

這一天真的非常、非常漫長，如果能在這裡結束就好了。

但我必須承認……故事並沒有結束。

親愛的讀者，假如你真的想看下去，讀到最後悲慘的結局，我建議你稍微休息一下。去喝一大杯水，吃點能幫助你打起精神、又不會讓你太興奮的東西，例如燕麥小零嘴。

休息一下。

好了。我們繼續吧……

第二十七章　首尾呼應的故事

故事的一開始，小嗝嗝被母親——瓦爾哈拉瑪——伏擊。

故事的結尾也一樣。

沒有人能追蹤死影龍。

……除了瓦爾哈拉瑪。

死影龍的保護色太厲害了，沒有人看得見牠們……但無人能敵的女戰士瓦爾哈拉瑪飛得很高，飛在稀薄的雲層之間，她並不是往上看見三頭死影，而是往「下」看見三個騎在空氣上的小小人類。

三個好朋友沒注意到她。

三頭死影也是，牠也許是太開心了，也許是因為牠沒想到這時候會有危險，總之牠的感官沒有平時那麼敏銳。死影龍這麼可怕，通常都不會有人或龍攻擊牠們。

傲慢似乎隱隱瞥見一道銀光從上方閃過，牠微微一僵，抬起頭來。

但已經太遲了。

騎著銀幽靈的瓦爾哈拉瑪躲在高空雲層中，突然伴隨銀鈴般的吼聲俯衝下來，宛如銀光閃爍的復仇女神，彷彿命運毫不留情、毫不停歇、尖叫著揮下來的大手。瓦爾哈拉瑪伸出穿著金屬臂甲的手臂，從三頭死影背上抓起兒子，動作和兩週前從風行龍背上奪走兒子一樣輕鬆。

銀幽靈以無人能擋的衝勢飛向烏心監獄。在開闊的空中，銀幽靈可是全世界最快的馱龍。

瓦爾哈拉瑪用雙膝控制銀幽靈，一隻手抓住小嗝嗝，另一隻手取下掛在小嗝嗝脖子上的龍族寶石項鍊，將項鍊戴到自己脖子上。

小嗝嗝在母親毫不留情的手中搖晃，他完全嚇呆了，像突然被丟進一桶冰水裡。

稍微恢復後，他火大了。

惡作劇之神洛基的暖腿套啊，他真的火大了。

「**妳在搞什麼啊！**」小嗝嗝對上方那個冷硬無情的金屬面甲怒吼。面甲堅毅地盯著下方的目的地——烏心監獄。

「我已經不是小孩子了，妳怎麼可以這樣對我？

「我也不奢望妳**幫忙**——我怎麼會有這種妄想呢？妳從以前就一直**不在家**！那麼多年來，我和父親只能兩個人相依為命，那麼多年，那麼多年，**那麼多年**！有時候妳還不回信……我苦苦哀求妳留下來，妳偏偏要離開……我對妳說話的時候，妳從來不聽……」

小嗝嗝氣得臉色發紫，雙腿亂踢亂蹬。他大叫：「這麼多年來，我已經習慣了！我**不得不**習慣！但我萬萬沒想到，」他氣憤地吼叫。「我想都沒想過妳

會**背叛**我……我不要妳背叛我，這個請求有這麼過分嗎？」

小嗝嗝又氣沖沖地大罵了好幾句，壓抑了十四年的惱怒一口氣宣洩而出。

但瓦爾哈拉瑪沒有回應，而是不由分說地繼續騎龍飛往烏心監獄。小嗝嗝沸騰的怒火與瓦爾哈拉瑪的決心化作一道銀光，劃破天際。

沒有任何人、事、物能

阻止她。

她準備帶小嗝嗝回去，回去面對逃離烏心監獄的後果。

第二十八章　面對後果……還有阿爾文與巫婆

夜幕降臨在琥珀奴隸國。

監獄高牆外，空氣中充斥著龍族的尖吼聲，牆上的守衛幾乎無法抵擋龍族大軍的攻勢。

烏心監獄的中庭被火把照得亮如白晝，奸險的阿爾文與他母親坐在中庭中央兩張王座上。

數百名西荒野戰士與奴隸舉著火把站在周圍，氣氛凝重，監獄裡每個人都豎起耳朵，膽顫心驚地傾聽牆外的龍族末日。

阿爾文召集了士兵、奴隸、戰士等所有人，為了稍微抑制小嗝嗝逃出他手掌心導致的怒火，他決定處決幾個人。

但有個意料之外的訪客，打斷了他分散注意力的「友好」活動。一頭銀幽靈從城牆上飛過，龍背上載著大英雄瓦爾哈拉瑪，而她穿著金屬臂甲的手裡搖來晃去的，是怒不可遏的小嗝嗝。

「停！別射箭！」奸險的阿爾文高呼。他僅剩的眼睛眼尖地瞥見瓦爾哈拉瑪胸前那枚明亮的寶石。

阿爾文國王瞬間喜上眉梢。「母親！」他驚呼。「她拿到寶石了！」

膚色慘白的巫婆挺起身子，長髮拖曳在背後，彷彿宣揚她的勝利。「我就知道！」她得意地大叫。「我就知道我沒有算錯！」

銀幽靈繞著中庭飛了一圈、兩圈，身體比月亮還耀眼。

牠用後腿降落，小心翼翼地將小嗝嗝放在巫婆面前的地上。瓦爾哈拉瑪輕巧地跳下龍背，站在小嗝嗝身旁。

小嗝嗝盡可能遠離她，用力甩開她的手臂，像要甩掉某種有毒的物體。他還在生母親的氣，氣到根本不覺得害怕。

銀幽靈前腳有箭傷，走路還一跛一跛的。

眾人沒有出聲……直到他們看見掛在瓦爾哈拉瑪胸前的龍族寶石。

「寶石！她找到寶石了！我們得救了！」

中庭裡，眾人開始歡呼：「**瓦爾哈拉瑪！瓦爾哈拉瑪**！她找到寶石了！」

瓦爾哈拉瑪是蠻荒群島最受歡迎的英雄，甚至比超自命不凡和閃燒還要出名，而且她還找到龍族寶石了！就連奴隸們也開心地抖動身上的鎖鏈。

瓦爾哈拉瑪脫下鐵頭盔，將頭盔丟到人群中，讓所有人看清她的臉。

那是張高傲、白皙的臉，稜角分明得像花崗岩，整體像一面險峻的峭壁，令人心生畏懼。

她雙臂環胸，默默站在原地。

「阿爾文，讓我來。」巫婆嘶聲說。她試圖看穿瓦爾哈拉瑪那身鎧甲、那張花崗岩般的臉，尋找她的弱點。「交給母親……這個情況有點敏感，應該交由

我們為瓦爾哈拉瑪歡呼！

巫婆的巧舌來化解問題……」

情況確實有點敏感——瓦爾哈拉瑪不僅將寶石帶來了，身為母親的她，甚至還交出了自己的兒子，讓兒子面對死亡威脅。

「瓦爾哈拉瑪，恭喜妳！」巫婆舉起一條瘦巴巴的白手臂，向她打招呼。「瓦爾哈拉瑪啊，我必須承認，」巫婆接著說。「我太小看妳了。我沒把西荒野叛徒是妳兒子的事情告訴妳，以免親情妨礙妳執行任務，但我早該知道，妳這麼偉大的英雄當然願意為國家大義滅親。我們為瓦爾哈拉瑪歡呼！」

歡呼鼓掌聲響徹中庭。

瓦爾哈拉瑪不發一語。

「把能拯救人類的寶石交給阿爾文吧，瓦爾哈拉瑪。」巫婆輕描淡寫地說，彷彿這不是命令，而是再尋常不過的請求。

但瓦爾哈拉瑪並沒有將寶石交給阿爾文。

她從箭袋取出一枝箭，那是一枝黏著黑色渡鴉羽毛的箭。她若有所思地用一根手指轉動箭矢。
瓦爾哈拉瑪沒有說話，大英雄的臉毫無表情，手指將箭矢轉了一圈又一圈。
沉默有時候很有力量，尤其當你和瓦爾哈拉瑪一樣魅力無限之時。
沉默的力量，能迫使別人開口。
巫婆舔了舔嘴唇，視力不佳的眼睛看著在瓦爾哈拉瑪手裡轉動的箭矢。
「謝謝妳派銀幽靈把地圖送過來，那時候不知道哪個士兵不小心用箭射到牠，看來妳把箭拔出來了……」巫婆圓滑地說。「幸好牠沒有受太大的傷，對不對啊，阿爾文？」
阿爾文露出迷人的燦笑。「我感動到說不出話來了。」
「那是場意外，而且我們沒有原諒那個誤射銀幽靈的士兵，他後來用生命付出了代價。瓦爾哈拉瑪，不用我說妳應該也知道，我們會遵守我們的承諾。」
巫婆柔聲說。「阿爾文對妳保證，只要妳把龍族寶石交給他，他就只會將寶石用來**威脅**龍族，而不是永遠消滅牠們。阿爾文，你說是不是啊？」

「這是奸險之人的承諾。」阿爾文笑吟吟地說。

「當然，」巫婆接著用奶油般滑順的語氣說。「假如龍王狂怒逼得我們別無選擇……」她聳聳肩，示意牆外的龍族吼叫聲。「阿爾文這個人很實際，必要的話，他有能力果斷做決定。妳看看我們的蠻荒群島，我們美麗的世界，它就這麼被龍火燒成了灰。龍族打算殺了我們所有人啊！」

小嗝嗝聽不下去了，他轉向巫婆。

「是**妳**讓情況惡化的！」小嗝嗝激動地喊道。「妳以為我們沒看過你們的捕龍陷阱嗎？你們毀了龍蛋，還用會爆炸的武器殺死上千隻龍！難怪有這麼多龍加入叛軍！」

小嗝嗝的話語迴響在庭院裡。

「我問妳，妳說的完美世界是什麼？人類和龍族被枷鎖困住，漸漸死去，這也叫『完美』嗎？」

小嗝嗝指向銀幽靈。

「難道我們要永遠消滅像他一樣美麗的生物嗎？」他高喊。

「難道我們再也不想看到龍族飛在天上，再也不想看到他們和寶石一樣美麗的翅膀、看他們用壯觀的龍火照亮世界？

「難道我們要永遠和他們的魔法說再見，放棄童年的飛行夢想？

「我**不**同意！」小嗝嗝面紅耳赤地揮拳高呼。

「龍族應該自由生活，這間監獄裡所有人類也都該獲得自由！」

人類和龍族被枷鎖困住，漸漸死去，這也叫「完美」嗎？

周圍的群眾開始交頭接耳，像不悅的大海般竊竊私語。

瓦爾哈拉瑪轉動黑羽箭的動作越來越快、越來越快，她歪著頭，全神貫注地傾聽。

「瓦爾哈拉瑪，妳兒子——**奴隸**小嗝嗝——竟然說了這種話！」巫婆臉色發白，冷笑著說。

「果然虎父無犬子啊。瓦爾哈拉瑪，妳聽到消息一定會很驚訝，妳丈夫——大塊頭史圖依克——現在也是奴隸了。」

巫婆指向垂頭盯著地板、可憐兮兮

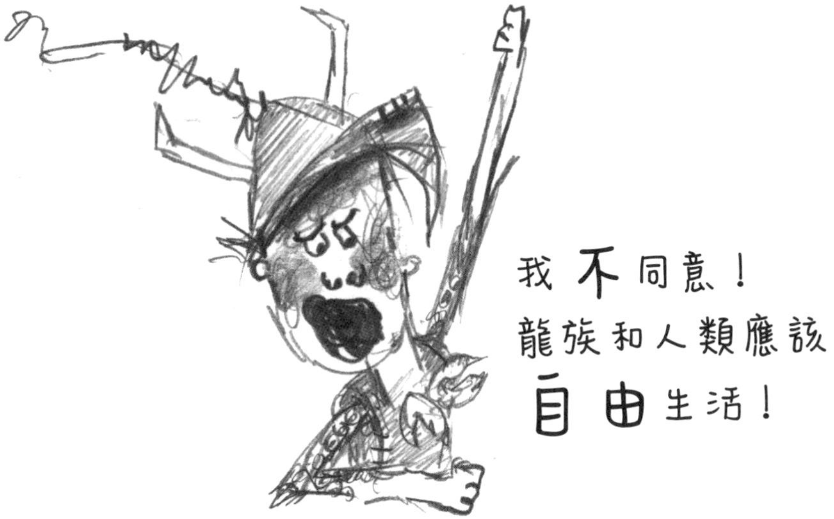

的史圖依克。

但瓦爾哈拉瑪還是沉默不語。

她為什麼不說話？巫婆心想。她越來越焦躁了。

她把言語當淬毒的箭矢，連珠炮地射了出去，試圖找到瓦爾哈拉瑪的致命弱點。「瓦爾哈拉瑪，我真為妳感到難過。」巫婆假惺惺地哀嘆道。「妳明明是這麼偉大的英雄，卻被家人丟盡了臉，他們還害自己的部族和王國蒙羞。」

現在，巫婆露出狡詐的神情。

「不過話說回來，妳還是個小女孩的時候，我

就幫妳算過命了。瓦爾哈拉瑪啊，按照命運的走向，妳本來就不該和史圖依克結婚的，不是嗎？大塊頭史圖依克根本配不上『妳』……」巫婆用最甜膩的聲音說。

瓦爾哈拉瑪的表情沒有變，你完全看不出她心裡在想什麼。箭矢轉了一圈又一圈，越來越快、越

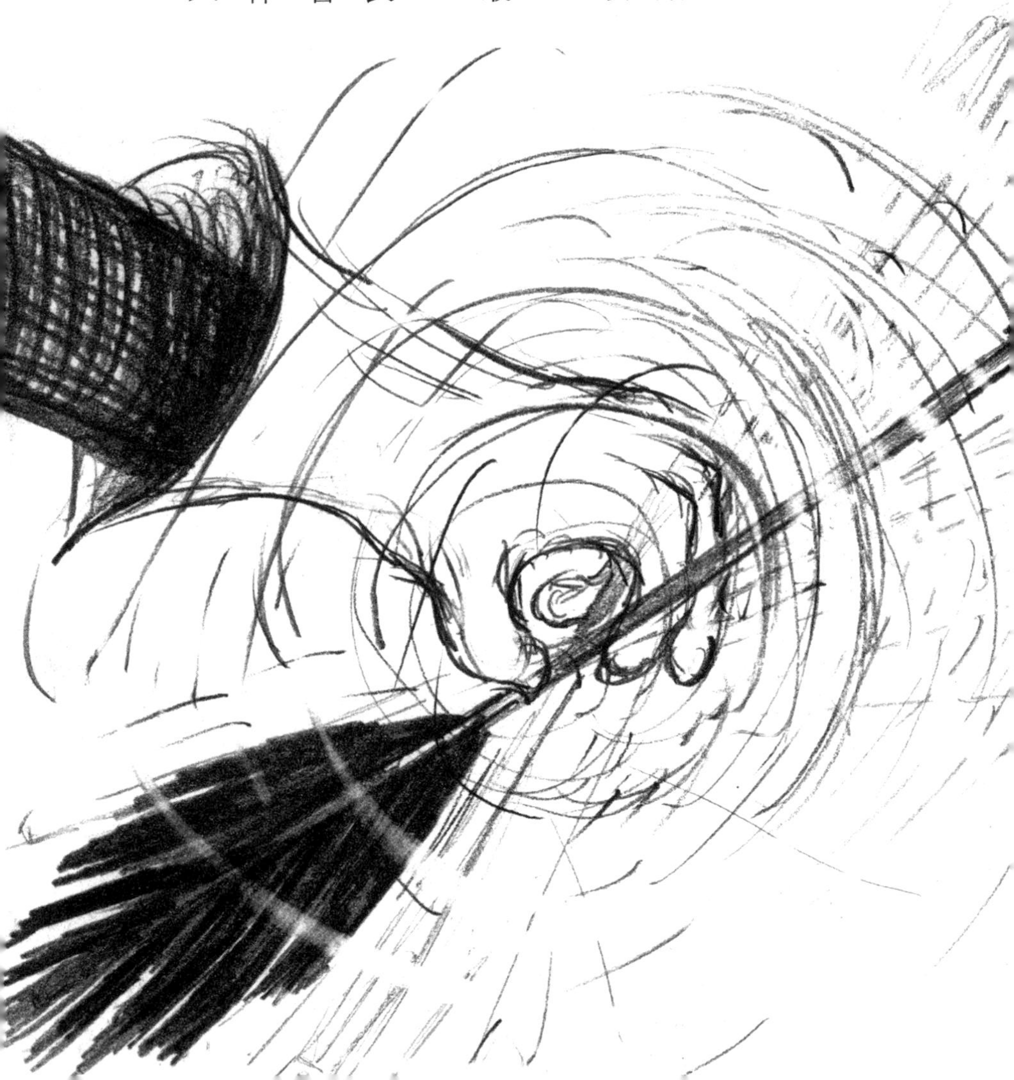

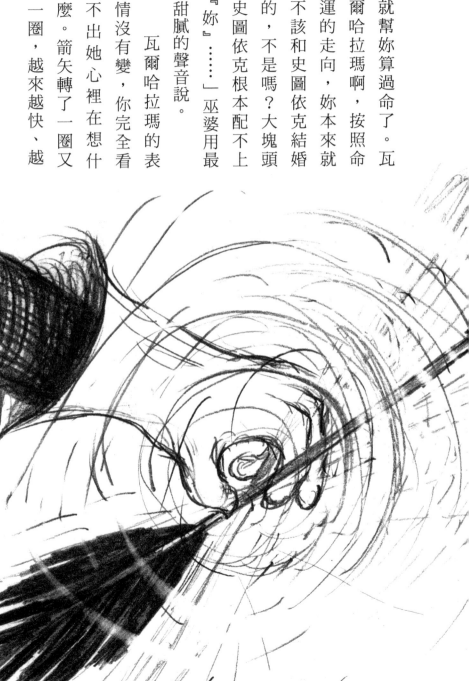

來越快，它彷彿是某種遊戲中的轉盤，沒有人知道它最終會指向哪個方向。

「若不是命運受到干擾，妳本該和與妳匹配的大英雄超自命不凡結婚，這一切——次等丈夫、弱崽兒子、蠻荒群島的災厄——都不會發生了。」巫婆嘆息一聲。

「說真的，這件事真是太悲哀了，我不敢想像妳年輕時一直一直等著英雄回來娶妳，最後只等來無限失望。」巫婆憂傷地搖了搖頭。「少女的淚水真是動人，光是想到妳的哀愁，我這個巫婆的心都要融化了。」

優諾頓了頓。「但說到底，時間還是會繼續前進的，妳說是不是？我聽說超自命不凡終於結婚了，對象是一個比妳年輕二十歲的貴族小姐。」

瓦爾哈拉瑪沒有反應。

巫婆露出殘酷的笑容。「可惜命運走上了如此歪曲的軌道，但瓦爾哈拉瑪啊，現在妳終於有機會改正命運的走向，脫離過去的傷痛了。妳看，命運給了我兒子阿爾文八件失落的王之寶物，這表示他是我們的救世主！」

巫婆最後下了華麗的結論：「妳是個有原則、有腦袋的女人，妳把這張地圖帶來給我們，是因為妳明白這是正確的選擇，妳想幫助我們終結這場撕裂了完美世界的戰爭。我們想讓世界恢復原貌，讓它完好如初，說不定世界少了某些東西，會變得更完美呢！瓦爾哈拉瑪，完成妳的任務吧，達成妳的使命，把寶石交給阿爾文吧！」

我的老索爾啊，「這下」那個穿著盔甲的小山總該說話了吧？巫婆心想。**她該不會啞了吧？真是的，她一直不說話，我都快急死了。**

瓦爾哈拉瑪舉起一隻大手，終於踏上前，開口說話。

我們再次見證沉默的力量：一個向來沉默的人若是開口，別人通常會側耳傾聽。

眾人湊上前，以免遺漏她說的任何一個字。

「巫婆說完，輪到我發言了。」瓦爾哈拉瑪說。

「過去好一段時間，我沒有在蠻荒群島的歷史上留下足跡，我接下來要說明自己長期在外冒險的理由。巫婆，我說明的對象不是妳，也不是阿爾文，也不是在場的蠻荒群島各部族。」

她對靜靜看著她的群眾鞠躬，群眾也包括我們讀者與聽者，所有在看不見的地方看著故事發展的人。

「我是在對我兒子——小嗝嗝——說明真相。」瓦爾哈拉瑪說。

她轉向兒子，只見小嗝嗝還握緊拳頭站在那裡，氣到快爆炸了。瓦爾哈拉瑪筆直注視著他。

「我這輩子大部分時間都在冒險。」瓦爾哈拉瑪說。

「我小時候，我父親——占卜師老阿皺——私下對我透露一個預言，他說有一天蠻荒群島將面對恐怖的危機，只有西荒野新王能排解危機。他把智者們嚴格保密的『失落的王之寶物預言』說給我聽；預言之所以保密，是為了避免沒資格成為新王的人得到寶物。

「我很勇敢，也很聰明，我知道自己有資格得到寶物。我父親把我當英雄、當新王養大，雖然我父親的夢想和許多家長的夢想一樣化作了泡影，我還是把餘生奉獻給了尋寶任務。

「或許，老實說……」瓦爾哈拉瑪嘆息著說。「既然現在是述說真相的時刻，我不得不承認，我長年在外也是因為我內心一部分想浪跡天涯。我太有維京人精神了，不想成天待在家。

「我從來沒對我丈夫——史圖依克——說過我冒險的理由或目的，但他還是明白這份任務在我心中的重要性。

「我認為這是**真正的**真愛。」她說。「這不是少女或巫婆能理解的愛情。

「儘管如此，我還是為了這份任務犧牲了許多事物。」瓦爾哈拉瑪接著說。

「我雖然擁有軍人的魂魄，卻不代表我心中沒有柔軟的部分，也不代表離開家人對我而言很容易。我雖然離開了家，卻不代表我不愛家人。

「我在外頭冒險了一年又一年，遠離心愛的丈夫和兒子。我和無數隻怪獸打鬥，和無數名戰士戰鬥，往東、南、西、北飛了很遠很遠，我甚至感覺自己飛過了整個世界。我睡在樹上、山洞中、冰屋裡，一個人遊蕩了太久，還差點忘了自己的語言。」

小嗝嗝想到自己過去一年的冒險經歷，拳頭鬆開了一點點、一點點。

「但有時候，為了蠻荒群島的未來，」瓦爾哈拉瑪說。「我們不得不犧牲一些東西。

「我的付出與犧牲真是不值，因為無論我多麼賣力搜索，無論我追蹤哪一條線索，最後還是一件寶物都沒找到。一件也沒有。

「當巫婆告訴我，她兒子阿爾文獲得了**八件**失落的王之寶物時，我驚呆了。

「我驚得說不出話來。我費盡了力氣與智慧還是失敗了，這位阿爾文能成功，想必真是個偉大的英雄吧！我不情願地退到一旁，讓位給命運指定的新王，並同意幫新王弄到地圖，幫助他尋找龍族寶石。」

「嗯，對，妳的選擇很正確。」巫婆急忙說。「我家阿爾文真的很特別。」

「但是，巫婆，妳忘了告訴我一件事，我相信妳絕對不是故意遺漏這份資訊的。」瓦爾哈拉瑪慢條斯理地諷刺道。「妳沒告訴我，是**我兒子小嗝嗝**先找到了王之寶物。我忙著在世界的盡頭尋找寶物，都沒注意到自己家裡發生的事。我窮盡自己的力量與智慧尋寶時，寶物都一個個悄悄找到了小嗝嗝，我兒子輕輕鬆鬆得到了寶物，甚至都不知道它們是寶物。」

「妳別忘了，就算寶物是小嗝嗝找到的，」巫婆嘶聲說。「最後得到它們的也是**我兒子阿爾文**！」

瓦爾哈拉瑪不理巫婆。「我兒子把一棵樹推倒在我頭上之後——順帶一提，我完全理解他為什麼這麼做——我的頭痛了起來，我也開始思考一些問題。」

「小嗝嗝把一棵樹推倒在妳頭上？」阿爾文高興了起來，忍不住插嘴。「小嗝嗝每次都這樣，真的每次都這樣。」

「那棵樹讓我重新整理了腦子裡的想法。」瓦爾哈拉瑪說。「還有，我看到銀幽靈前腳插著黑羽箭飛回來，想法也有點變了。

「我開始想：

「寶物為什麼會出現在小嗝嗝身邊，而不是我身邊？是不是因為我在努力拯救蠻荒群島的過程中，忘了提出一國之王該問的問題？

「難道說，這些問題比冒險本身還要重要？

「也許，」說到這裡，瓦爾哈拉瑪又嘆了口氣。「我必須面對冰冷無情的事實，面對像樹幹一樣砸在我頭上的事實。命運並沒有選我為王，因為我再怎麼聰明，還是缺乏提出這些問題的同情心……

「毛流氓部族從來沒有蓄奴，卻也沒有阻止其他部族蓄奴，我們對烏心監獄這些悲慘的地方視而不見，假裝它們不存在。

「但我兒子小嗝嗝並沒有假裝它們不存在，難道這就是國王該有的特質？

「除此之外，還有龍族的問題。關於這個問題，我兒子說得很好，妳說是不是啊，巫婆？」瓦爾哈拉瑪驕傲地說。「難道我們要永遠和他們的魔法說再見，放棄童年的飛行夢想？」

「這是幼稚的問題，或許只有小孩子問得出這種問題。現在說這些已經太遲了，」巫婆露出骷髏般的微笑，嘶聲說。「不幸的是，戰爭已經發展到無法挽回的地步了，我們不可能拯救即將滅絕的龍族。妳聽我說，我們真正該問的問題是：我們希望牠們死，還是我們死……」

「現在可能真的太遲了，」瓦爾哈拉瑪嚴肅地承認。她的聲音冰冷、滑順如鋼鐵，雙眼像兩顆子彈。「但至少我兒子會**試著**挽救我深愛的龍族，以及他們的輝煌。

「有些龍的確是怪獸。」瓦爾哈拉瑪坦承。

「不過有些**人類**也是怪獸。」說到這裡，她

我曾騎在銀幽靈背上飛到高空，高到他的翅膀幾乎要碰到月亮……

頓了頓，意有所指地看著奸險的阿爾文與巫婆。「我曾騎在銀幽靈背上飛到高空，高到他的翅膀幾乎要碰到月亮……

「難道就因為有些龍是怪獸，像我的銀幽靈這種龍就要無辜送死嗎？難道我們要屠殺所有龍族，永遠被困在地表嗎？」

銀幽靈配合地撐開明亮的翅膀，上升的月亮照在精緻的銀色鱗片上，使牠如星空般閃耀。

眾人讚嘆不已，回想起騎在自己家馱龍背上、飛在蠻荒群島上空與暴風雨搏鬥的日子。

「說到我的銀幽靈，」瓦爾哈拉瑪用聊天的口吻說。她嚴肅的眼睛瞇了起來，手指不停轉動箭矢，一直轉、一直轉、一直轉。「我想說說一件令我困惑的事。

「巫婆聲稱這根射中銀幽靈前腿的箭，是不知名的士兵射的。這枝箭是用渡鴉羽毛做的，箭頭還沾了渦蛇龍毒。

「巫婆，妳不是把渡鴉當寵物養，還習慣用渦蛇龍毒嗎？」

我想起來了，她七歲那年，我幫她算過命。巫婆不悅又有些訝異地想。**她七歲時就很狂野，卻也是個聰明到惹人厭的小女孩……可惡的小嗝嗝應該就是遺傳了母親的智力，那絕對不是笨蛋父親遺傳給他的……**

「渡鴉是很適合當寵物，」巫婆承認。「不過我最近都盡可能少用渦蛇龍毒，老實說，它沒有以前那麼有效了……」

「巫婆，妳是不是撒了謊？」瓦爾哈拉瑪堅持道。「這枝箭是妳兒子阿爾文的東西，是他攻擊我的銀幽靈。」

一片沉默。

巫婆的巧舌一時間沒有謊話可說了。

瓦爾哈拉瑪轉身面對群眾。

「蠻荒群島的人民，你們可以選擇自己的國王。」瓦爾哈拉瑪說。「如果有人說你們別無選擇，就別聽信他們。

「你們可以選這個愛說謊的巫婆的兒子——阿爾文——選擇這個擁有黃金鼻子、染血的鉤爪與空蕩蕩的心的男人。」

她指向阿爾文。我不得不承認，阿爾文全身是肌肉，樣子像極了一國帝王，不過他身上和身邊都是王之寶物，看起來有點好笑。

「你們內心深處，應該都明白這位阿爾文會帶來怎樣的未來。

「或者，你們可以選我兒子小嗝嗝，他不是弱崽，而是非常特別的一個人。他將帶來希望，打造更好的新世界。」

她轉向小嗝嗝。

小嗝嗝的憤怒完全消失了，他感受到沉甸甸的平靜，彷彿卸下了重擔。

「我常聽到其他人的母親說些溫柔的話，

雖然我嚴謹的嘴脣不允許我說出這樣的話，

我還是愛你，小嗝嗝。」瓦爾哈拉瑪有點艱

澀地說。

「我無法改變自己的流浪戰士本性，也無法為自己的天性感到懊悔，但我以雷神索爾的雷電保證，我可以拚上我的戰士之心，全力為你而戰。這是我真正擅長的一件事。」

或者，你們可以選我兒子小嗝嗝，
他不是弱崽，而是非常特別的一個
人。

瓦爾哈拉瑪手中的黑羽箭轉得飛快，看上去像個模糊不清的殘影。

「巫婆為阿爾文說了話，我也為小嗝嗝說了話。蠻荒群島的各位，現在，我們都必須做出選擇。」瓦爾哈拉瑪說。

「這，就是我的選擇。」

瓦爾哈拉瑪的決定相當明顯。

真正的英雄動作快如閃電，她手指迅速一動，用迅雷不及掩耳的速度將黑羽箭搭到弓弦上，直直射向阿爾文的心臟。

她從脖子上取下龍族寶石，把項鍊掛在她兒子——小嗝嗝．何倫德斯．黑線鱈三世——胸前。

中庭一片譁然。

巫婆縱聲尖叫。

阿爾文踉蹌兩步，但其實箭頭沒有刺穿國王服飾下三層厚厚的金屬胸甲（阿爾文很聰明，他知道自己和不少人結了梁子）。

「母親，我沒事。」他邊安慰巫婆，邊用力把箭拔出胸甲，氣得臉色發紫。「可是我們不能再聊下去了，趕快把大家殺光吧。」

「阿爾文，我不是說一切交給我嗎？」巫婆罵道。「情勢很敏感的。」

「**國王沒事！**」巫婆優諾焦慮地尖喊。「大家放心，**國王沒事！你們都不要動！你們都不要緊張！一切都在我們的掌控下！**」

她張開蝙蝠翅膀般的雙臂，努力搶回主導權。

她的聲音比強酸還要酸。

「瓦爾哈拉瑪，妳意圖謀害我兒子，但我們這次會裝作沒看見。」巫婆大罵。「我們真的很訝異，但我們原諒妳，因為我們就是這麼寬宏大量的暴君！」

「母親，別隨便幫我發言。」阿爾文咬牙切齒說。「我要殺了她，然後用雙輪戰車輾過她，再把她的碎塊拿去餵我的寵物蛇……」

「**阿爾文，交給我就對了！**」巫婆尖聲說。「瓦爾哈拉瑪，我告訴妳，妳的反叛無法改變事實，妳什麼都改變不了！妳兒子小嗝嗝怎麼可能當『國王』呢？」

優諾鄙夷地高聲尖笑。

「妳的說法這麼荒謬，簡直是侮辱大家的尊嚴！我們難道要讓奴隸統治王國嗎？妳兒子小嗝嗝是『奴隸』，」巫婆憤恨地說。「不管妳怎麼做，都無法改變他是奴隸的事實。妳雖然是大英雄，也無法讓時間倒轉回去，世界上沒有人能倒轉時間。奴隸印記是永遠不可能移除的印記！」

瓦爾哈拉瑪並沒有回應。

她退離巫婆，挪向提著一大籃武器與工具的鬣潰瘍。

瓦爾哈拉瑪從籃子取出一根又細又長的東西。

那根又細又長的東西，尾端是發出明暗不定光澤的金屬「S」形。她高高舉起那個工具，讓所有人看個清楚。

維京人們瞠目結舌地看著大英雄瓦爾哈拉瑪握住印章，舉到自己額頭前。

大英雄眨也不眨，直接蓋了下去。她膚色白皙的額頭上，多了顏色鮮明的印記。

太不可思議了！太難以想像了！

瓦爾哈拉瑪居然在自己額頭印了奴隸印記！

她徹底翻轉蠻荒群島的律法，將奴隸印記蓋在了自己額頭上。

太不可思議了！太難以想像
了！瓦爾哈拉瑪居然在自己
額頭印上奴隸印記！

第二十九章　意料之外的展開

城堡外，龍族叛軍大聲嘶吼，中庭裡卻鴉雀無聲。

巫婆整個人驚呆了。

她蹣跚地退回王座。

「妳在搞什麼啊？」巫婆一頭霧水、結結巴巴地說。「妳把自己變成奴隸了！這到底是什麼意思？」

「巫婆，印記不過是個象徵。」瓦爾哈拉瑪說。「象徵是可以改變的。現在，這不再是奴隸印記，而是『龍之印記』，象徵我對丈夫與兒子的愛與信任。

「所有願意擁立小嗝嗝為王的人，和我一起印上龍之印記吧！」

「母親，妳還好意思說妳掌控了情勢嗎？」阿爾文惡狠狠地罵道。「妳以為這叫『掌控』？」

「莫名其妙……」巫婆語無倫次地說。「太誇張了……奴隸印記就是奴隸印記，過去數百年一直是如此，妳怎麼可以把它變成『龍之印記』？妳怎麼可能這樣改變事實？**世**

界上沒有龍之印記這種東西！那是瓦爾哈拉瑪亂掰的！」

小嗝嗝不敢相信發生在自己眼前的一切。

他環視所有自由的維京人，他們有些人看著銀幽靈，有些人垂頭盯著地面，看不出心裡在想什麼。

瓦爾哈拉瑪是在豪賭。

從過去到現在，奴隸印記一直代表莫大的恥辱，現在她要求大家冒著失去維京人榮耀的風險自願印上這個印記，幫助那些螻蟻般的奴隸與龍族……

哪有人願意做這種事？哪有人

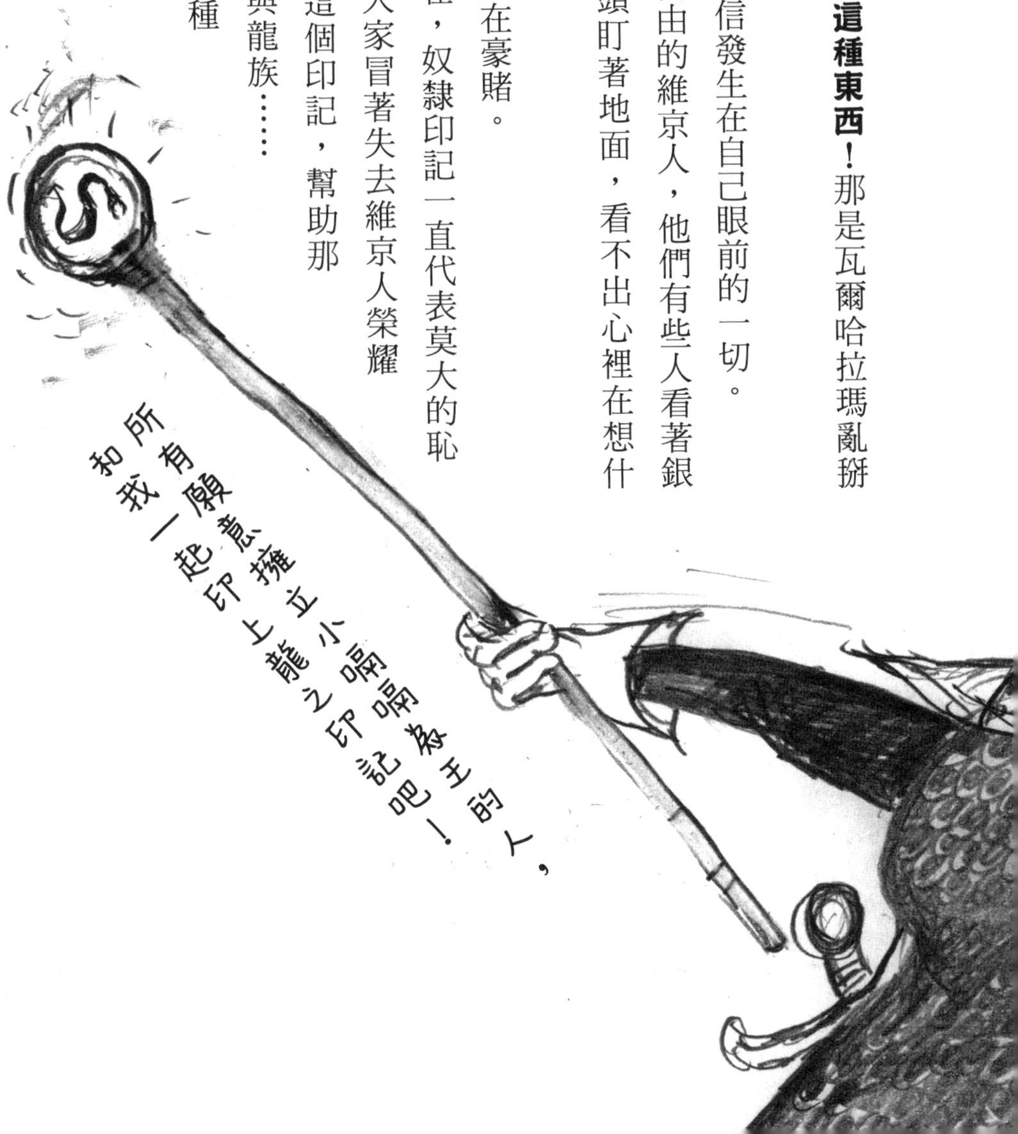
所有願意擁立小嗝嗝為王的人，
和我一起印上龍之印記吧！

願意擁立小嗝嗝為王？

「妳看。」巫婆發現沒有人踏上前加入瓦爾哈拉瑪，稍微鎮定了下來，冷笑著說。「瓦爾哈拉瑪啊，沒有人要妳所謂的『龍之印記』，也沒有人想追隨妳的弱崽兒子……」

瓦爾哈拉瑪應該自己留著龍族寶石，叫大家擁立她當國王的。小嗝嗝心想。**人們願意追隨她上戰場，也願意為她奉獻性命。**

小嗝嗝就不一樣了，就連以前打亂撞球也從來沒有人想和他一隊，怎麼會有人願意為他賭上性命與榮耀……

「我願意印上龍之印記！」群眾後方傳來宏亮的喊聲。

殘酷傻瓜部族凶酷利大步踏上前，身高六呎三吋的他站在所有人面前。

凶酷利是殘酷傻瓜族長牟加頓的繼承人。

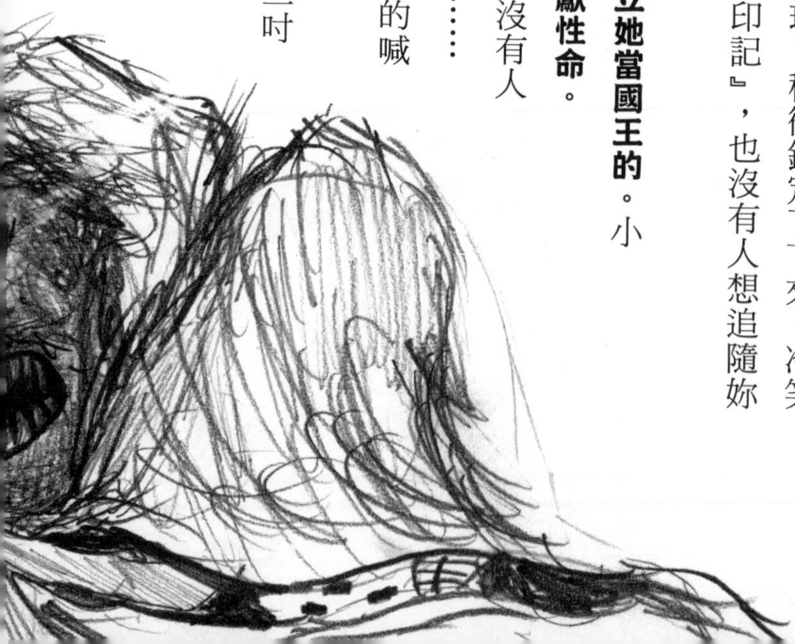

他大約十六歲，是個虎背熊腰的少年，蠻荒群島有很多人都仰慕他。他是標準的年輕維京英雄，很多族長都希望自己的兒子能多學學凶酷利。

見狀，他父親牟加頓怒吼：「凶酷利！不准接受印記！這是你父親和族長的命令！」

但凶酷利還是大步走上前。

眾人為他讓了一條路。

「父親，很抱歉，」凶酷利尊敬地低頭面對父親，一本正經地高聲說。「可是我覺得小嗝嗝說得對，如果我們給龍族自由，他們就不會來攻打我們了。是時候建立比以前更好的新世界了。」

凶酷利在瓦爾哈拉瑪面前停下腳步，像軍人一樣動作俐落。他跪了下來，取下頭盔，彷彿這是他正式成為戰士的儀式。

瓦爾哈拉瑪在他額頭印下龍之印記。

「小嗝嗝國王萬歲！」凶酷利高呼。他跳了起來，高高舉起拳頭。

「哼，才一個人而已！」巫婆不屑地說。「你們只有一個追隨者，成不了什麼大事——」

「小嗝嗝國王萬歲！」殘酷傻瓜部族中，一大群明顯是凶酷利朋友的年輕人齊聲大吼。

忽然間，中庭裡不同部族的青少年都爭先恐後地擠到前面，搶著接受印記。神楓和魚腳司騎著三頭死影降落在庭院裡，她硬是擠到群眾前頭，還為了搶先蓋印記，出言威脅幾個危險凶漢。

就連傳統上比較殘暴的危險凶漢部族和維西暴徒部族，也有許多年輕人爭著加入小嗝嗝的隊伍。

怎麼會這樣？

小嗝嗝成為流放者這一年，發生了神奇的事。

他從最瘦小、最不像維京人的小男孩，變成了浪漫的反叛英雄。

小嗝嗝忙著解除捕龍陷阱，用機智刺激的手法逃避西荒野軍隊時，有很多年輕維京人都在偷偷關注他。

年輕人之間暗中流傳小嗝嗝的冒險故事，他們說這些故事不是要證明小嗝嗝多奇怪、多荒唐、多詭異，而是說他好聰明、好厲害、好勇敢……

「你們有沒有聽說，他找到不存在的大陸了耶。」他們開始交頭接耳。

「你們有沒有聽說，他打敗了大海龍，還有恐絞龍，還用計把陰邪堡的羅馬人騙得團團轉！他還打敗了熔岩粗人島的滅絕龍，上次在無名島他還逃出了巫婆的手掌心！聽說恐怖陰森鬍失落的王之寶物**全部**都是他找到的，阿爾文只是從他那邊把寶物偷走而已。」

這麼說來，之前沒有人發現自己身邊有這麼偉大的一位英雄，真是不可思議。小嗝嗝有這麼多英勇事蹟，應該沒辦法再讓自己顯得更像個英雄了吧，除非他在頭上放一塊大招牌，對所有人宣布：「**他是蠻荒群島數百年難得一見的偉**

大英雄！」

但有時候，人們得花一點時間改變想法。

就連小嗝嗝不尋常的生日——閏年的二月二十九日——也突然沒那麼丟臉了，反而成為值得誇耀的一件事。

「還有啊，我聽說他才三歲而已。」大家欽慕地低聲說。

「他才**三歲**就有這麼多厲害的事蹟！他是超人吧！」

這就是神話的起源。

還記得小嗝嗝的冒險故事開始前，我對你說過的話嗎？我在一開始就說過，這是小嗝嗝透過努力成為英雄的故事。

現在你應該看得出，他這一路上真的經歷了許多苦難，真的非常、非常努力。

小嗝嗝獨自和奸險的阿爾文與所有維京部族作對，承擔了巨大的壓力。他獨自為自己的信念、為他心目中的正義抗爭，即使所有人都認為他錯了，他也沒有放棄。

這是維京人打從心底尊敬的特質。

不知怎地，這一路上，小嗝嗝穿著龍皮防火衣、戴著防火面罩、騎著相貌不拉風的風行龍、持續為孤獨的弱者發聲、帶著奇怪的無牙狩獵龍、頂著其實有點酷的紋身……

（現在想想，額頭上印著龍形紋身，其實真的有點酷。）

這一路上，小嗝嗝不知不覺成了……

……英雄。

而且還不是普通的英雄。

是人們願意追隨、願意跟著他上戰場、願意為他拚命的英雄。

國王。

追隨他的不只有年輕人。

就連殘酷傻瓜族長牟加頓也用不同的眼光看小嗝嗝，對他改觀了。

情勢怎麼會在一瞬間逆轉呢？這到底是怎麼回事？

其實，早在維京人注意到之前，情勢就開始變了。在不蓄奴的部族看來，烏心監獄是蠻荒群島的恥辱，他們都努力假裝它不存在。

大部分維京人都很喜歡從小陪伴自己的龍族，即使人類與龍族爆發了戰爭，他們還是無法想像一個沒有龍族的悲慘世界，那一定會是很可怕的世界。

此外，巫婆和阿爾文把很多人的親朋好友抓去當奴隸，中庭裡很多人都隱隱害怕自己會成為下一個奴隸。

因此，不知不覺間，很多人都改變了心意。現在，眾人來到轉捩點，革命能在五分鐘內成形。

「**有——人——造——反——啊——！**」奸險的阿爾文尖叫。「**忠誠的西荒野人民，快逮捕這些反賊，把他們關進最深、最黑的地牢，再把鑰匙丟掉！**」

烏心監獄完全亂成一團，在那改變命運的時刻，所有人都必須選邊站，還得搞清楚其他人站在哪一邊，在短短數秒內完成這件事可不容易。

奴隸們當然都站到小嗝嗝這邊，還有一些獄卒動手解開他們的枷鎖。包括沼澤盜賊部族、和平部族與毛流氓部族在內，大部分維京部族都受夠了奸險母子的統治方式。

不過凶殘部族、醜暴徒部族、危險凶漢部族與狂戰部族當中，還是有不少人支持巫婆與阿爾文，這些人大多殘忍無情。

有些加入小嗝嗝陣營的人來不及接受龍之印記，所以大家都不太清楚兩方陣營有哪些人，接下來這一戰也打得莫名其妙。

夜晚空氣中充斥著刀劍相交的清亮聲響，還有人們的叫喊聲：「你在做什麼啊？我是**友軍**耶！」還有：「喔，抱歉抱歉，我以為你是凶殘部族的人，就一定會支持巫婆。」還有：「喔？是嗎？我告訴你，有些凶殘族人也很纖細敏感的，你給我搞清楚……」類似的對話此起彼落。

瓦爾哈拉瑪以驚人的高速射箭，一路殺到史圖依克身邊，然後「**哈呀啊啊**

啊！」一聲大叫，戰斧劈了下去，劈斷束縛史圖依克的鎖鏈。

小嗝嗝站得夠近，聽到母親對父親說的話。

「大塊頭史圖依克，你不是我的初戀，」瓦爾哈拉瑪說。「但你是我最後的愛人……」

史圖依克疲憊的眼睛亮了起來。瓦爾哈拉瑪露齒燦笑，露出她還是狂野小女孩時常有的笑容。

「族長，歡迎加入龍之印記軍團。」說完，她把自己第二好的劍遞給史圖依克。

史圖依克挺起胸膛，歲月在他身上留下的痕跡消失了。我的雷神索爾啊，他根本不是老男人嘛，他雖然已經過了中年，但人生的顛峰還沒到來，他能感覺到雙腳興奮得微微發麻，準備跳戰鬥之舞……

「親愛的瓦爾哈拉瑪，」史圖依克說。「這句話說得真漂亮。妳還是和以前一樣美麗動人！」

瓦爾哈拉瑪拔出不敗劍，夫妻倆舉劍豪邁地相撞，彷彿舉杯敬酒。

史圖依克像衝刺的猛牛般大吼一聲，衝進打鬥的人群中，朝阿爾文的戰士群揮劍。

他也許膝蓋不如從前，但整體而言他還是和年輕時一樣勇猛。

「**西荒野守衛們！來為國王戰鬥！**」阿爾文尖呼。

「**不行！**」巫婆大叫。「還有龍族叛軍！別忘了龍族叛軍啊！」

可是城牆上的守衛聽到阿爾文的命令，紛紛離開崗位。龍族叛軍的攻勢變得更加猛烈、更加吵鬧了，牠們隨時可能擊潰城牆守軍，攻進監獄。

第三十章　烏心監獄之戰

難怪這片海灣叫龍族墳場灣，它是舊時的戰場，也是今日的戰場，時時透出陰森的氣息，呼嘯著吹過死龍骨骸的風似乎捎來數千個亡靈的絮語。

現在海水漲潮，還活著的龍紛紛醒來。

海水下的紅沙地不停產出活生生的龍，數以千計地湧出紅沙地、飛出海水，而這些龍沒有一隻是小嗝嗝喜歡的品種。

蛇舌龍纏繞在白色龍骨上，甩動沾溼的翅膀。沙刃龍、地獄齒龍、闇息龍與繞舌龍也從忘卻森林與開放海域前來加入牠們，這些是最黑暗的龍族，是最痛恨人類的怪獸。

牠們唸誦著赤怒，用死去的龍族同胞的骨骼磨爪子。看見小小的人類螻蟻帶著長矛與會爆炸的恐怖武器離開城牆，牠們知道是時候展開行動了。

讓人血染紅你的利爪……

毀滅骯髒的人類……

把人類像木柴一樣點燃……

龍族叛軍來了……

龍王狂怒蹲伏在埋葬了龍族的希望、夢想與生命的龍族墳場灣之中。狂怒的美很難用言語形容——逃離囚禁牠的人類之後，牠疤痕滿布的皮膚恢復了過往的光澤，那是一種純粹到難以想像的藍色，比天空還要深、比櫻桃紅還要華貴、比藍寶石還要明亮。

「人類開始內鬥了。」狂怒悄聲說，眼中閃爍著勝券在握的火光。

那可是貨真價實的火光；成年海龍的眼睛很特別，可以燃火、冒煙，雷射般銳利的鮮紅色火舌從瞳孔竄出。

「進攻啊啊啊啊啊啊啊啊——！」龍王狂怒對副手——名叫「雷龍」的大海龍——吼道。

「進攻！」

於是，烏心監獄之戰拉開了序幕。

一千年來，龍族叛軍首次飛過無人守衛的城牆，進入監獄。忙著內鬥的人類亂成一團，來不及使用會爆炸的武器。他們的毀滅性武器被從天上襲來的壯麗生物燒毀了，長著翅膀的大蛇紛紛從天而降。

瓦爾哈拉瑪同時受西荒野戰士與龍族攻擊，四隻沙刃龍一起朝她撲來，刀刃般銳利的翅膀割向她的脖子。瓦爾哈拉瑪殺了那四頭沙刃龍，大喊道：「**擁有龍之印記的戰友們！我們撤離監獄，搭船去！轉移陣地，西方的沼澤盜賊群島將是我們的新要塞！**」

阿爾文和他的支持者也開始逃往海邊的船艦，巫婆準備帶大部隊撤往東方的醜暴徒部族領地。

所有人都必須選邊站，往西是加入小嗝嗝與龍之印記軍團，往東是加入阿爾文與巫婆。

奧丁牙龍和沒牙當然沒得選，牠們困在琥珀網

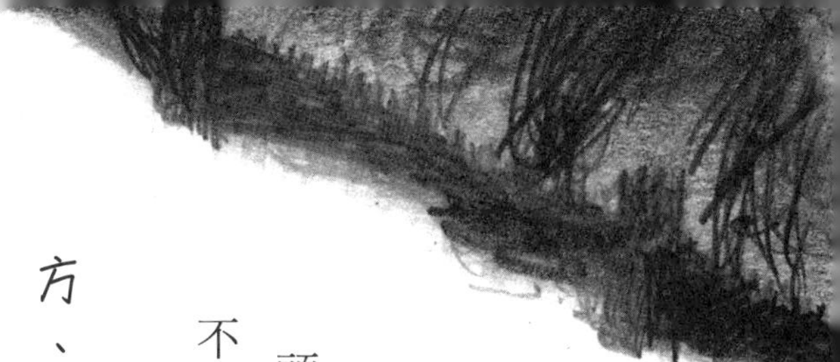

裡，掛在阿爾文肩頭，想走也走不了。

「我們走錯方、方、方向了！」沒牙尖叫。

「我們應該跟小、小、小嗝嗝走才對！太糟糕了！沒牙是最重要的

寶物，小嗝嗝不能沒有我！」

毛骨悚然圖書館員似乎覺得他和小嗝嗝有仇，但他又發現巫婆的承諾一點分量也沒有，最後決定前進西方的沼澤盜賊群島。

混戰當中，打嗝戈伯經過忙著東張西望、努力沉思的鼻涕粗。

鼻涕粗不知道該如何是好。

他現在看清巫婆和阿爾文的真面目了，那兩個人嚇得他魂不附體，他也打從心底厭惡他們。但他真的要擁立小嗝嗝為王嗎？那個討厭的小弱崽堂弟？一想到小嗝嗝要當國王，鼻涕粗的自尊心就受不了。小嗝嗝確實為了救他而選擇自投羅網，但那也讓鼻涕粗感到不悅。

「鼻涕粗！」戈伯喊道。「鼻涕粗，你還是可以來正義的一方，加入我們這一邊。你是我門下最強的戰士之一，還記得你在幸運十三號之戰和阿爾文戰鬥，後來獲得黑星勛章的事嗎？加入龍之印記軍團吧，你會是我們的一大助力！」

鼻涕粗沒有回應。戈伯聳聳肩，自己走了。

鼻涕粗從口袋拿出他的黑星勛章，那是蠻荒群島獎賞勇士的最高榮譽之一。他不停翻弄手裡的勛章，努力思考：該往東還是往西？往東還是往西？

鼻涕粗該如何是好？

我們暫且轉移焦點，讓鼻涕粗繼續站在戰場中間。

努力思考。

話說瓦爾哈拉瑪奮力殺

鼻涕粗該如何是好？

出一條血路，來到小嗝嗝身邊。

「**低頭！**」瓦爾哈拉瑪大叫。

「什麼？」

「**快低頭！**」她邊喊邊把小嗝嗝往下壓，從他頭上射出一枝箭，一隻沙刃龍在半空中被射死。

「小嗝嗝，」瓦爾哈拉瑪說。「和我們一起行動太危險了，你帶著寶石逃去維京人和龍族都找不到的地方。死影龍都很擅長躲藏，你們一起找地方躲起來，然後在加冕日前往明日島，到時候我、你父親和龍之印記軍團會跟你們會合。在那之前，別讓任何人知道你還活著。」

「可是王之寶物都不在我手上！」小嗝嗝出聲抗議。「除了寶石之外，其他的寶物都被阿爾文搶走了！」

「寶石就是最重要的寶物，」瓦爾哈拉瑪說。「記得好好保管它。」

偉大的女戰士轉身加入混戰前，小嗝嗝搭住母親穿著金屬臂甲的手臂。雖然經過漫長又勞累的一天，他看起來比平時更髒、更累，身上都是海水和怪獸汁液，小嗝嗝卻感覺沒有平時那麼瘦小，也沒有平時那麼奇怪了。

他看起來好像……天啊，他到底看起來像什麼？

那已經是好久以前的事了。

但我想，他應該看起來比較……

……成熟了。

「謝謝妳。」小嗝嗝對瓦爾哈拉瑪說。

「你不必謝我，」瓦爾哈拉瑪說。「我是你母親。喔，對了……」

「怎麼了，母親？」

「小嗝嗝，別對自己太嚴厲。」瓦爾哈拉瑪笑得有些哀傷。「我在艱困的冒險中學到一件事：就算最後沒有好結局，我們做為英雄還是盡力了，這樣就夠了……」

小嗝嗝爬上三頭死影。「神楓！魚腳司！**快一點！**」他坐在龍背上高喊。

「我們要一起走嗎？」神楓問道。

「當然要一起走囉，」小嗝嗝說。「我不想再自己一個人當流放者了。更何況，三頭死影不是我的龍，是魚腳司的。」

該做的事情還有一件。

小嗝嗝操縱三頭死影飛到阿爾文國王頭上。阿爾文正全速逃亡，不搭調的兩條腿在地上「啪**咚**、啪**咚**、啪**咚**」地奔跑，穿過戰場奔向船隊。

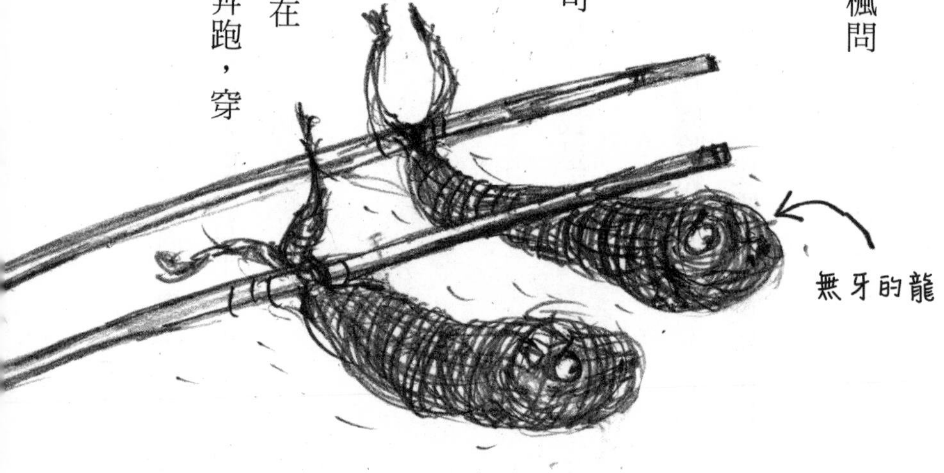

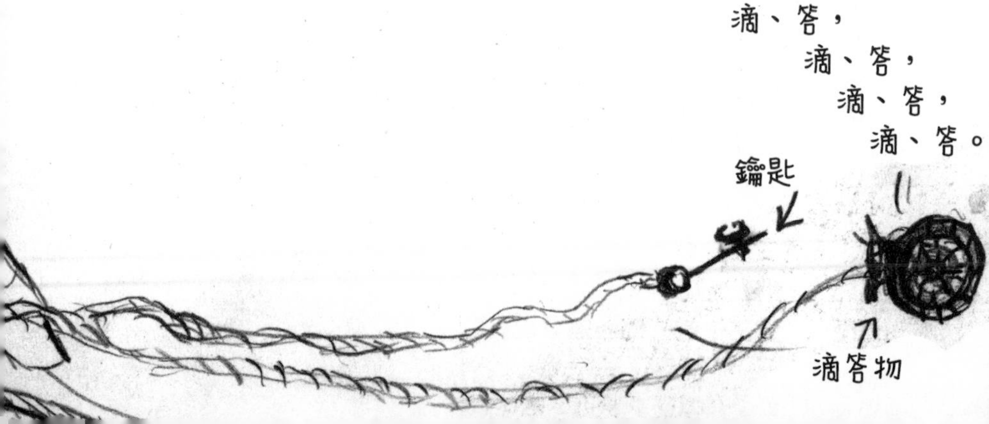

阿爾文肩上扛著圖書館員那兩根長長的割心網，長竿被肩膀撞得一震一震。奧丁牙龍和沒牙兩隻小龍被困在網子裡，害怕地縮在裡頭往外望。

三頭死影完全隱形，滯留在阿爾文上方。

騎在三頭死影背上的小嗝嗝彎下腰，割斷那兩張琥珀網，放奧丁牙龍與沒牙自由。兩隻小龍開心地往上飛，沒牙還得意地發出公雞叫聲。

阿爾文好巧不巧在這時候抬頭，鉤爪自動伸出去，勾到掛在小嗝嗝脖子上的龍族寶石項鍊。

「射他！」阿爾文對戰士們尖叫。隱形的三頭死影被箭雨逼得往上飛，小嗝嗝脖子上的項鍊就這麼斷了……

沒牙、奧丁牙龍與三頭

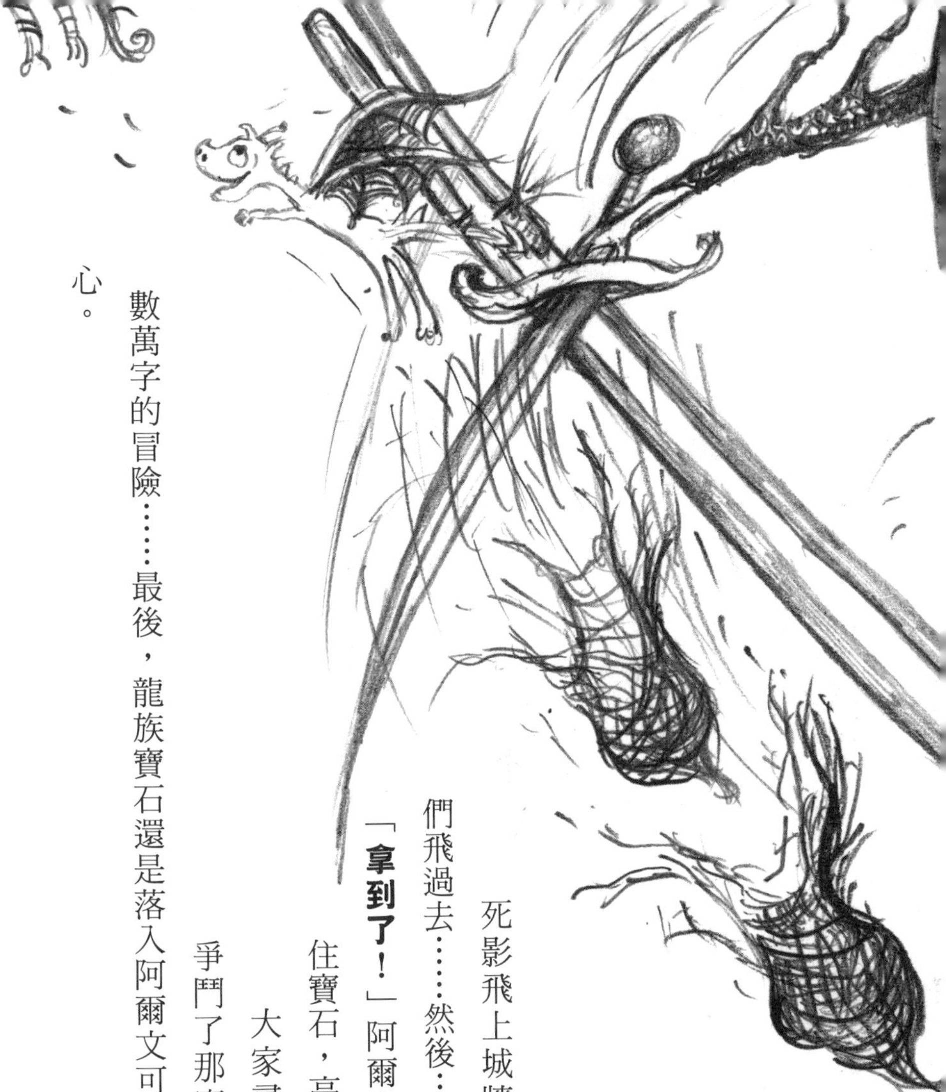

死影飛上城牆，箭雨追著他們飛過去……然後……

「**拿到了！**」阿爾文用另一隻手接住寶石，高聲叫喊。

大家尋找了那麼久、爭鬥了那麼久，經過這場數萬字的冒險……最後，龍族寶石還是落入阿爾文可怕的鉤爪與手掌心。

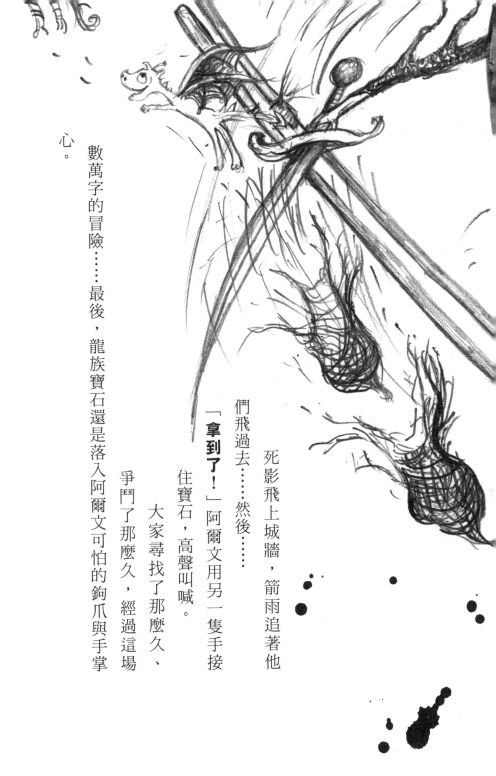

是不是很討厭？英雄一個不小心，一個沒注意，一個失手，一切都毀了。

「**不——————！**」小嗝嗝大叫。

巫婆看見龍族寶石溫暖的金光落入寶貝兒子的鉤爪，表情非常恐怖。

巫婆優諾發出欣喜若狂的高亢笑聲，在戰鬥、毀滅與死亡當中，她樂不可支地張開蝙蝠翅膀般的雙臂。

「我就知道我的預言沒有錯！」巫婆尖叫。「我就知道我超級無敵聰明，是有原因的！我信仰的死亡與黑暗之

天啊。
奸險的阿爾文拿到寶石了……

力，謝謝你們！最陰險、最光榮的命運啊，謝謝你！看啊！」她尖叫著對天空揮動瘦巴巴的拳頭。「看啊，今天是我們的勝利！「寶貝阿爾文，讓我看一看，讓我拿一拿。」

脆弱又美麗、中心發出火苗般暖光的寶石，被奸險的巫婆捧在扭曲又噁心的手中，那真是悲哀的一刻。

她用乾巴巴的嘴脣親吻寶石……用邪惡的細語對它說話……以下是她把寶石捧在手心時，嘶聲說出口的話語：

「你們等著瞧，」巫婆悄聲說。「在陽光下無辜成長的小生

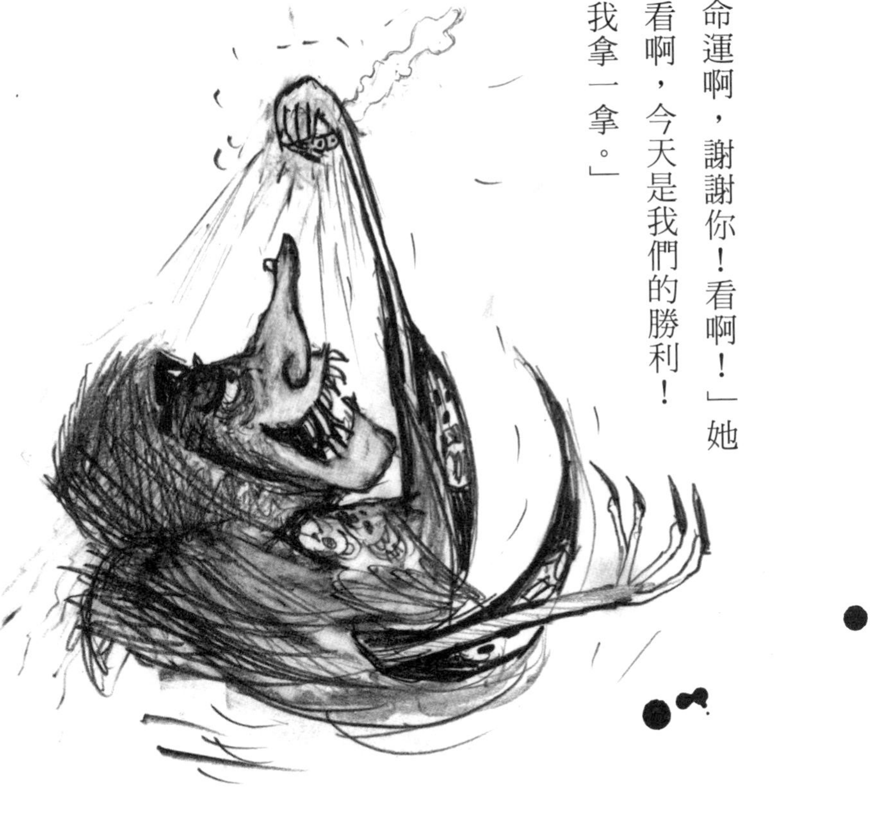

物，你們等著瞧……擁有巨大翅膀的壯麗龍族，你們等著瞧……你們以為自己很強大，但現在，我們能毀了你們……我們能把你們從天空拖到地上，看著你們在泥濘中**腐爛**……」

她露出令人膽寒的燦笑。

「龍族啊，你們等著瞧，」巫婆輕聲說。「龍族的日子不多了……你們等著瞧……等著瞧……等著瞧……」

她將貴重的寶石交還給討人厭的兒子奸險的阿爾文，阿爾文小心把寶石放進護甲下的胸前口袋。

小嗝嗝確實「找到了」龍族寶石，但寶石沒在他身邊停留太久。

寶石現在到了**阿爾文**手裡，他「啪**咚**、啪**咚**、啪**咚**、啪**咚**」地跑往東方，母親則像死而復生的狼骷髏，手腳並用跟著爬走。掛在阿爾文腰間的滴答物，奏起扭曲的新節拍。

滴滴滴滴、答答答……滴滴滴滴……答答答滴……滴滴滴滴滴……答滴滴滴……

沒牙倒是很開心，牠完全不曉得巫婆和她討厭的兒子有什麼陰謀。

小龍能和主人團聚，就夠高興了。

「喔——喔喔！」沒牙又在學雞叫。

「小、小、小嗝嗝，別擔心！大家別驚、驚、驚慌，沒牙來了！最重要的寶物來了！」

沒牙、奧丁牙龍與三頭死影飛上烏心監獄的高牆，下面的大門同時開了，人類湧出大門、逃往他們的船隻。

他們上方，龍族成群飛進城堡，一千年來首度攻陷烏心監獄。

龍族叛軍湧進監獄的走廊，有繞舌龍跑進中庭燒毀一張張長桌，有龍動手撕毀高塔。過去數百年，龍族祖先被囚禁在監獄地牢裡，現在塔樓的石塊全砸了下來，滾進地牢。

龍族墳場灣裡，龍王狂怒蹲伏在混亂的海中，雙眼發射探照燈般的光束，一遍遍掃視天空。牠無視四周船帆著火、瘋狂在龍骨架之間航行的維京船隻，無視維京人撤退時發射的爆炸物。

「男孩呢……」龍王狂怒嘶聲說。「名為小嗝嗝的男孩在哪裡？」

龍王狂怒猜對了，小嗝嗝此時正騎在三頭死影背上，隱形地從巨龍頭上飛過。

有一瞬間，龍王狂怒看見了他。三頭死影應該是被爆炸物的火焰嚇到，一瞬間失去保護色，坐在牠背上的小嗝嗝也瞬間在龍王狂怒的眼光中現身。

龍王狂怒看見三頭死影……那絕對是三頭死影，牠沒有看錯……牠震驚、震怒地大吼一聲。

那明明是牠派去殺小嗝嗝的龍，明明是口口聲聲說牠痛恨人類的龍，為什麼會突然倒戈，選擇**幫助**那個男孩！

怎麼會這樣？狂怒一開始選這隻龍，就是因為牠憎恨人類啊……

之所以選擇這隻龍，是因為牠和龍王狂怒很像啊……

但狂怒清楚看到小嗝嗝坐在三頭死影背上，神楓和魚腳司也坐在他身旁，三隻小狩獵龍像蒼蠅一樣飛在他們上方，無辜、傲慢與耐心分別往三個方向發射閃電。

男孩是怎麼做到的？

他到底有什麼魅力？

龍王狂怒撐開龐大的藍色翅膀，最後拚命一跳。

前一秒，騎在龍背上的小嗝嗝男孩還在，下一秒，三頭死影變得和暴雨將至的天空一樣灰暗。

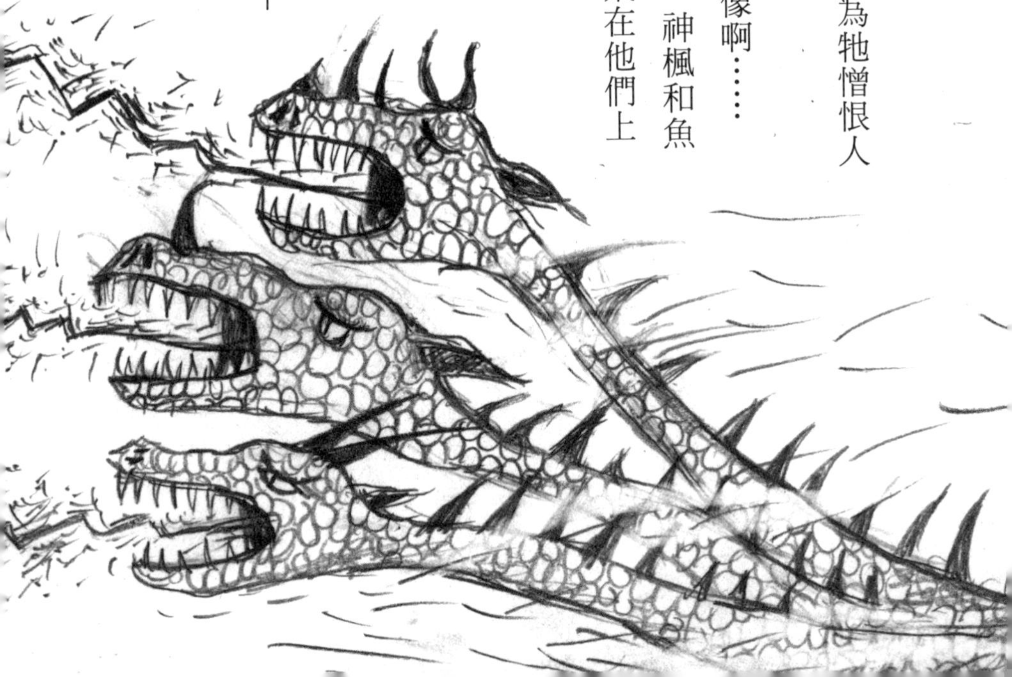

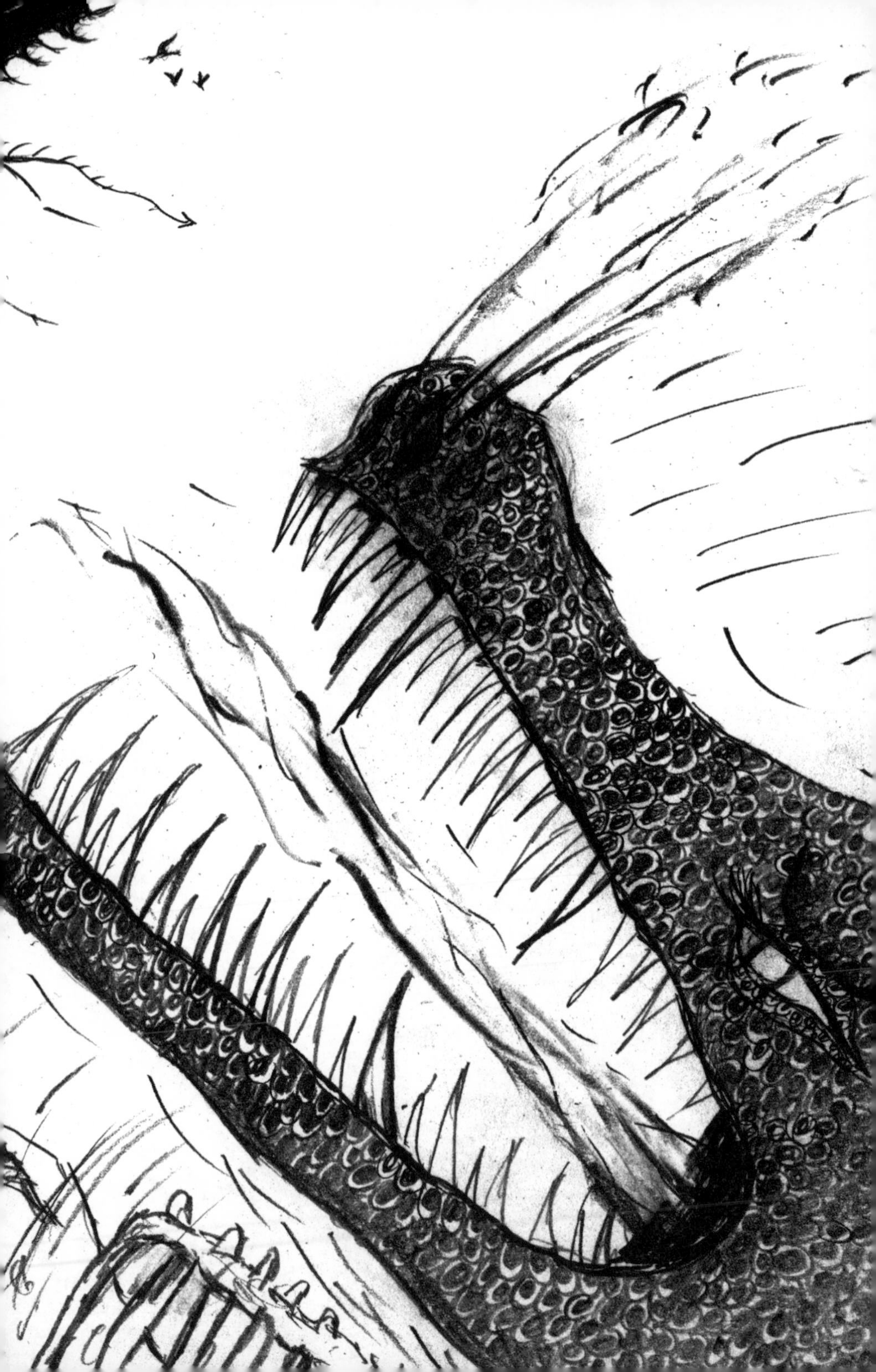

三頭龍、男孩與男孩的朋友消失無蹤，再度使用保護色的三頭死影劃過天際。

龍王狂怒的血盆大口只咬到空氣，巨大的爪子只抓到空氣。

牠沒有抓到男孩，絕望地重重落回龍族墳場灣。

龍王狂怒縱聲號叫，憤怒地在海灣亂拋巨石、亂扯植物、在沒有男孩的小島上撕扯小草。牠手下的繞舌龍與怒噴龍像小狗似地縮在一旁，小聲嗚咽。

最後，龍王狂怒尖嘯著噴出一股白熱龍火，燒毀整片海灣，在氣餒、困惑與憤怒之下，將海灣燒乾。

牠氣喘吁吁地趴下來，像大藍貓似地趴在烈焰當中，趴在龍族同胞的骨骸當中。閃爍著火光的巨大眼眸，出現了恐懼。

不見了……

男孩不見了。

隨著牠的怒火平息，龍王狂怒似乎縮水了。

鮮明的藍皮膚開始褪色，變成比較尋常的藍色，牠甚至像尋常的小貓咪，在火邊蜷縮成一團，巨大的頭顱藏在龍爪下，彷彿不想使用預知未來的能力。

巨龍布滿疤痕的頭趴在熊熊大火上，好像趴在自己做的枕頭上。富有同情心的人類看到了，也許會覺得牠很可憐。

「又失去一次機會了。」巨龍嘶聲喃喃自語。「我們該不會真的要滅絕了吧？」

「這該不會是龍族最終的命運吧？」

大海龍雷龍興高采烈地來向狂怒報告戰況。

「狂怒，我們贏了！我們攻破烏心監獄了！」

這是龍族的勝利之日。

維京人都落荒而逃了。

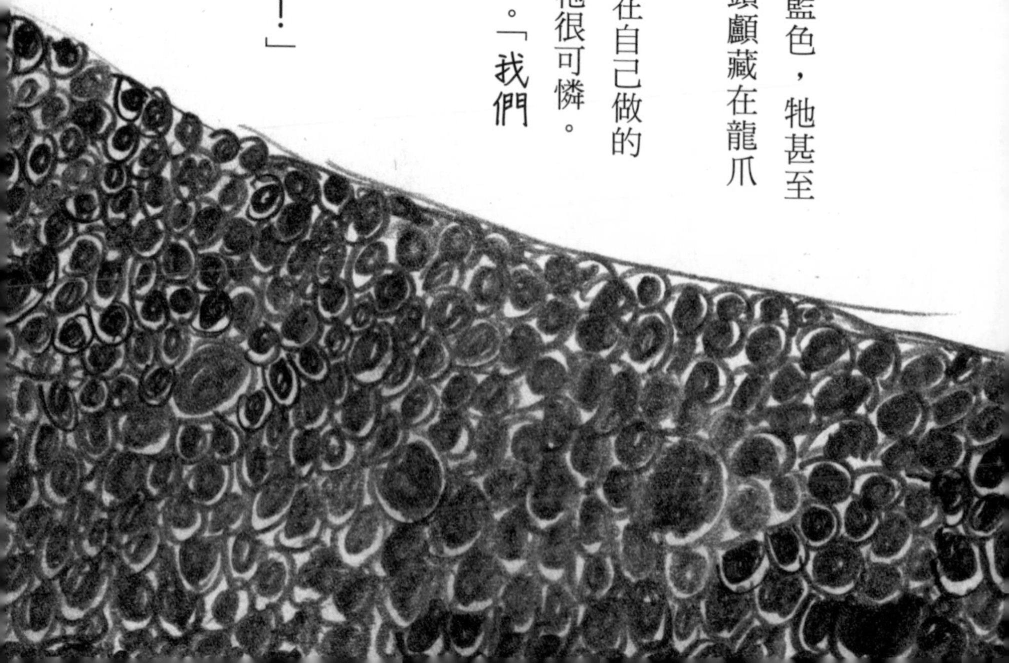

維京人能活著逃出烏心監獄，逃離龍族叛軍憤怒的進攻，就該偷笑了。

在奮力戰鬥，展現出使用刀劍、盾牌與長矛的絕技之後，維京人好不容易乘船逃走，用弓箭和會爆炸的武器在密密麻麻的尖牙利爪、毀滅一切的龍火中轟出一條路。

即使如此，他們還是死傷慘重，搭著沾滿血汙、船帆熊熊燃燒的船逃走。

龍之印記軍團朝沼澤盜賊群島航行，巫婆和她的戰士們則航向東方的醜暴徒部族領地。

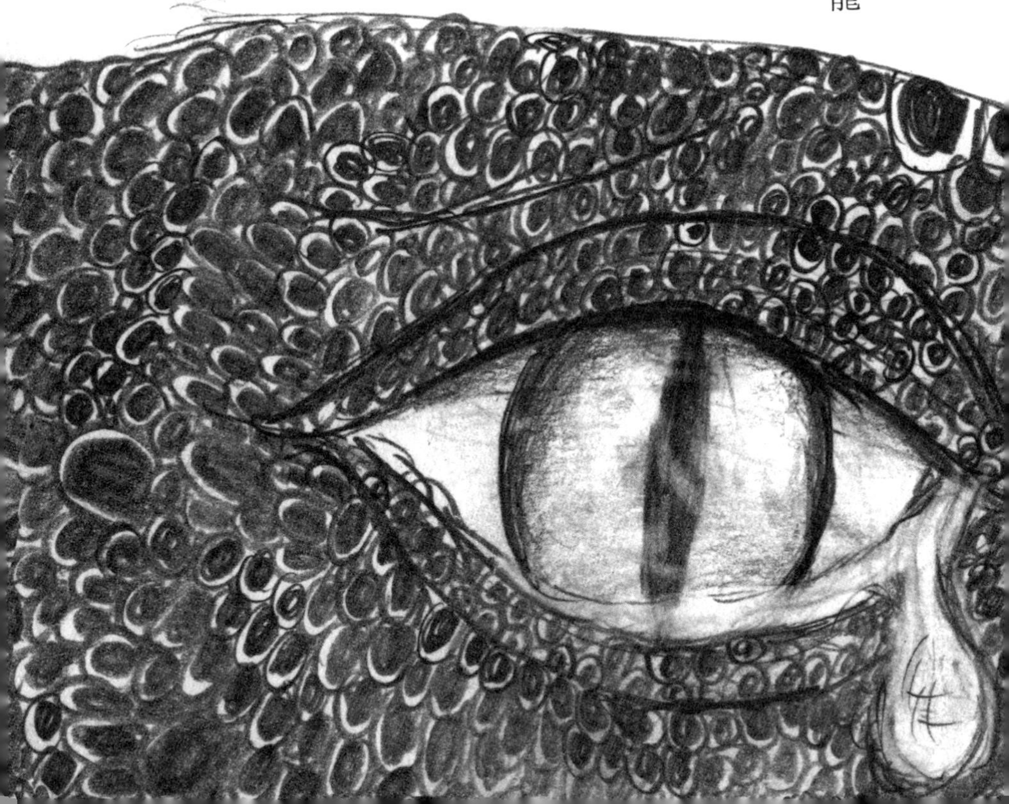

至於龍族，牠們終於攻下烏心監獄了。

所以，雷龍看到狂怒難過的模樣，心裡相當驚訝。

「狂怒……怎麼了？我們不是贏了嗎？」

「你不懂，」狂怒低吼。「名為小嗝嗝的男孩溜走了。」

「他不過是個人類男孩，」雷龍訝異地說。「一個小小的粉紅色人類男孩，沒有爪子、沒有龍火……一個小小的男孩，應該沒那麼重要吧？」

「他不是普通的男孩。」狂怒回答。

說著，牠舒展身體，緩緩地站起身，像隻灰燼中重生的鳳凰，模樣危險到了極點。

牠的身體再次燃起鮮明的光彩。

「我不會讓他長大。」龍王狂怒發誓。「我永遠不會讓他到達明日島。」

「我再也不會犯下同樣的錯誤，派別的龍去殺他了。」龍王狂怒喘著粗氣說。「這回，我會親手殺死他……我會去天涯海角尋找他的蹤影，我會把全世界撕毀，直到我找到他。無論他躲在山洞裡、峭壁上、岩石下、島嶼上，都不得安穩度日，我會為了找到他，把世界燒成灰燼。」

「這，是龍王狂怒的誓言！」巨龍尖叫，全身憤怒地尖吼，眼球甚至開始冒煙、噴火。牠仰起頭，尖叫著朝天空噴火，簡直像火山爆發。

「那個男孩永遠別想
抵達明日島！」

第三十一章　祕密基地

不遠的某處（我不想把確切地點告訴你，因為這是小嗝嗝的祕密基地，真的、真的要保密），風行龍趴在四周都是灌木叢的山洞口。

牠已經趴在那邊守著洞口，等了將近三天。牠全身溼答答的，看起來很悽慘，耳朵哀傷地下垂，背上的脊刺也因為孤獨與憂傷變得軟趴趴的。風行龍趴在地上，聽龍王狂怒憤怒的吼聲。

然後……

牠嗅了嗅空氣，抬頭看天空……

……耳朵害怕地豎了起來。

如果有半隱形的一團雲從天而降，慢慢變成一隻擁有尖牙利爪與三顆頭的恐怖死影龍，你也會害怕地豎起耳朵。

這時，小嗝嗝從三頭死影的翅膀側面往下望，喊道：「**風行龍，別怕，是我們！**」

風行龍跳起來迎接慢慢降落的恐怖三頭龍，欣喜若狂地繞著牠飛好幾圈。

那天深夜，未知地點的小山洞擠得滿滿的，因為三頭死影就算完全隱身，體型還是跟平時一樣大。牠體型真的很大，擠進山洞以後，其他人和龍幾乎沒位子了。

過去三天，風行龍每天都出門抓很多魚，滿心期盼小嗝嗝回來，所以那天晚上大家又聚在一起吃魚，興高采烈地回顧這一天的成功與勝利。

「**對、對、對啊，暴飛飛，**」沒牙開心地唱道。「**我跟亡命暴徒奧丁**

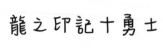

牙龍從琥珀網裡頭衝、衝、衝出來，咻！咻！咻！噴出超強火焰，然後……」

以此類推。

暴飛飛邊聽邊對牠眨眨狡猾的大眼睛，把沒牙的半條鯖魚吃掉。

「注意『禮貌』。」老奧丁牙龍不讚許地說。

那晚，十個好朋友吃了好多好多魚，直到再也吃不下為止。經歷了那天的心情跌宕起伏，食物下肚後，小嗝嗝和好朋友們都高興到醉了似的，連枝微末節的小事也能讓他們哈哈大笑。

在戰爭與致命危險的時期，這種快樂的時光更鮮明，變得比從前更幸福、更珍貴。

其他人和龍都睡著後，小嗝嗝才入睡。

但沒睡多久，他就被龍王狂怒摧毀烏心監獄的聲響吵醒，那晚所有的溫暖與快樂都消失了，只剩下冰冷的恐懼與「撲通、撲通」的心跳。

其他人和龍都累到沉沉睡著，沒有被吵醒。睡在小嗝嗝胸前的奧丁牙龍眨了眨眼睛，眨了又眨，眼睛的光束照在小嗝嗝眼裡，十分舒服。

奧丁牙龍似乎馬上就猜到小嗝嗝心裡的想法了。

牠開始閒聊，想辦法讓小嗝嗝高興起來。

「你看，」奧丁牙龍說。「我就說你的任務很簡單，只要用心去做就能成功，對不對啊？你找到朋友了……也找到寶石了……呃……雖然它暫時被阿爾文搶走，我相信它最終一定會回到你手裡……」

（奧丁牙龍其實不怎麼肯定，但還是盡量用很有自信的語氣說話。）

「而且你現在也不孤單了，這個山洞好擠啊！你現在有人類同伴，」牠用翅膀指向神楓和魚腳司。「還有你母親用龍之印記幫你召集的許多追隨者。她真是令龍欽佩的戰士！」奧丁牙龍敬佩地說。

「反正，」牠又說。「你接下來要完成的任務非常簡單，跟魚蛋糕一樣簡單。既然所有失落的王之寶物都找到了，你接下來只要去明日島，搶在奸險的阿爾文之前完成加冕典禮，找到龍族寶石的祕密，就能用寶石說服龍王狂怒撤軍了……你看，是不是簡簡單單、維京擠擠！」

小嗝嗝可沒這麼好敷衍。

「你漏了好幾個重要的細節。」他提醒奧丁牙龍。

「我聽到龍王狂怒剛才的叫聲了，從他的聲音聽來，我應該沒辦法說服他做任何事。而且奸險的阿爾文有『九件』失落的王之寶物，我只有一件，明日族可能會認為他才是真正的新王。還有，龍族寶石在阿爾文手上，阿爾文是什麼樣的人，我們都很清楚，他一定會二話不說就用寶石的力量消滅龍族。」

「但是，阿爾文『現在』還不會使用寶石……」奧丁牙龍說。「他必須將寶石帶去明日島，才能登基成為新王，況且只有新王能知悉寶石的祕密。我們很安全……至少，我們『目前』還很安全。」

小嗝嗝在草鋪成的床上坐起來，突然焦急又緊張。

他認真地注視著奧丁牙龍的棕色眼睛。「奧丁牙龍，我才剛拿到龍族寶石沒幾分鐘，它就落入奸險的阿爾文手中，你難道不擔心嗎？」

老奧丁牙龍沉默不語。

「我一直好擔心好擔心。還記得你以前把龍族寶石交給人類，交給小嗝嗝一世的事嗎？結果最後寶石傳到了恐怖陰森鬍手裡。要是歷史不停重演怎麼辦？我好像真的只會收集寶物，最後寶物都會跑到奸險的阿爾文身邊……

「奧丁牙龍，也許你不該信任我。」小嗝嗝說。「要是龍王狂怒說對了怎麼辦？他曾經對我說過，我總有一天會把龍族送入最後的虛無……說不定這句話的意思是，我會收集所有王之寶物，然後阿爾文會把寶物用來毀滅龍族。」

小嗝嗝驚恐地摀住臉。

「我不敢想像那種事——可是三頭死影也是這麼說的，他說我如果不找到寶石，阿爾文就不可能得到它。既然如此，這一切會不會都是我的錯？」

這個想法真的非常可怕。沒有龍族的世界，沒有風行龍的世界。小嗝嗝再也不能騎著牠飛行，再也不能隨著風行龍一下下拍翅膀升上雲端，往上飛、飛、飛，俯瞰下方遙遠的蠻荒群島。

一個沒有沒牙的世界。沒牙再也不會站在你手臂上，給你一個調皮的眼神，無辜地睜大那雙青梅色眼睛，口口聲聲保證會照你說的去做，牠交叉龍爪發、發、發誓……然後飛去做牠自己想做的事。

不行，那太恐怖了。如果小嗝嗝害龍族滅絕，他怎麼受得了？

不行，不行。絕對、絕對、絕對不行。

問題是，即使你毫無惡意，情勢還是有可能往壞的方向發展……

「胡說八道，」奧丁牙龍回答。「你還這麼年輕，這些事交給我們老龍來想就好了。小嗝嗝，我相信你，還有你別忘了，好險的阿爾文沒有得到『所有』的王之寶物……其中一件還在『你』身邊，他從以前就一直待在你身邊。」

牠用翅膀指向沒牙。

沒牙蜷縮成一顆暖洋洋、沉甸甸、活生生的小球，在小嗝嗝肚子上熟睡著，打呼時呼出大圈大圈的灰色煙圈。牠突然在睡夢中清楚地說話，害小嗝嗝和奧丁牙龍嚇一大跳：「沒錯，『我』是失落的王之寶物……而且『我』是最重要的一件……『謝謝你』……『禮貌』……」

小嗝嗝和奧丁牙龍忍不住笑了起來，最後，小嗝嗝終於睡著了。

這下，輪到奧丁牙龍輾轉難眠。

牠飛到山洞口，身體捲成一顆皺巴巴的小球，抬頭看著夜空。

「我必須承認，」奧丁牙龍對天上的星星說。「我也有些擔憂。我該如何防止龍族滅絕呢？我信任這個男孩，是正確的選擇嗎？」

世界怎麼可以沒有龍族呢？這樣的世界，怎麼可能存在呢？你看看這個浩瀚的世界，到處都有形形色色的龍，有比藍鯨還大的巨龍在海中半游泳、半飛翔，有無數隻小小的奈米龍在石楠叢中跳來跳去，還有懸崖與下方迷宮般的岩石堆，豐富多姿的龍族生命幾乎要**滿溢**出來。

大自然如此慷慨，龍族如此多樣化，牠們應該不會有滅絕的一天吧？

星辰俯視奧丁牙龍，眨了數千年的它們，對奧丁牙龍眨了眨眼。

當然，星星沒有出聲回答牠的問題。

於是，奧丁牙龍自己回答了自己的問題。

「也許是我太愚昧、太心軟，活到這把年紀了還是沒從歷史學到教訓。但是，我必須堅信人類和龍族能和平共處，我必須希望不可能能化作可能。我必須相信這個男孩，希望最後會有好結果……」

我必須相信這個
男孩，希望最後
會有好結果。

我必須抱持希望，希望
最後會有好結果。

小嗝嗝・何倫德斯・黑線鱈三世的後記

我昨晚沒睡好。我已經是年紀很大的老頭子了，不過昨晚我夢到自己回到琥珀奴隸國，像三頭死影一樣飛過海風陣陣的沙地，追蹤荒涼沙地上的腳印。

一開始，我以為那是怪獸的腳印。

但後來，我發現我追蹤的對象，是小時候的我。

我終於追上他了，那個稻草人般的男孩堅毅不屈地掙扎著前行，走在恐怖的沙地上。在我的夢中，一陣狂風突然吹來，小嗝嗝的過去被燒得焦黑，從他身旁呼嘯而去——毛流氓村裡一幢幢房屋、龍族墳場灣裡的龍骨，全都被小嗝嗝引發的戰爭與狂風吹走了。

儘管如此，男孩還是繼續朝明日島走去。

我母親瓦爾哈拉瑪說過：「小嗝嗝，就算最後沒有好結局，也別對自己太嚴厲……」

我知道在明日島等著小嗝嗝的是什麼樣的未來，因此夢中的我對曾經的我呼喊：「快回去！不要去明日島！不要再走了！」

但小時候的我當然聽不見。

「**別去啊！**」我在夢中大喊，但在吹散全世界的狂風中，他怎麼可能聽到我的聲音？

就算可以，他也回不去了。琥珀奴隸國的風將龍族叛亂吹來，摧毀了我小時候住的毛流氓村，現在那些焦黑的廢墟已經不能住人了。

而且，就算他聽得到我的聲音，我真的希望他走上不同的路嗎？

我真的希望滴答物停止滴答，時間靜止，小嗝嗝永遠不要長大，永遠不能成為小男孩以外的人物嗎？

這全是他的——抱歉，是「我」的——錯，但假如小嗝嗝沒做那些事，琥珀奴隸國還會有可憐的奴隸，愛金嘉德不可能回到熊媽的懷抱，龍王狂怒還會被囚禁在狂戰島，世界還會困在恐怖的蠻荒時代，到處是奴隸、暴君、巫婆，與沒有心的怪獸。

長大的不只有小嗝嗝一個人，全世界都隨著他成長了，而世界成長時可能會經歷痛苦與艱難。

那麼，這一切值得蠻荒群島被戰火燒毀嗎？

我不知道，還是交給你來下結論吧。

但小嗝嗝就是小嗝嗝，所以他沒有停下腳步，而是一直往前走。每走一步，他就比過去成熟一些，慢慢走向我、走向明日。

小嗝嗝剛走過的生命篇章，是三個母親的故事：瓦爾哈拉瑪、熊媽與潑悍。

她們雖然不在我們身邊，雖然她們像三頭死影一樣，我們看不見她們，雖然冒險、枷鎖與死亡區隔了我們與母親，她們還是照看著我們、心繫著我們，愛著我們。

遠方餘溫散盡的營火邊，她們念著我們、夢著我們，遠距離愛著我們。

魚腳司的母親已經去到死亡的玻璃牆另一側，無法再回來擁抱他。但玻璃另一側的她還是伸出了手，隔著牆壁貼著魚腳司的手，鼓勵兒子活下去、走下去、笑下去、愛下去，彷彿能帶給他生命，彷彿能陪伴他，彷彿能憑無盡的愛與渴望穿過玻璃，來到他身邊。

也許她**真的**還在魚腳司身邊，愛著他。

潑悍的眼睛曾在三頭死影的六顆眼中閃閃發亮。

那雙明亮的眼睛，透過三頭死影照亮了魚腳司的雙眼，有時候感覺好像是她自己注視著兒子。三頭死影緊貼著魚腳司守護他，迴響了很久很久以前，潑悍給三頭死影的擁抱。

過去永遠不會離我們而去。

現在我很老很老了，自己也像逝去的母親似地看著童年的自己，為小嗝嗝的未來擔憂。我已經知道男孩的未來是什麼了，我想保護他，不讓他受傷、受苦。

但我也很開心，因為我知道未來混合了快樂與哀傷。

因此，我突然拋開恐懼，不再大喊：「別去啊！」

我大喊的話語，變得不太一樣了。

小嗝嗝，走下去吧！

勇敢走下去！

走向明日……

我會在英雄末路和你相見……

那個男孩「永遠」別想抵達「明日」……

天啊，事情似乎比上一本書的結尾更糟糕了，龍王狂怒甚至發誓要親手「殺死」小嗝嗝……

鼻涕粗會選擇哪一條路呢？他會追隨巫婆，還是支持小嗝嗝呢？

阿爾文已經拿到「九件」失落的王之寶物了，龍之印記十勇士該怎麼阻止他呢？

他們都必須前往明日島，面對「最後的衝突」……

小嗝嗝能拯救即將滅絕的龍族嗎？

敬請期待小嗝嗝的下一本回憶錄……

國家圖書館出版品預行編目資料

馴龍高手X：龍族寶石爭奪戰 / 克瑞希達．科威爾（Cressida Cowell）作；朱崇旻譯.
-- 1版. -- [臺北市]：尖端出版, 2019. 10
冊；　公分
譯自：How to seize a dragon's jewel
ISBN 978-957-10-8720-7（平裝）

873.59　　108012863

奇炫館
馴龍高手X：龍族寶石爭奪戰
（原名：How to seize a dragon's jewel ）

著　　者／克瑞希達．科威爾
封面內頁插畫／克瑞希達．科威爾（Cressida Cowell）
發 行 人／黃鎮隆
總 經 理／陳君平
經　　理／洪琇菁
總 編 輯／呂尚燁
執行編輯／許晶翎、劉銘廷
譯　　者／朱崇旻
美術編輯／陳聖義
企劃宣傳／邱小祐、劉宜蓉
國際版權／黃令歡、梁名儀
文字校對／施亞蒨
內文排版／謝青秀

出　　版／城邦文化事業股份有限公司　尖端出版
台北市中山區民生東路二段一四一號十樓
電話：（〇二）二五〇〇—七六〇〇
傳真：（〇二）二五〇〇—二六八三
E-mail：7novels@mail2.spp.com.tw

發　　行／英屬蓋曼群島商家庭傳媒股份有限公司城邦分公司　尖端出版
台北市中山區民生東路二段一四一號十樓
電話：（〇二）二五〇〇—七六〇〇（代表號）
傳真：（〇二）二五〇〇—一九七九

中彰投以北經銷／楨彥有限公司（含宜花東）
電話：（〇二）八九一九—三三六九
傳真：（〇二）八九一四—五五二四

雲嘉經銷／威信圖書有限公司　嘉義公司
電話：（〇五）二三三—三八五二
傳真：（〇五）二三三—三八六三
客服專線：〇八〇〇—〇二八—〇二八

南部經銷／威信圖書有限公司　高雄公司
電話：（〇七）三七三—〇〇七九
傳真：（〇七）三七三—〇〇八七

香港經銷／城邦（香港）出版集團有限公司
香港灣仔駱克道一九三號東超商業中心1樓
電話：（八五二）二五〇八—六二三一
傳真：（八五二）二五七八—九三三七
E-mail：hkcite@biznetvigator.com

新馬經銷／城邦（馬新）出版集團Cite（M）Sdn. Bhd.
E-mail：cite@cite.com.my

法律顧問／王子文律師　元禾法律事務所
台北市羅斯福路三段三十七號十五樓

二〇一九年十月初版一刷
二〇二一年五月初版二刷

■中文版■

郵購注意事項：
1. 填妥劃撥單資料：帳號：50003021戶名：英屬蓋曼群島商家庭傳媒(股)公司城邦分公司。2. 通信欄內註明訂購書名與冊數。3. 劃撥金額低於500元，請加附掛號郵資50元。如劃撥日起 10～14日，仍未收到書時，請洽劃撥組。劃撥專線TEL：(03) 312-4212 ・ FAX：(03) 322-4621。E-mail：marketing@spp.com.tw